Le Livre de Poche Jeunesse

J'AI QUINZE ANS
ET
JE NE VEUX PAS MOURIR

suivi de

IL N'EST PAS SI FACILE DE VIVRE

CHRISTINE ARNOTHY

J'AI QUINZE ANS ET JE NE VEUX PAS MOURIR

suivi de

IL N'EST PAS SI FACILE DE VIVRE

PRÉFACE

J'ai toujours voulu écrire. Ce premier livre, tout en étant l'accomplissement d'un rêve d'enfant, est le résultat d'une lutte d'adolescente durement menée.

Je n'avais pas encore quinze ans pendant le siège de Budapest et je supportais le poids d'une lourde précocité. Mon enfance ayant été volée par la guerre, je décrivais sur mes cahiers d'écolière les événements que je vivais. Puis, à quinze ans, après le siège, dans la solitude d'un monde basculé, alors que je me sentais vide d'avenir au bord du lac Balaton, j'ai tout récrit. Ce livre est resté une œuvre d'adolescence sans qu'une virgule, un adjectif, une maladresse en aient été changés.

Mais je n'avais jamais pensé évoquer la suite de ces

événements ni les sentiments cachés de mon enfance. Pourtant, c'est fait. *Jeux de mémoire,* publié en 1981, est un récit écrit « malgré moi » à un moment précis où je ne pouvais revenir sur certains événements sans en avoir le souffle coupé de douleur. Cette œuvre devait naître instantanément ou être reléguée dans le silence.

Budapest, le lac Balaton, Paris, la Suisse... Cela me paraissait trop à affronter. Je voulais casser mon miroir, le voiler ou le fuir. Mais aucune force n'est plus imprévisible que la création : d'où ces « Jeux de mémoire ». Une réconciliation avec le passé, tout le passé, et c'est bien ainsi.

Depuis des années, comme des hirondelles qui porteraient le printemps de l'amitié, m'arrivent de partout des messages ; de véritables questionnaires établis par des lycéens attendent en pile sur mon bureau, des lettres d'élèves et d'adolescents s'accumulent. On voudrait connaître les détails concernant la période d'avant et d'après *J'ai quinze ans et je ne veux pas mourir.* J'essaie toujours de répondre individuellement.

Dans *Jeux de mémoire,* qui, cette fois, est aussi une réponse à moi-même, le puzzle du destin, de l'amour, du chagrin et des rêves compose une image baignée d'espoir. S'y dessine aussi une existence motivée par la création, la force de l'écriture, une profonde passion pour les êtres et les idées.

Ainsi passe et naît la vie.

Pour Claude
En souvenir du 17 décembre 1954

L'arrivée de Pista, ce soir-là, nous apparut comme une délivrance. La nuit était presque tombée, mais nous ne savions pas ce qui était la nuit, ni ce qui était le jour, enterrés que nous étions dans cette cave moisie d'un immeuble en bordure du Danube.

Les montres continuaient, cependant, de marquer l'heure avec sérénité, les aiguilles couraient sans hâte autour du cadran : y avait-il deux semaines ou deux ans que nous vivions comme des taupes ?

Y aurait-il un « aujourd'hui », un « demain », ou bien une éternité de caves obscures et enfumées ?

Les trois premiers jours passèrent assez vite. À chaque craquement de l'escalier, nous pensions : voilà les Russes, les combats ont pris fin près d'ici, nous pourrons remonter dans nos chambres et renouer le fil de notre existence là où il a été brusquement interrompu : terminer la lecture du livre à moitié lu, reprendre la sonate dont la partition se trouve encore ouverte sur le piano, rouvrir le cahier recouvert de papier bleu pour y achever une rédaction hongroise.

Au cinquième jour de notre exil dans les souterrains, il fut évident que les Allemands avaient décidé de défendre la ville. C'est alors que nous perdîmes toute notion du temps. Les journées mortelles, angoissantes, se succédèrent avec une lenteur accablante. La batterie de D.C.A. mobile, aboyant sans cesse devant la maison, attirait le danger sur nos têtes. Ce petit canon monté sur un camion ne pouvait faire grand tort aux avions ennemis, tout au plus les agacer. Il tirait une salve ou deux, puis s'enfuyait et recommençait son petit jeu une ou deux rues plus loin, pour revenir à nouveau. Les lourds bombardiers russes passaient au-dessus des maisons dans un fracas de tonnerre et déversaient leurs projectiles au petit bonheur, cherchant l'ennemi qui jouait à cache-cache avec eux. Dans cette partie de colin-maillard macabre, c'est nous qui portions le bandeau ! Les yeux fermés, la face ensevelie dans les mains, nous guettions le passage des avions et nos doigts tremblants tâtaient anxieusement les murs suintants. Ces pierres résisteraient-elles indéfiniment à des secousses aussi violentes ?

Les locataires de la maison qui, jusque-là, avaient vécu sans guère se connaître, se retrouvaient tous ici, entassés dans la même cave. Ils dormaient, mangeaient, se lavaient et se chamaillaient dans la promiscuité la plus totale. La plupart d'entre eux avaient jeté leur dévolu sur la cave principale qui, transformée en abri antiaérien, était étayée par de gros madriers. Dans le déchaînement infernal des combats qui faisaient rage autour et au-dessus de nous, ces poutres ne semblaient pas offrir plus de protection que des cure-dents alignés.

Nous choisîmes une petite cave située un peu à l'écart et dans laquelle nous entreposions le charbon en temps de paix. Dans cette cave, imprégnée de poussier et de salpêtre, se trouvaient deux lits, un divan et une table. Au début, nous avions aussi un petit poêle, dont le tuyau évacuait la fumée par un soupirail donnant sur la cour. Mais nous dûmes vite renoncer à ce système de chauffage, car, le soir, les étincelles s'échappant du tuyau en tôle pouvaient offrir un point de mire à l'ennemi. La ville brûlait tout autour de nous, tandis que nous grelottions sur notre tas de charbon. Nous allions chercher de l'eau dans la rue du Canard : par un curieux hasard, il s'y trouvait un robinet qui n'était pas à sec. L'électricité nous manqua dès le premier jour. Nous mîmes du saindoux dans une boîte à cirage, avec un lacet de soulier en guise de mèche. Cette chandelle à l'odeur écœurante répandait une lueur jaunâtre et falote.

Les concierges de la maison s'étaient installés dans la petite cave attenante. Elle, une grande et forte femme habituée à de gros pourboires ; lui, un gringalet aux traits blêmes, au regard fuyant. Leur fils habitait aux environs de la Citadelle et venait de se marier. Il était employé dans l'établissement où son père avait travaillé comme huissier pendant vingt ans. Ce Jancsi, dont les parents avaient réussi à faire un « intellectuel », un « monsieur », était toute leur fierté. Ce ménage avait beaucoup de vivres. L'eau ne leur manquait pas : ils buvaient du vin.

La petite cellule qui touche à la nôtre, de l'autre côté, abrite Ilus et son bébé. Elle doit avoir trente-six ans. De beaux cheveux blonds encadrent son petit visage fané de poupée. Comme ses sourcils sont incolores, elle les souligne d'un trait de charbon. Jamais elle n'omet de le faire, fût-ce au plus fort des bombardements. Son mari l'a abandonnée il y a quelques semaines. Ilus est restée seule avec un bébé de six mois. Ses parents habitent la ville, mais elle n'a pas le courage de franchir les torrents de mitraille pour les rejoindre sur l'autre rive du Danube.

Il y a aussi un étudiant en médecine que tout le monde appelle : « Monsieur le Docteur ». Comme il n'en est qu'à sa seconde année d'études, ce n'était au début qu'une plaisanterie, mais ce titre lui resta pour de bon. Cela rassurait les gens de se dire que, s'il arrivait quelque chose, ils auraient un médecin sous la main. Ce petit jeune homme, qui arbore une frimousse couverte de taches de rousseur, semble plutôt un élève de septième préparatoire, mais, depuis qu'il se rend compte que sa présence est un facteur d'apaisement, il se donne « des airs ».

La tante de l'étudiant est veuve d'un banquier. C'est

une petite femme rondelette et astiquée comme un écu neuf. Elle passe son temps à se lamenter et à demander si toutes ses valeurs resteront sauves dans son coffre à la banque. Elle porte ses bijoux dans une petite sacoche pendue à son cou. Le banquier, son mari, est mort des suites d'une maladie toute banale, encore en temps de paix. Mais sa digne épouse souligne avec tant d'emphase le rôle héroïque qu'il jouerait s'il était encore en vie, que, bientôt, on l'assimilera aux héros tombés au champ d'honneur. Cette chère dame fourre son nez partout, inspecte et goûte la popote de chacun, quémande et distribue des conseils, parle constamment d'elle-même. Quand les hommes hésitent à affronter les averses de neige fondue et de mitraille pour accomplir la corvée d'eau, elle s'écrie :

— Si mon cher Albert vivait encore, il irait tout de suite, lui ! Il n'avait peur de rien !

« Madame la colonelle » est une femme de forte carrure. Lors des bombardements aériens précédant le siège de Budapest, le hasard l'avait désignée comme chef d'îlot. Son verbe haut est la source de son ascendant : elle veut donner des ordres à tout le monde. Elle fait souvent le tour de la cave sans raison apparente, pour contrôler quelque chose. Ses opinions politiques sont mal définies, car elle ignore si son mari, le colonel, combat encore ou est passé en dissidence. Parfois, le colonel est représenté sous les traits du héros symbolique défendant la ville jusqu'à la dernière goutte de son sang. À d'autres moments, il apparaît comme le libérateur de Budapest. En réalité, il est peut-être prisonnier de l'un ou de l'autre camp, mais il n'est pas question qu'on parle de cette éventualité.

Le procureur et sa femme se sont retirés dans un coin de la grande cave. Le vieux monsieur a été le dernier à abandonner son domicile. Nous avions déjà passé cinq jours dans la cave, lorsque, au cours d'une nuit infernale, il fit son apparition en longue chemise de nuit, un bonnet sur la tête et sa torche électrique à la main. Sa femme le suivait, chaussée de pantoufles, emmitouflée dans un manteau épais. Le procureur entama une diatribe contre le sans-gêne de l'époque actuelle. Le tir des Russes avait pénétré jusque dans sa chambre à coucher en ne tenant aucun compte de la nationalité suisse de sa femme ! Le lendemain, le couple s'installa définitivement parmi nous. Le vieillard avait pris froid et s'alita, grippé. Son épouse, avec son accent bizarre et sa frange grisonnante, évoluait comme un fantôme. Citoyenne d'un État neutre, elle portait un petit insigne helvétique sur elle, mais les combattants ne respectaient même pas sa personne ! Le procureur et sa femme étaient certainement les plus malheureux d'entre nous.

Au cours des premières journées, on fit connaissance. On se racontait sa vie, bénissant presque ce bouleversement qui vous rapprochait et vous permettait d'échanger des confidences. M. Radnai faisait exception à cette règle. En tant que juif, il vivait sous le couvert de faux papiers. Toute la maison l'avait pris sous son aile pour le cacher. C'était un homme paisible qui passait son temps à lire du Heine à la lueur de sa bougie.

Après une semaine, les gens se mirent tout à coup à se haïr. La veuve du banquier poussait des cris d'énervement chaque fois qu'elle apercevait la femme du colonel, et Ilus devenait hystérique à chaque grossièreté de la concierge. Les visages reflétaient le trouble intérieur. Les femmes auraient préféré pouvoir dissimuler leur réchaud à alcool sous leur oreiller plutôt que de montrer aux voisins en quoi consistait leur popote, les hommes se renvoyaient la corvée d'eau. Les gens tournaient l'un autour de l'autre comme des chiens enragés, guettant le moment propice pour s'entre-déchirer.

C'est au cours d'un de ces soirs mortels que Pista fit son apparition. Il descendit les marches de l'escalier en sifflotant et, poussant l'entrée de l'abri principal, il dit simplement, avec un large sourire :

— Bonsoir !... Je vous souhaite le bonsoir...

Il portait l'uniforme de l'infanterie hongroise, un sac à pain pendu à l'épaule, et son sourire rayonnait comme si le soleil s'était subitement mis à luire dans nos ténèbres. Nous fîmes cercle autour de lui. Nous le regardâmes comme s'il descendait d'une autre planète. Nous voulions le toucher pour nous assurer qu'il s'agissait vraiment d'un être vivant et non d'une fantasmagorie de notre imagination torturée.

Il jeta sa mitraillette par terre et déclara :

— Cette nuit, je dormirai ici. M'acceptez-vous ?

— Qui êtes-vous ? dit une voix.

— Istvan Nagy. De Pusztaberény, comté de Somogy.

Cette présentation scella notre amitié. À partir de ce moment-là, Pista fut des nôtres. Nous l'assiégeâmes de questions. Où étaient les Russes, combien de temps devrions-nous encore passer dans la cave ? Il n'était pas mieux informé que nous-mêmes. Nous lui demandâmes à quel corps d'armée il appartenait.

— À aucun, que je sache, répondit-il tranquillement. Je vais de-ci de-là. Maintenant, je resterai ici pour un temps.

Puis il s'assit sur un escabeau, tira du pain et du lard de sa gibecière et s'informa de notre nombre.

— Douze, répondit la veuve du banquier.

Pista fit douze parts égales de son pain et de son lard. Chacun en eut une bouchée. Nous l'observions avec une gratitude émerveillée. La nourriture fondait au creux de notre bouche comme une action de grâces pieusement murmurée. Pista avait miraculeusement détendu l'atmosphère hargneuse. Mais, tout à coup, la voix du procureur s'éleva d'un coin de la cave :

— Déserteur, exhalèrent ses poumons brûlants de fièvre, ne voyez-vous pas que c'est un déserteur ? En ce moment, il devrait combattre quelque part et, s'il le faut, verser son sang...

— Qu'est-ce qu'il a, le vieux ? s'enquit Pista.

— Pneumonie, répliqua le docteur laconiquement, comme s'il s'agissait d'une consultation.

— Je vais tâcher de chiper un peu d'ultraseptine

pour lui demain, promit Pista. Il y en a encore dans une pharmacie du boulevard Margit. J'en ai déjà procuré à plusieurs malades. Mais, maintenant, je voudrais dormir. Je suis fatigué.

— Vous allez vraiment lui apporter un médicament ? demanda la femme du procureur en agrippant son bras. L'ultraseptine, cela pourrait encore le sauver... Alors, je vais vous donner mon matelas pour vous étendre.

Pista secoua la tête :

— Ce n'est pas nécessaire. Le tapis me suffit. Demain, j'apporterai le médicament et de la farine. Il y a encore beaucoup de farine dans un dépôt de la rue de l'Express. Vous aurez de la nourriture en abondance.

Cette nuit-là, vers onze heures, un gros bombardier s'acharna contre nous. Le sol, violemment secoué, résonnait sous nos pieds. J'enfouis ma tête dans mon oreiller. Mais, tout à coup, un calme étrange m'envahit. « Mon Dieu, murmurai-je, que Votre volonté soit faite... »

Pista partit à l'aube. Il ne fut question que de lui pendant son absence. La femme du procureur attendait anxieusement son retour à cause du médicament, et les autres s'emballaient en pensant à la farine. De toute la maison, nous étions les plus mal lotis en fait de vivres, à cause justement d'une prévoyance excessive. Par un heureux concours de circonstances, mes parents avaient réussi à louer trois pièces d'une villa sise au Hüvösvölgy, et protégée par le drapeau suédois. Dès le début du mois de décembre, nous y avions transporté nos objets de valeur et quantité de produits alimentaires. De la farine par sacs entiers, des pots de graisse, de la viande, du sucre, du café, des boissons.

Nous comptions y attendre l'arrivée des Russes.

Mais les Russes s'étaient déjà infiltrés jusque-là, et nous dûmes renoncer à gagner notre refuge. Dès l'automne, mon père avait installé dans la villa des amis de Transylvanie, une famille nombreuse. Il s'était dit que peu d'espace suffirait à caser un grand nombre de gens de bonne volonté. En fin de compte, ils avaient toute la place qu'ils voulaient, tandis que nous jeûnions dans notre cave. Mais on ne pouvait rien y changer et, si jamais Pista nous apportait de la farine, nous n'aurions plus de soucis. Car c'est le pain qui nous manquait le plus.

Maintenant, dans la joyeuse attente de la farine, même le couple qui tient un restaurant au rez-de-chaussée de la maison, nous a rejoints. Jusqu'ici, le ménage est resté à l'écart, craignant que les locataires ne lui réclament des vivres. Ils ne veulent en céder à aucun prix et n'osent pas encore demander de l'or en échange. Mais voilà que la femme du restaurateur devient tout miel et s'offre à cuire une goulasch pour le déjeuner. Elle est prête à sacrifier quelques boîtes de conserves encore en sa possession. Tout le monde en aura, mais à la stricte condition qu'elle touche un tiers de la farine rapportée par Pista. Nous acceptons tous avec enthousiasme et elle retourne à son poêle. Les heures s'égrènent avec une lenteur exaspérante, scandées au rythme saccadé des bombes.

Ilus voit avec terreur ses provisions de lait en poudre diminuer de volume. Vers midi, la cave s'emplit d'une atmosphère de fête. Les cœurs se gonflent de joie à la perspective d'un bon repas. On rapproche quelques tables, on les recouvre même d'une nappe blanche, chacun y pose son assiette. Nous attendons. Même le procureur se sent mieux et réclame sa part de la goulasch. Son épouse interroge le Docteur du regard ; celui-ci hausse les épaules. Rien ne peut plus lui faire de mal, à celui-là... qu'il mange donc.

Nous étions tous là, réunis autour de la table, comme pour un banquet. Finalement, le couple d'aubergistes apparut, portant réellement une marmite de belles dimensions. Il fit le tour et déposa dans chaque assiette le contenu d'une louche épaisse de viande bouillie. Les gens gloussaient de plaisir. Monsieur le Docteur se barbouilla la face de graisse jusqu'aux oreilles et la veuve du banquier s'enfouit dans son assiette comme si elle songeait à laper sa goulasch au lieu de la manger. Qui pensait encore à la mort et à la ville martyre s'émiettant en poussière au-dessus de nos têtes ?...

Telles des bêtes déchaînées, nous nous acharnions sur les morceaux de viande ; puis, chacun s'adossa confortablement, le regard fixe, goûtant en silence le délice d'être enfin rassasié. Ce repas resta mémorable pour chacun de nous. Les locataires convinrent avec l'aubergiste que, désormais, ils cuiraient l'un après l'autre leur pain dans son four de boulanger.

Vers quatre heures de l'après-midi, la maison fut touchée par deux bombes. Des tuiles et des morceaux du toit furent précipités dans la cour. Notre appartement devait avoir été touché, ou bien celui du procureur. C'était la façade donnant sur le Danube qui était endommagée.

Le 24 décembre, nous avions quitté si précipitamment notre domicile pour essayer en vain d'arriver jusqu'au Hüvösvölgy que mon livre à moitié lu était resté en haut. *La Peau de chagrin,* de Balzac. Mentalement, je revivais souvent le récit commencé et que j'aurais voulu continuer, mais je n'avais pas le courage de remonter dans l'appartement. L'idée de gravir l'escalier jusqu'au second étage me remplissait d'effroi, comme le faisait la vue des maçons évoluant sur une étroite passerelle à la hauteur d'un cinquième étage. Dans l'intervalle, entre les coups directs atteignant la maison, je pensais à mon livre, me disant que, même s'il restait intact, je ne connaîtrais jamais la fin du roman, puisque tous, en bas, dans cette cave, nous allions mourir.

Assise au bord de mon lit, je sentais mes yeux se mouiller en pensant à la mort. Pas de tristesse, mais d'un trouble inexplicable. Des rêves bizarres me tourmentaient souvent la nuit et d'étranges péripéties, projetées dans l'obscurité comme sur un écran, se déroulaient devant mes yeux. Je me voyais me promenant sous des palmiers au bras d'un jeune homme qui, jamais, ne tournait son visage vers moi. Je voyageais dans un express et entendais la sonnette agitée par le garçon du wagon-restaurant. J'allais au théâtre et voyais les acteurs bouger leurs lèvres pour émettre des paroles dont le son ne me parvenait pas. Et, alors, c'était toujours le réveil torturant. La réalité, l'horrible cave, la chandelle puante, les silhouettes aux yeux cernés errant dans la pénombre. Comme je désirais chaque fois me réfugier de nouveau dans le pays des songes ! Mais le bon repas d'aujourd'hui me mit de meilleure humeur, comme si le sang coulait avec plus d'ardeur dans mes veines, parce que je me sentais rassasiée. Et, désormais, il y aura du pain, beaucoup de bon pain !

Lorsqu'il revint vers le soir, couvert de neige, Pista incarnait vraiment le Père Noël. Au lieu de sa gibecière, il portait un sac très lourd qu'il laissa glisser devant lui en haletant.

— Vous n'avez pas craint de venir jusqu'ici, chargé comme vous l'êtes ? demanda Ilus.

Pista sourit.

— J'ai pensé que, si un obus me touchait, mon dos serait protégé par la farine.

La veuve du banquier poussa un soupir !

— Enfin un homme intrépide, comme si je voyais mon pauvre Albert... Est-ce de la farine de pâtissier, mon ami, ou de la simple farine à pain ?

— Le tiers m'appartient, intervint la femme du restaurateur ; pour y avoir droit, j'ai nourri tout le monde, rempli tous les ventres.

Pista la toisa du regard. Puis il sortit une petite boîte oblongue de sa poche et la tendit à la femme du procureur :

— Voilà l'ultraseptine.

La femme se mit à pleurer en le remerciant.

Nous entourions Pista et, comme hypnotisés, regardions tous le sac de farine. Un sac de vie. Pista nous ordonna d'apporter chacun un récipient afin de procéder à une répartition équitable.

— Que celui qui a le moins de vivres arrive avec le plus grand récipient, nous cria-t-il.

— Vois-tu comme il est juste ? murmurai-je à ma mère.

À mes yeux, Pista se transformait en héros éclatant. Il est comme le comte de Monte-Cristo, n'est-ce pas ?

Le grand moment arriva enfin. Pista délia le sac et remplit notre casserole avant celle des autres. Un léger nuage de poussière blanche couvrit le sol noir en ciment. Ma mère prit la casserole, et prélevant une pincée de farine, la goûta. Son visage changea d'expression.

— Ce n'est que du plâtre, murmura-t-elle. Ce n'est que du plâtre, et non de la farine...

Elle avait proféré ces mots à voix basse, mais tout le monde avait entendu. La cave se transforma en nid de guêpes bouleversé. Jouant du coude, on se bouscula pour goûter et la femme du restaurateur se mit à hurler :

— Bande de tricheurs ! Je vous ai donné à manger parce que j'attendais la farine et voilà qu'il apporte du plâtre ; et j'ai nourri tout le monde...

Sa grosse figure s'empourprait de plus en plus. Son mari tâchait vainement de la calmer. La femme alla vers la sortie ; quand elle se retourna vers nous, la main sur la porte, je craignis une congestion, tant ses traits étaient altérés. Mais ce n'était que la vilenie de son âme qui la décomposait ainsi devant nous, pendant que des paroles fielleuses franchissaient ses lèvres.

— La goulasch que vous avez mangée, c'était de la viande de cheval et non du bœuf... Dans la rue du Canard, il y a un cheval mort, c'est dans sa cuisse que nous avons découpé votre repas. Réjouissez-vous, maintenant, avec toute cette charogne dans vos ventres...

Elle claqua la porte en tôle derrière elle. Prise de nausée, Ilus s'adossa au mur... Pendant quelques minutes, on n'entendit que les efforts qu'elle faisait pour ne pas vomir. Dans mon estomac, le repas se fit lourd comme une pierre. Il nous semblait, à cet instant, que rien de pis ne pouvait plus nous arriver.

— Je vous en prie, tout cela n'est qu'un bête préjugé, déclara tout à coup M. Radnai, du coin obscur qui l'abritait. Le cheval n'est pas plus mauvais que le cochon ou le bœuf. C'est seulement qu'on n'y est pas habitué. Mais il n'y a vraiment pas lieu de tellement s'affoler pour cela...

Mon père continua l'explication, comme s'il se trouvait en chaire, à disserter sur Horace :

— N'était-ce pas aussi une notion erronée de croire qu'on ne se battrait pas dans les villes et qu'ainsi la guerre épargnerait les civils ? Maintenant que la guerre a envahi nos rues, tout le monde est soldat, même les invalides, les bébés, les femmes et les vieillards. Aussi, ne nous affolons pas au sujet de la goulasch... il peut nous arriver des épreuves plus pénibles qui nécessiteront toutes nos forces...

— La femme du restaurateur est quand même une saleté..., constata le Docteur pour clore les débats.

Personne ne le contredit.

Notre casserole rendit son contenu décevant au grand sac. Tout à coup, je fus prise d'une si violente envie de croquer une miche de bon pain tout chaud que la tête m'en tourna. Je retournai à notre réduit et, m'allongeant sur le lit, j'attendis le sommeil. Le sol vibrait sous nos pieds, des balles de mitrailleuse martelaient les murs avec un bruit sec et dur comme une averse de grêle. Mon imagination m'avait presque entraînée jusqu'à la promenade sous les palmiers, lorsqu'une phrase m'atteignit à travers les buées du demi-sommeil. C'était la voix de mon père qui parlait à ma mère :

— Pista dit qu'ils ont amené un train de munitions sur la rive du Danube, en se servant des rails du tram 9. Le dernier wagon de la rame se trouve à hauteur de notre maison. Nous pouvons sauter d'un moment à l'autre...

La proximité du train de munitions nous remplissait d'effroi. Les condamnés à mort doivent connaître des sentiments analogues, en entendant des pas qui se dirigent vers leur cellule et en pensant qu'on vient les chercher...

— Il suffit d'une balle égarée pour que tout vole en l'air, avait dit Pista, et les projectiles ne se promenaient pas en solitaires, mais à cinq, à dix...

Ce matin, les Allemands ont déposé trois caisses de munitions dans le restaurant et ont amené des chevaux dans la cage de l'escalier. Nous les guettons de l'entrée de la cave, où, faute de mieux, nous employons la neige sale de la cour pour nos ablutions. Que deviendrions-nous sans Pista ? Nous savoir à côté d'une poudrière nous rend fous ! Mais la présence du soldat nous rassure : rien ne le lie à notre sort, après tout, nous disons-nous, il pourrait aller ailleurs s'il se sentait menacé.

Mais ce n'est pas le cas : Pista reste pour que notre moral tienne. Il a commencé par faire le tour des locataires et a demandé à chacun ce qu'il désirerait de son appartement. On l'a surchargé de demandes. L'espoir est né en moi de pouvoir terminer la lecture de mon livre. Au cours du plus violent bombardement, Pista a parcouru chaque étage et nous a rendu compte de l'état des lieux. Il m'a rapporté aussi mon Balzac. Le souffle des explosions, a-t-il raconté, a détruit toutes les portes de notre appartement et de celui du procureur. Une bombe non éclatée a démoli notre piano à queue en le traversant de part en part et s'est incrustée dans le parquet. Ce récit a été, je crois, la seule joie de tout mon séjour à la cave ! Savoir que ce piano qui m'avait valu tant d'heures de travaux forcés n'existait plus me remplissait de satisfaction. Mais je ne fis pas voir mon plaisir, car ma mère pleurait.

Cet instrument de musique était pour elle un véritable ami. Elle chantait admirablement en s'accompagnant elle-même. Elle égrenait de douces petites chansons françaises dont je ne comprenais pas le texte, mais qui éveillaient en moi un trouble nostalgique. Je pensais, avec une tendresse mêlée de désir, à l'inconnu auquel je pourrais un jour confier toutes mes peines et qui me prendrait dans ses bras pour me protéger.

La destruction du piano terminait un chapitre de

ma vie d'adolescente. C'est peut-être à ce moment-là que je me rendis compte que mon enfance avait pris fin brusquement. Une âpre fierté m'envahit à l'idée qu'à quinze ans j'allais mourir d'une mort de grande personne. Je repris avidement la lecture de mon livre. Dès la cinquième ligne, l'effort que cela m'imposait brouilla ma vue. Mais je n'avouai pas que je voyais à peine et continuai la lutte pour chaque mot. À ce moment, une force terrifiante me souleva du divan et me jeta contre le mur. Sombrant dans une demi-inconscience, je me rendis compte que la lucarne par laquelle s'infiltrait d'habitude une pâle clarté s'était brusquement obscurcie. Ma bouche, mes yeux se remplirent de poussière et, l'air me manquant, je me mis à tousser. Il eût certainement été préférable de perdre connaissance. À quatre pattes, je rampai dans l'obscurité pour retrouver mes parents. Ma mère, étendue dans le couloir étroit reliant notre abri à la cave principale, était consciente. Tandis que je posai doucement ma tête sur ses genoux, je vis la femme du colonel descendre l'escalier de la cave en titubant. Elle pressait sa main contre sa bouche : entre ses doigts entrelacés, du sang s'échappait en gros bouillons et se répandait sur ses bras, sur sa robe. Ma mère s'assit et dit qu'il fallait secourir cette femme gravement touchée, mais le tremblement nerveux qui nous agitait nous empêchait de nous mettre debout.

La blessée, chancelante, regagna la grande cave ; nous la suivîmes. Là aussi, il faisait tout noir et la poussière était d'une épaisseur à couper au couteau. Pista s'avança et réclama des bandages. La victime s'était trouvée dans la cour au moment où le train de munitions avait sauté. Le déplacement d'air l'avait projetée contre un mur où elle s'était fracassé la mâchoire. On lui prodigua tous les soins possibles, mais le sang continuait à jaillir à travers les couches de gaze hydrophile.

Dans la cage de l'escalier, les chevaux, pris de panique, hennissaient frénétiquement et cela résonnait comme des hurlements de mortelle angoisse. M. Radnai, mon père et le Docteur montèrent dans la cour. Des fragments du troisième étage avaient, en tombant, tué l'un des soldats allemands. La cour était jonchée de débris de maçonnerie. Au-dessus de nos têtes, les étages fondaient à vue d'œil, mais nous étions toujours en vie et c'est ce qui importait.

Pista était parti à la recherche d'un médecin. Au début, cela avait froissé le Docteur, mais, quand il vit qu'il était incapable d'arrêter l'hémorragie de la blessée, il était devenu très taciturne et s'était tapi dans une cave éloignée. Le procureur allait mieux, l'ultraseptine ayant fait baisser sa température ; il se plaignait amèrement de l'insolence inqualifiable de ceux qui causaient des dégâts à son domicile.

— Le drapeau suisse est hissé à ma porte, criait-il de sa voix éraillée. C'est un domicile extraterritorial, protégé par une puissance neutre !...

Personne ne s'occupe de ses protestations. La femme du banquier, agenouillée près de son lit, prie en serrant ses bijoux entre ses mains jointes. Les mèches blondes d'Ilus sont couvertes de suie et son malheureux bébé hurle de peur. Même les restaurateurs font une apparition tremblante, craignant des représailles pour le ragoût de cheval, mais on les ignore, simplement. La mort nous a frôlés de trop près pour ne pas effacer les passions humaines. En silence, nous notons le fait que ces gens reprennent leurs quartiers parmi nous. Le rez-de-chaussée ne leur paraît plus offrir assez de sécurité depuis la disparition d'un étage au-dessus de leur tête. La déflagration a-t-elle crevé leur tympan ? Ils n'entendent plus. La femme du colonel est allongée sur son lit : son sang coule toujours. L'énergique et encombrante personne nous contemple d'un œil incrédule, comme s'il lui était difficile de comprendre pourquoi elle a été frappée par le destin.

Pista ramène enfin un médecin. Il nous raconte avec effroi que le grand immeuble à appartements de la Vitéz-utca est réduit à un tas de briquaillons. Ses locataires sont voués à l'asphyxie si l'on n'arrive pas à dégager la sortie de secours en temps utile. De toutes les habitations du voisinage, les hommes sortent des caves pour leur prêter assistance. Les nôtres partent aussi sous la conduite de Pista.

Un calme étrange envahit nos cœurs. Le train de munitions a sauté et nous sommes en vie... Mais je mords mes doigts pour étouffer un cri d'horreur qui monte à mes lèvres à la pensée que nous pourrions, nous aussi, connaître le sort des enterrés vivants de la Vitéz-utca.

Tout l'après-midi je me débats avec la vision de figures convulsées par l'asphyxie, j'imagine que nous sommes pris sous les éboulis et qu'à chaque inspiration nous consommons un peu de la vie qui nous reste. Ces hallucinations ne me laissent pas un instant de paix. Si seulement il y avait un moyen d'en parler avec quelqu'un... Je vais dans la grande cave et m'assieds à côté de M. Radnai. Il ferme son Heine et me jette un coup d'œil.

— Qu'y a-t-il ? demande-t-il. Êtes-vous malade ? Venez, montons un instant, propose-t-il en mettant son livre dans sa poche.

Nous passons près du lit de la femme du colonel. Elle gémit, dans sa fièvre ; le Docteur est assis à son chevet et médite.

Nous allons voir les chevaux parqués dans la cage de l'escalier... Je m'aperçois avec horreur que l'un d'eux est en train de mordiller la rampe dont il a déjà avalé un morceau. Une bave sanglante s'écoule de ses lèvres fendillées, jusque sur son poitrail.

— Pas une seule balle pour délivrer ces pauvres bêtes, dit M. Radnai, comme s'il lançait un juron. Un train de munitions saute près de nous, le restaurant est bourré d'explosifs ; l'acier des canons fond, tellement on tire pour utiliser tous les obus avant l'arrivée des Russes, et ces malheureux animaux vont périr de faim et de soif !

Les chevaux nous entourent en hennissant, comme

pour se plaindre, nous fixant de leurs yeux exorbités, veinés de sang. Je ne peux soutenir leur regard et baisse la tête. Un des chevaux s'approche et me pousse légèrement dans le dos, comme pour m'inciter à avoir pitié d'eux, à leur apporter enfin un peu de nourriture, un peu d'eau. Un désespoir intense, écrasant, s'empare de moi. Je passe les bras autour du cou du cheval et j'éclate en sanglots.

M. Radnai prend ma main et m'entraîne à nouveau vers l'entrée de la cave. Il caresse doucement mes cheveux.

— Pauvre petite fille ! Pauvre génération !... Comme c'est dommage !

Je m'arrête à la première marche :

— Non, je ne puis pas retourner dans la cave, dis-je à M. Radnai. Elle s'écroulera et nous enfouira.

— Ne craignez rien, il ne se passera plus rien maintenant. Descendez...

— Vous n'avez donc pas peur ? lui demandai-je à brûle-pourpoint.

— Mais oui, j'ai peur ! J'ai peur de mourir asphyxié, je ne sais rien à propos de ma famille, et ma vie dépend du caprice de quelques personnes hystériques. Quand vont-elles me dénoncer, ou trahir mon origine juive par quelque parole maladroite ?

— Ne craignez pas cela, lui dis-je. Personne ne songe à vous faire du mal.

Nous descendons en silence. M. Radnai reprend sa place et son petit bouquin relié en peau d'antilope.

Mais je remarque qu'au lieu de lire il regarde fixement devant lui.

Vers six heures, les hommes revinrent sans avoir découvert l'issue de secours de la maison effondrée. Un jeune homme et une jeune fille les accompagnaient. La jeune fille devait avoir vingt-deux, vingt-trois ans, elle serrait sa pelisse en grelottant et n'abandonnait pas un instant la main du garçon. Nous les observions sans rien dire. Qui étaient-ils et que nous voulaient-ils ?

Pista prit la parole :

— Ils viennent de la Vitéz-utca. Ils étaient partis chercher de l'eau lorsque le train de munitions a sauté, ce sont les seuls rescapés... Ils doivent rester ici, car après tout, ils ne peuvent pas errer dans les rues. J'espère que vous les accueillerez... Je vais bien me débrouiller pour leur trouver de la nourriture...

Nous les regardions, médusés, comme s'il s'agissait de fantômes. Ce jeune couple ne semblait pas appartenir au monde réel. Comme saint Thomas, nous aurions désiré les toucher, les palper, pour nous assurer qu'il s'agissait vraiment d'êtres vivants.

Ilus, qui tenait son bébé sur le bras, fut la première à parler. Elle s'approcha d'eux :

— Mon Dieu, dit-elle, je vois que ces deux-là s'aiment... Comme ils sont jeunes... Même la mort a eu pitié d'eux... Que pourrais-je faire pour les aider ? S'il y a encore des choses intactes dans mon appartement, vous pouvez descendre ce que vous voulez. Et je partagerai aussi mes vivres avec eux.

La femme du banquier leur promit des ustensiles de ménage, la femme du restaurateur leur offrit une boîte de conserves, l'étudiant en médecine leur demanda s'ils n'avaient mal nulle part.

Un élan charitable montait vers eux de tous les cœurs. Comme si c'était le moment à jamais de régler une dette de reconnaissance contractée avec le destin. De l'appartement d'Ilus, Pista et le Docteur descendirent un large divan et des couvertures. Puis ils partirent à la recherche de quelques vivres dans la grande épicerie de Fö-utca. C'était la première fois que le Docteur se risquait à sortir de la cave. La veuve du banquier leur lança de son coin :

— Vous pourriez aussi apporter un peu de viande pour cuire un ragoût...

L'épouse du restaurateur blêmit, c'était une pierre dans son jardin. Mais la vieille dame continua :

— Le cheval est un animal tout comme le cochon. Il importe seulement que la viande soit fraîche ; personnellement, cela ne me dégoûte plus... J'ai faim...

Les autres ne dirent rien, mais ces mots furent accueillis par le couple d'aubergistes comme une absolution.

Ilus déménagea dans notre cave, laissant au jeune couple, à Ève et Gabriel, sa soute à charbon.

Tout à coup, à travers son délire, le procureur se rendit compte des événements. De son lit, où il s'étalait comme une vieille araignée suante, il interpella Ève :

— Êtes-vous mariés, mademoiselle ? Normalement, il n'y a que les gens mariés qui dorment ensemble...

— Mais nous ne vivons plus dans un monde normal, rétorqua Radnai. Surveillez votre bile et ne fourrez pas votre nez dans les affaires des autres !...

— Nous nous aimons, dit Gabriel doucement ; autour de nous, ils sont tous morts.

Ses traits s'altérèrent et il attira Ève contre lui.

— Grand Dieu ! Quand je pense que je m'étais tellement opposé à ce que tu m'accompagnes !...

On ne discuta plus leur présence. Cela nous sembla aussi naturel qu'ils fussent des nôtres que s'ils avaient passé des années parmi nous. Pour moi, ce qui m'importait désormais, c'était *La Peau de chagrin*. En tâchant de lire frénétiquement, je m'approchai trop près de la mèche gluante, mes cheveux se mirent à flamber. Je poussai un cri. Ma mère jeta immédiatement une couverture sur ma tête. Mais il ne demeurait rien des boucles qui tombaient auparavant sur mes épaules. Mon cou aussi arborait de douloureuses brûlures. On mit de l'onguent sur mon oreille et Pista, muni d'une énorme paire de ciseaux, coupa les dernières mèches inégales de ma coiffure. Un petit jouvenceau triste s'offrit à mes yeux dans le miroir terni que je possédais encore. Je ne me reconnaissais même plus.

Les jours se traînèrent. Nuits de cauchemars, combat contre un monde de fantômes. Mon pays de rêve s'était évanoui. Le sommeil ne me menait plus vers l'apaisement, mais vers les paysages lunaires du mal et de l'horreur.

Pista disparaissait parfois pendant des journées entières, mais revenait toujours en souriant, comme quelqu'un sur qui la mort même n'avait pas de prise.

Après une certaine nuit, nous attendîmes l'aurore avec épuisement. Les explosions s'étaient succédé à un rythme ininterrompu. Chaque fois que la maison encaissait un coup direct, le sol, sous nos pieds, tressaillait, comme si la terre, elle aussi, était habitée de puissances infernales.

À six heures et demie, Pista réveilla tout le monde. Il nous informa que les Allemands avaient, cette nuit même, fait sauter tous les ponts du Danube.

Nous ne pouvions croire à cette nouvelle stupéfiante. Incrédules, nous fixions notre interlocuteur ; puis, nous décidâmes, d'un commun accord, d'aller vérifier ses dires de nos propres yeux. Nous escaladâmes le grand escalier à la queue leu leu, formant une étrange procession. L'idée ne nous effleura même pas qu'un obus tombant à l'improviste pût nous déchiqueter. La destruction des ponts avait eu raison de toutes nos craintes... Mais cette indifférence était peut-être plus effrayante que le reste. Nous nous rendîmes dans l'appartement du colonel. Pista nous interdit de nous montrer, disant que, de l'autre côté du fleuve, des tireurs d'élite russes visaient chaque silhouette humaine. Tapis contre les pans des murs, nous regardions à travers les embrasures en ruine... Les ponts éventrés gisaient dans les eaux troubles du Danube.

Horrifiée, j'observai le Lanc-hid (pont aux Chaînes) détruit, songeant aux innombrables fois où je l'avais traversé avec mon père. Souvent, j'allais à sa rencontre au café du Lanc-hid, et nous poursuivions ensuite notre promenade. Cher vieux Lanc-hid, qu'a-t-on fait de toi ? Et, là-bas, dans le lointain, le pont Élisabeth, écroulé lui aussi. Il s'enveloppait des brouillards du matin, comme pour cacher son grand corps meurtri. Je revoyais son arc léger, gracieux, qui, d'un élan, reliait Pest à Buda, comme une mélodie, comme un serpentin jeté au-dessus du courant, par une main enjouée.

Le fleuve puissant, qui portait jadis de jolis bateaux-promenades, semblait s'écorcher au contact de la ferraille tordue et, formant des tourbillons vertigineux, projetait dans sa rage impuissante de gros blocs de glace contre les quais des deux rives.

Une bombe assez proche secoua notre torpeur. Nous redescendîmes à la cave. Je restai en arrière et jetai un ultime regard sur les ponts qui gisaient, en face de moi, comme de grands morts sans sépulture.

L'après-midi nous allâmes en vain quérir de l'eau. Nous revînmes avec les seaux vides. Le robinet de la Kacsa-utca ne donnait plus une seule goutte.

J'ai soif.

Depuis deux jours, nous n'avons plus une goutte d'eau. Avec le dernier demi-verre, Ilus a préparé ce matin même une bouillie tiède pour le bébé, en y ajoutant quelques restes de poudre de lait. Ce pauvre enfant est faible au point de ne pouvoir se tenir assis ; il est étendu sans forces, la tête ballante, durant des journées interminables, et des gémissements plaintifs s'étouffent dans sa gorge.

Vers midi, quelqu'un se met à pousser des cris aigus dans la cave. Je cours voir ce qui est arrivé. C'est la veuve du banquier, en combinaison :

— Voilà, j'ai trouvé un pou ! hurle-t-elle en gesticulant ; c'est vraiment le comble du scandale qu'on n'ait plus le moyen de se laver !

Et elle montre, à tous ceux qui veulent bien s'y intéresser, un pou somnolent sur un bout de vieux journal. Nous entourons et contemplons l'insecte. L'événement est d'une telle importance qu'il nous fait oublier la soif pour quelques instants !

Au-dehors, l'enfer s'est déchaîné à nouveau. Depuis le matin, la maison a été touchée sept fois et nous ne cessons de louer Dieu pour les robustes caves voûtées de notre immeuble presque centenaire : que serions-nous devenus dans une maison moderne aux murs de carton ? Même ici, à une profondeur égale à celle d'un étage, la terre ne cesse de trembler sous nos pieds, comme si une conduite électrique parcourait le sol de toute la ville de Budapest et que nous marchions continuellement sur des fils à haute tension.

Ces derniers temps, j'avais pris l'habitude de me tenir assise au bord de mon lit, les jambes repliées sous moi. Je frémissais chaque fois que je devais faire quelques pas, tant je craignais ce tremblement lugubre.

Depuis qu'il n'y a plus d'eau, le concierge et sa femme ne se montrent plus. Ils ont accumulé des stocks de tout et plusieurs personnes prétendent les avoir vus descendre un petit tonneau à la cave, tonneau qui doit vraisemblablement contenir du vin. À présent, ils se tiennent enfermés dans leur cave particulière afin de ne partager leurs trésors avec personne.

Cet après-midi pourtant, le concierge a fait une apparition lorsqu'il est allé d'un pas chancelant vider le seau hygiénique dans la cour. Il paraissait encore plus pâle et plus petit que d'habitude, tandis qu'il marchait la tête baissée et d'un pas si incertain qu'à deux reprises il laissa échapper des excréments hors de son baquet. Personne n'osa pourtant lui faire le moindre reproche. On sait que le concierge est communiste et les locataires craignent qu'une remarque ne puisse entraîner sa vengeance, une fois que les Russes seront arrivés dans la ville.

Un silence inattendu s'est fait vers quatre heures de l'après-midi. Les Allemands, traînant derrière eux leur petit canon monté sur une auto blindée, avaient quitté leur poste devant la maison, et la rue a repris soudain un aspect calme et désert.

Lentement, nous sommes montés dans la cour. Les chevaux avaient déjà rongé la balustrade du grand escalier jusqu'à l'entresol et l'un d'eux était devenu si faible, qu'il ne pouvait plus que se tenir accroupi sur son arrière-train. C'était la première fois de ma vie que je voyais un cheval assis. Il aurait bien voulu, lui aussi, approcher de la balustrade pour s'en régaler, mais la force lui manquait et les autres se partageaient sa part...

Faisant irruption à l'improviste, comme toujours, Pista parut, mais, cette fois, les mains vides. Nous l'entourâmes aussitôt pour lui demander conseil au sujet de l'eau. Il déclara qu'aux bains turcs situés non loin de là, nous avions une chance d'en trouver un peu, car les bains n'étaient pas raccordés au réseau urbain.

Bien que l'établissement ne fût qu'à une dizaine de minutes, cette distance nous parut soudain infranchissable. L'idée de quitter le refuge de la cave, pour parcourir un chemin où un obus ou une bombe pouvait à chaque instant nous mettre en pièces, était intolérable. Pista se déclara prêt à apporter de l'eau, mais que représentaient deux seaux pour une vingtaine de personnes assoiffées et sales ?

— Pour ma part, j'y vais, annonça la veuve du banquier et, s'il y a la moindre possibilité, je prendrai tout de suite un bain ! C'est vraiment trop fort de devenir pouilleux à ce point.

Ces propos furent suivis d'une discussion qui semblait ne pas devoir aboutir, au sujet de ceux qui feraient partie de l'expédition. On conclut finalement que tout le monde irait, à l'exception de Mme Sàrosi et de M. Galamb, désignés pour garder la cave. Nous nous mîmes en route, munis de nos seaux, mais arrivés dans la rue, chacun de nous se mit instinctivement à courir.

— Du calme ! criait Pista pour apaiser notre frayeur, ce n'est pas de courir qui vous fera éviter les projectiles !

Ceux qui guettaient sous le porche des autres maisons prirent courage en nous voyant dehors, et notre petit groupe muni de seaux ne tarda pas à s'enfler jusqu'à devenir une procession.

Au pas de course, nous atteignîmes bientôt l'ancien établissement des bains. Le souffle avait arraché le portail de ses gonds ; pour entrer, il fallait escalader un gros bloc de pierre qui barrait l'entrée. À l'intérieur, sur le carrelage en mosaïques multicolores, gisaient deux cadavres de chevaux, les pattes dressées en l'air, les ventres gonflés comme s'ils étaient emplis d'eau à crever. Nous les contournâmes avec précaution, et nous nous glissâmes à travers l'ouverture béante, jadis porte tournante, accédant aux galeries longeant les bassins. C'est en ce lieu, orné jadis de palmes et de plantes tropicales dans des vasques de pierre, qu'en temps de paix les maîtres baigneurs vêtus de blanc recevaient les clients dans une atmosphère de vapeur chaude. Si Pista ne nous avait pas accompagnés, nous nous serions sûrement perdus dans ce labyrinthe désert et glacial. Il s'agissait maintenant de trouver le poste de distribution d'où les bassins recevaient leur eau bouillante et sulfureuse.

— Nous allons y arriver tout de suite, dit Pista, en prenant la tête de la procession.

Nous le suivîmes mais, soudain, comme frappée de stupeur, toute la troupe s'immobilisa. Ne comprenant pas ce qui avait pu se passer, j'avançai pour en apprendre davantage. C'est alors que mon regard tomba sur le cadavre, au fond du bassin. Il flottait, les yeux vitreux, la bouche ouverte, à la surface d'une eau vert-de-gris. L'humidité avait à tel point abîmé ses vêtements et les avait si bien moisis qu'il était impossible de distinguer s'il avait été Hongrois ou Allemand, civil ou militaire. Exemple éclatant de la grande justice exercée par la mort qui ne fait pas de distinction entre les principes ni entre les nationalités.

Au-dessus de nos têtes, le toit était écroulé et nous pouvions apercevoir le ciel ; des poutres et des tuiles s'entassaient des deux côtés du bassin et cet amoncellement de ruines présentait un obstacle insurmontable.

— Nous ne pourrons pas arriver jusqu'à l'eau, gémit quelqu'un dans la foule.

Et Ilus fondit en sanglots hystériques.

— Attendez un instant, dit Pista en disparaissant parmi les décombres.

Il ne tarda pas à reparaître, traînant avec effort une longue planche. Après l'avoir disposée de façon qu'elle reliât les deux bords du bassin, il s'y engagea en courant.

— Vous pouvez venir ! cria-t-il, elle supporte facilement une personne à la fois.

Le triste cortège s'ébranla, tout en gardant un morne silence. Quelle lamentable image présentaient ces misérables bourgeois arrachés à leur paisible vie quotidienne et avançant d'un pied mal assuré sur une planche étroite et glissante, tandis qu'au fond du bassin le mort, ouvrant de gros yeux étonnés vers le ciel, semblait compter leurs pas et regarder leur marche titubante.

Les premiers arrivés nous observaient de l'autre bord, comme les bienheureux se retournent vers les âmes du purgatoire. Un seul faux pas, et le maladroit tomberait à côté du noyé.

C'était mon tour de passer. Je tremblais de tout mon corps. On me dit d'attendre le retour des autres, mais la pensée du tête-à-tête avec le mort m'emplissait d'horreur. Si ma mère restait avec moi nous n'aurions pas assez d'eau et qui sait quand nous aurions de nouveau la chance de revenir jusqu'ici ? Je posai le pied sur la planche et il me sembla que j'étais obligée de passer sur un câble tendu au-dessus d'un immense précipice dans la montagne. J'étais arrivée à peu près au milieu quand la planche vacilla. Je poussai un cri et tombai à genoux pour me trouver juste en face du noyé. Pista me rejoignit en deux bonds, me saisit dans ses bras et me déposa de l'autre côté.

Une envie sauvage me fit tout oublier d'un coup, car j'avais devant moi les robinets d'eau. Les conduites étaient à ce point endommagées que l'eau chaude sulfureuse s'échappait de toutes parts en mugissant comme une chute de torrent. Nous dûmes cependant renoncer à en boire, car la première gorgée avait suffi à nous brûler les lèvres. La veuve du banquier se débarrassa de sa blouse et courut se mettre sous une douche qui fonctionnait par miracle.

— Vous allez vous ébouillanter ! lui cria ma mère.

— Elle est froide ! lui siffla l'autre en réponse.

Nous nous précipitâmes tous pour laper l'eau froide de la douche. Presque tout le monde s'était déshabillé. Ce fut une véritable volupté de soumettre au jet d'eau nos peaux crasseuses et démangées de transpiration... Un morceau de savon fit la ronde et des regards pleins de reconnaissance se dirigeaient vers Ilus qui l'avait apporté et le prêtait de bon cœur. Toute pudeur avait disparu : la femme du colonel, le torse nu, était affairée à laver sa combinaison et Ilus frottait ses pieds et ses jambes en retroussant sa jupe jusqu'aux hanches.

Notre joie se changea soudain en épouvante : une mine venait de faire explosion très près de là. Nous remîmes nos vêtements avec la rapidité de l'éclair et reprîmes, avec nos seaux débordants, le chemin du retour. Les obus tombaient de plus en plus dru et Pista, avec une agilité infaillible, faisait la navette sur la planche pour aider les plus faibles à transporter leurs récipients. Dans la rue, nous courions en longeant les murs, et le précieux liquide arrosait le sol à mesure que nous avancions.

Devant la maison, le petit canon était déjà en train d'aboyer... Quelle joie lorsque nous franchîmes enfin, sains et saufs, le seuil de la porte cochère ! Nous semblions oublier qu'une seule bombe eût suffi pour faire crouler tout l'immeuble sur nous ; la seule pensée que nous nourrissions était la certitude que les vieilles murailles nous protégeaient des balles de mitrailleuse et des éclats de mines.

Traversant la cour en direction de la cave, un sentiment plus fort que moi me poussa vers les chevaux. Les seaux étaient encore à moitié remplis. Jamais de ma vie je n'oublierai ce moment, même si je dois atteindre la plus grande vieillesse. Je m'approchai tout d'abord du cheval assis, lui présentai l'eau. Le gémissement heureux qu'il laissa échapper me rappela les cris que nous avions poussés en arrivant au bain. Il tremblait et aspirait l'eau à grandes gorgées interminables. Les autres chevaux s'approchèrent lentement, à pas incertains. Je devais procéder à la distribution avec précaution, pour que chacun d'eux eût sa part.

Dans ces regards de bêtes se reflétait un sentiment presque humain de reconnaissance. Les chevaux m'entouraient, tout faibles qu'ils étaient ; le sang coulait de leurs gencives, et des larmes purulentes sortaient de leurs yeux.

En descendant à la cave avec mes seaux vides, je sentis mon cœur léger et débordant de joie, comme si, au temps de la paix la plus sereine, on venait de m'offrir un superbe cadeau.

Nous nous sommes peu à peu habitués à recourir à Pista chaque fois que nous avons besoin de quelque chose. Il réussit à nous procurer presque tout le nécessaire.

Ce matin, nous lui avons demandé d'aller chercher un prêtre au couvent, à une demi-heure de marche environ de chez nous, afin que soit célébrée la messe. Pista a acquis la réputation d'un être invulnérable qui, tout comme un porteur de talisman, peut écarter d'un geste de la main les mines et les obus pleuvant autour de lui.

Notre désir se réalisa plus vite que nous l'avions espéré. Deux jours à peine se sont écoulés et le soldat nous annonce que la messe sera dite dans notre cave le lendemain matin. (Il était vraiment étrange d'entendre prononcer ces mots « matin », « après-midi » ou « soir », car, dans l'obscurité perpétuelle des caves, nos yeux rougis et larmoyants, à cause de la maigre lumière jaune des chandelles de graisse, ne pouvaient mesurer les heures ni les jours. Le seul point fixe de l'horaire était le bombardier de nuit qui terminait son travail de destruction vers quatre heures du matin, et il régnait alors un silence relatif jusqu'à six heures environ.

Le grand jour arrive. Tout le monde est sur pied dès trois heures et demie. Il a neigé au cours de la nuit et nous pouvons nous débarbouiller un peu avec la neige de la cour. Dans la cave centrale, une table est recouverte du dernier drap propre que nous avons pu trouver et nous notons comme événement remarquable que M. Radnai, l'athée, s'est rasé et a noué une cravate au col de sa chemise dont on aurait peine à déterminer la couleur. La veuve du banquier retire avec un soin minutieux les papillotes de ses cheveux et Ilus met une chemise propre au nourrisson. Le jour précédent, Pista a volé des bougies dans un magasin et en a ramené six, aussi grosses que le bras : c'est un trésor inestimable.

Quelques minutes après quatre heures, un vieux prêtre arrive, apportant le Saint-Sacrement dans une custode dorée et le vin de messe dans un flacon. Un coin de la cave d'Ilus est transformé en confessionnal : on y met une chaise pour le confesseur et une couverture par terre pour les pénitents. Puis, nous nous plaçons l'un derrière l'autre et les confessions commencent.

La tête baissée, fuyant les regards, M. Radnai fait la queue, lui aussi. Le concierge et sa femme sont là, vêtus comme s'ils allaient assister à la grand-messe de leur village. Ève ne lâche pas la main de Gabriel ; ils se tiennent un peu à l'écart. Le procureur général a quarante degrés de fièvre, il divague et va recevoir l'Extrême-Onction. Étienne allume les bougies sur l'autel improvisé et la cave est soudain envahie d'une lumière dorée. Des ombres aux têtes baissées me croisent pour aller s'agenouiller devant l'autel. Pista lisse les derniers plis de la nappe et prend la file lui aussi.

Une fois mon tour arrivé, je ressens un très fort battement de cœur.

— Je ne veux pas mourir, mon père, lui dis-je presque en pleurant. Je n'ai que quinze ans et j'ai affreusement peur de la mort. Je veux vivre encore.

Le visage pâle, aux paupières baissées, reste immobile en face de moi. Combien de fois a-t-il dû entendre ces mêmes mots de révolte, combien de fois lui a-t-on déjà saisi la main en disant : « Mon père, la vie me doit encore beaucoup, on ne peut périr dans cette obscurité et cette saleté quand il y a des pays où le soleil brille, où des gens marchent dans la rue, alors que nous nous trouvons assiégés ici, dans cette ville transformée en cimetière. » Pour ma part, je m'entends dire :

— Mon père, je suis prise d'horreur quand il faut

sortir, on ne peut plus que marcher sur des morts ; de toutes parts, des yeux vitreux me jettent des regards interrogateurs et pleins de reproche, parce que je me trouve encore au nombre des vivants...

— Le sort de notre corps est bien peu important, dit le prêtre doucement. La mort que nous craignons tant n'est que la délivrance ; elle n'est que le moment où l'âme échappe à sa prison corporelle pour entrer dans l'éternité. Et Dieu nous aime tant, ma fille ! Il nous accueille avec un amour infini et inépuisable. Dans son royaume, il n'y a pas de guerres, pas de mort non plus. Le soleil, la paix, une joie sublime nous y attendent. Peut-on craindre quoi que ce soit ? Et puis, les morts qui nous entourent ici, ne t'imagine pas qu'ils nous accusent : au contraire, ils nous plaignent de devoir encore supporter les souffrances de cette vie. N'oublie pas qu'aucun de ceux qui expirent ici parmi ces décombres n'est perdu pour la vie éternelle...

En sortant, je ne remarquai plus personne autour de moi. À travers le voile tiède de mes larmes, la lueur des cierges reflétait toutes les couleurs de l'arc-en-ciel, les murs étaient évanouis pour former une magnifique cathédrale où la lumière semblait devenir de plus en plus radieuse comme si le flot doré des rayons du soleil y avait pénétré. Des voix tremblantes chantaient des cantiques et un sentiment de joie pure m'emportait presque jusqu'à l'extase.

Je ne revins que bien plus tard à la réalité et vis qu'Ève et Gabriel se tenaient agenouillés devant l'autel. Le prêtre célébrait leur mariage. Scène inoubliable que ce vœu de fidélité jusqu'à la tombe, prononcé ici au seuil de l'éternité et à l'ombre permanente de la mort.

Le prêtre nous quitta vers sept heures du matin au milieu d'un bombardement acharné. Tout laissait croire que ce jour serait encore plus terrible que les précédents. La maison se trouvait déjà fort endommagée et une partie du corridor du troisième étage fut précipitée dans la cour.

Chacun cherchait à donner quelque menu cadeau aux jeunes mariés. M. Radnai leur offrit une orange. Il avait conservé ce fruit déjà complètement desséché depuis plus de cinq semaines, et se l'était refusé, le gardant pour des temps plus durs encore. Le concierge avait apporté un verre de vin. Tout le monde fêtait la joie.

Plus tard, Ève vint trouver Ilus dans sa petite cave et lui donna l'orange pour l'enfant.

L'après-midi est terrible. Je me tiens assise au bord de mon lit sans oser mettre les pieds par terre, tant j'ai horreur de ce tremblement continuel. La chandelle de graisse vacille en répandant une lueur jaunâtre ; j'ai envie de lire, mais mes yeux larmoient au bout de quelques instants. Ma mère ne cesse de m'avertir que je devrai plus tard porter des lunettes.

Se soucie-t-on du sort de ses yeux, si l'on n'a que quelques jours à vivre ? Je n'ai plus peur de la mort en ce moment ; c'est seulement le passage de cette vie à la vie éternelle qui m'effraie. Serons-nous tués par les bombes qui feront crouler la maison sur nos têtes et périrons-nous étouffés sous les décombres, ou bien serons-nous condamnés à être brûlés vifs par le jet des lance-flammes ? Si les Allemands nous font évacuer la maison, nous présenterons aux Russes, postés sur la rive d'en face, le plus magnifique des tirs aux pigeons : ils nous abattront les uns après les autres à l'aide de leurs fusils à lunette ; ils pourront même jouir de nos grimaces avant de nous voir nous écrouler dans la mort.

Pista décide d'aller voler un voile de mariée pour Ève. Il prétend se souvenir d'un magasin de modes des environs, où l'on en trouvait avant le siège. Dans la devanture, à la place des petits chapeaux à plumes de jadis, il y a maintenant une bombe non explosée, mais Pista est sûr de trouver un voile à l'intérieur.

Nous tentons de le dissuader, mais il rit, et ses belles dents saines et blanches jettent des éclairs à la lueur des chandelles.

« Je veux que ce jour soit inoubliable pour Ève » est son refrain obstiné.

Il ne part pas seul, car le Docteur désire l'accompagner. La famine a atteint de telles proportions dans la maison que la décision de ce dernier est accueillie presque avec joie. On sait combien le Docteur s'y connaît en équarrissage : dehors, il trouvera sûrement quelque cadavre de cheval dont il ramènera les meilleurs morceaux. La femme du restaurateur en préparera une bonne soupe et un plat de viande.

À ce propos, nos chevaux sont encore en vie. Ceux d'entre nous qui se trouvent installés directement sous l'escalier principal disent les entendre racler sans cesse le sol de leurs sabots. Pista nous apprend que le cheval assis jusqu'ici gît à présent, couché de tout son long, et a juste la force de soulever la tête lorsqu'on l'approche. J'attends avec impatience la prochaine occasion qui se présentera d'aller chercher de l'eau pour leur donner à boire.

— Il est sept heures, fait M. Radnai, venu nous voir pour causer quelque peu avec mon père ; Pista n'est toujours pas de retour.

Notre inquiétude commence à grandir, Ilus surtout est au comble de l'angoisse, car, si le jeune homme ne rentre pas, le nourrisson n'aura rien à manger demain : la dernière boîte de lait en poudre est vide...

— Huit heures moins le quart, dit plus tard M. Radnai, en se grattant le menton. Drôle, le petit mécanisme de cette montre, continua-t-il, comme s'il réfléchissait à haute voix. Elle a été fabriquée en Suisse... Je puis à peine croire que ce pays existe encore... La Suisse... Des glaciers, de l'air pur, des sports d'hiver, des hôtels de luxe pleins de touristes, un maître d'hôtel résigné demandant si on préfère du homard ou simplement des écrevisses...

L'odeur de cuisine envahit les pièces... Bon Dieu ! Odeur de cuisine !... Quel mot magnifique et plein de saveur... Ah !... il faudrait manger... quoi, manger ?... non, engloutir ! dévorer !...

— Vous avez sans doute beaucoup voyagé, monsieur le professeur ?

— Oui, fait mon père.

Mais il me serre le bras, car je viens de pousser un cri de terreur : une explosion, tout près, nous bouleverse tous. La porte de notre cave s'ouvre comme poussée par le souffle d'une bombe, mais c'est le concierge qui entre. Il est livide et ses lèvres tremblantes ont à peine la force de prononcer ces mots :

— Venez, on vient de le rapporter...

— Pista ? fais-je.

Un pressentiment terrible me serre la gorge.

Nous courons dans le corridor, nous bousculant. Le Docteur décharge Pista de ses épaules. Ils sont tous deux couverts de sang, comme s'ils avaient été trempés dans une peinture rouge.

— A-t-il perdu connaissance ? demande une voix rauque dans le fond.

— Il est bel et bien mort, réplique le Docteur timidement, presque d'un ton d'excuse. Nous étions allés loin, et une mine l'a atteint en plein. Le souffle m'a lancé contre un mur. La poussière et la fumée dissipées, je ne l'ai revu que mort.

La veuve du banquier se trouve mal et quitte la pièce en chancelant ; l'odeur douceâtre du sang nous pénètre jusqu'au cerveau ; Ilus fond en sanglots.

— Voici son sac, poursuit le Docteur, il contient ce qui vous était destiné.

Il tend le sac à Ilus qui le prend d'un geste sans force. Elle met des minutes interminables à dénouer la ficelle, mais personne ne l'aide, car nous sommes pétrifiés d'horreur. Penchée sur sa besogne, elle est déjà barbouillée de sang jusqu'aux coudes lorsqu'elle arrive enfin à ouvrir le sac, et ses mains tremblantes en extraient trois boîtes de lait concentré. Elle éclate d'un rire aigu :

— Du lait pour l'enfant, il ne va pas mourir de faim ! Mon Dieu, c'est du lait pour l'enfant ! Pour mon pauvre petit enfant, du gentil petit lait pour mon bébé...

Elle mit quelque temps à se ressaisir et, fouillant au fond du sac, en retire un beau voile blanc.

— Le voile de mariée, fait M. Radnai, d'une voix sans timbre, tandis qu'au coin de la rue le petit canon se remet à aboyer.

Ève se cache le visage dans les mains et secoue obstinément la tête :

— Je n'en veux pas, ne me le donnez pas.

Alors Ilus, tenant le voile, s'approche de ce qui a été Pista, et le recouvre du fin tissu blanc. Son geste est maternel et doux, comme si elle recouvrait son enfant endormi.

— Merci, murmure-t-elle sans cesse, merci...

L'étroit couloir s'est transformé en chapelle ardente. Nous nous agenouillons et Ève dit une prière à haute voix. Le voile s'imbibe lentement de sang et, au-dehors, la mitraille pleut en éclats.

Cette nuit-là, les bombardements se succédèrent sans arrêt.

Nous avions bu à midi ce qui nous restait d'eau. Maintenant plus d'eau, plus une goutte d'eau... seulement du sang, du sang ; partout du sang...

La nouvelle se répandit que les Russes s'étaient emparés, à l'aube, de la caserne située dans la rue voisine. Un bâtiment où une dizaine d'Allemands tenaient, depuis plus de quinze jours, contre une multitude d'assaillants. Notre libération ne pouvait donc guère tarder. Une fois que les Russes seraient là, nous pourrions remonter dans les étages et abandonner notre infâme vie de rats.

Il pouvait être à peine sept heures lorsque quatre Allemands armés jusqu'aux dents firent une irruption bruyante dans la cour. Ils déposèrent leurs mitraillettes et s'efforcèrent, à grand-peine, de faire monter un bazooka dans l'escalier. Puis, chargés de lourdes caisses de munitions, ils envahirent les quelques pièces (plus ou moins intactes) du premier étage.

Ces manœuvres nous laissaient perplexes. Tout semblait indiquer leur intention de transformer l'immeuble en forteresse et d'y tenir jusqu'à la dernière extrémité.

Il devenait assez peu probable que nous puissions échapper à la mort car, une fois la maison assiégée, les lance-flammes ne tarderaient pas à nous griller vifs.

À peine plus vigoureux qu'un souffle, tant la fièvre l'avait affaibli, le procureur général s'était relevé dans son lit, hoquetant d'une voix rauque :

— Insolents ! Ils veulent tirer de mon appartement ; ma femme est de nationalité suisse, j'irai me plaindre au ministre...

Sa barbe blanche retombait sur sa chemise crasseuse de sueur. Gesticulant de ses bras osseux, à la lueur clignotante des chandelles, il ressemblait à un squelette. Les sanglots glapissants de la concierge nous rompaient les oreilles, tandis que M. Radnai s'efforçait de se faire entendre tout en parlant à voix basse :

— Voyons, du calme ! Dès que les Russes seront là, je mettrai l'étoile jaune pour qu'ils comprennent que je suis juif ; et alors, je vous protégerai, comme vous, maintenant, qui me cachez des Allemands.

La femme du banquier riposta, nerveuse :

— C'est avec une étoile que vous voulez vous opposer à des troupes combattantes ? Vous croyez que cela servira à quelque chose ?

— Mais bien sûr, l'étoile est un symbole, c'est le

signe des persécutés, et ce sera, dès lors, le signe de l'apothéose des martyrs.

Ilus était entrée, portant l'enfant enveloppé dans des couvertures. Un sentiment inexplicable poussait les gens à se réunir, la solitude faisait peur.

Mon père, resté assis dans un coin, absorbé dans ses pensées, s'exclama soudain :

— Tiens, on dirait que c'est de l'eau qui coule du mur !

Nous l'entourâmes et constatâmes à notre tour que, du mur couvert de salpêtre, suintaient des gouttes scintillantes.

— Peut-on en boire ? demanda quelqu'un d'une voix peu assurée. Il faudrait un récipient pour recueillir cette eau.

Personne ne répondit ; nous regardions le mur, fascinés : le ruissellement augmentait ; alors, nous vîmes avec horreur qu'une couche liquide très mince, mais toujours croissante, recouvrait le sol. L'eau envahissait la pièce de toutes parts.

— Il faut immédiatement évacuer cette eau, fit vivement le Docteur. Nous ferons la chaîne avec des seaux que nous viderons dehors, nous les passant les uns aux autres... Mais vite, sans quoi nous serons inondés !

— Fermez le robinet ! cria le procureur général, ou faites venir le plombier... C'est quand même un comble !

À bout de souffle, il retomba sur ses coussins.

Nous courûmes à la recherche des seaux et Ilus installa dans le lit du procureur son nourrisson pleurnichant, aux côtés de celui-ci, afin de pouvoir, elle aussi, participer à la besogne.

Une queue se forma de la cave jusqu'à la porte cochère et les seaux passaient de main en main à toute vitesse. Le dernier de la file les vidait dans la rue.

Les Allemands étaient descendus et nous regardaient faire.

— Vous vous donnez inutilement de la peine, dit l'un d'eux. Les ponts sautés, les blocs de glace amoncelés obstruent le cours du Danube et l'eau monte dans les égouts comme dans une écluse. Vous ne vous figurez quand même pas qu'avec ces quelques seaux vous allez faire sortir le Danube de votre cave ?

Nous le regardâmes sans vouloir comprendre et nos mains continuèrent à passer machinalement les récipients emplis jusqu'au bord.

Entre-temps, le petit canon avait recommencé à aboyer devant la maison, ce qui signifiait que les chasseurs russes n'allaient pas tarder, eux non plus.

Ceux d'entre nous qui travaillaient aux endroits dangereux étaient souvent relevés, car la cave et les escaliers seuls pouvaient offrir quelque abri. Nous poursuivîmes notre besogne sans relâche durant cinq heures, menacés sans cesse par les rafales de mitrailleuse et par les explosions des mines. Nous n'avions le choix qu'entre ce travail périlleux, qui ne pouvait guère amener un résultat satisfaisant, et la perspective d'être submergés par ce liquide puant qui montait dans la cave.

Vers midi, on signala que l'eau baissait, elle avait sans doute trouvé une autre voie d'écoulement et le danger parut momentanément écarté.

Nous redescendîmes épuisés, couverts de sueur, et surtout torturés par la faim. La cave, qui avait été si longtemps notre seul asile, nous semblait, à présent, horrible et glaciale. La puanteur des égouts avait envahi les couvertures, les quelques meubles et aussi le peu de farine qui était notre plus grande friandise, et dont nous mangions de temps en temps une pincée.

Nous nous efforcions de faire comme si rien n'était arrivé. Le danger d'inondation avait disparu, la cave nous protégeait encore des rafales qui rendaient intenables les étages supérieurs, mais une peur inexplicable nous serrait la gorge. La concierge pleurait sans arrêt et sa voix enrouée n'était plus qu'un grincement de scie.

Au début de l'après-midi, la porte de la cave s'ouvrit tout à coup et un Allemand parut, mitraillette au poing.

— *Raus !* hurla-t-il. Que tout le monde monte immédiatement dans la cour !

On l'assaillit de questions : « Qu'est-il arrivé ? Pourquoi faut-il sortir ? »

Mais il ne faisait que répéter qu'il plaignait les retardataires. La femme du procureur général s'interposa :

— Je veux bien monter, moi, mais mon mari vient d'avoir une grave pneumonie et c'est un vieillard de quatre-vingts ans. Laissez-le au moins tranquille.

— Tout le monde doit s'en aller, s'obstina l'Allemand, je n'aimerais pas être dans la peau de celui que le chef trouvera ici !

Il fallait obéir. Le procureur général fut aidé, pour ne pas dire porté, par sa femme et le Docteur. M. Radnai avait relevé les revers de son col et marchait la tête baissée. La veuve du banquier s'était vite mis du rouge à lèvres. Ilus portait son enfant. Ève et Gabriel marchaient au bras l'un de l'autre, rayonnant d'un bonheur que ni la vie ni la mort ne pouvaient atteindre.

L'Allemand ouvrit la porte des concierges d'un coup de pied ; la femme ne leva même pas les yeux. Après la troisième sommation, il la saisit par le bras et la traîna dehors, dans la cour.

Nous étions tous réunis et nous attendions en silence. Le Docteur avait l'air inquiet. Quatre Allemands armés de leurs mitraillettes nous faisaient face. Leur chef prit la parole :

— On nous a volé ce qui nous restait de vivres. Deux hommes vont fouiller la cave.

Les soldats désignés descendirent. Plusieurs personnes voulaient parler, et le procureur général constata, indigné, qu'une accusation de vol était une insulte. Mais l'officier coupa d'une voix rude :

— Silence !

Au bout d'un quart d'heure, les deux Allemands réapparurent et annoncèrent qu'ils n'avaient rien trouvé. Leur chef nous dit, après avoir consulté sa montre :

— Écoutez, tout le monde ! L'entresol est rempli de munitions. Si, dans cinq minutes, vous ne me rendez pas nos provisions, je fais sauter le bâtiment. Je n'aurai à rendre compte de cet acte à personne, car je ne sortirai pas vivant de Budapest. Et si les décombres de cette maison barricadent la rue, les Russes auront d'autant plus de difficulté à passer... Je commence à compter les cinq minutes !

Je sentis mon corps s'engourdir, devenir froid et étranger comme si j'étais déjà morte.

Le Docteur fondit en sanglots. Lui qui équarrissait les chevaux crevés avec le plus grand sang-froid pleurait d'émotion et de peur :

— Je n'ai rien volé, gémissait-il, laissez-moi partir !

Ilus, épuisée de tenir l'enfant si longtemps dans ses bras, se laissa doucement glisser par terre ; accroupie sur la neige crasseuse, elle soufflait sur le visage du bébé pour atténuer la rigueur du froid.

— Quatre minutes encore, dit l'Allemand.

La concierge, qui comptait jadis parmi les plus corpulentes créatures de la capitale et que la mort de son fils avait amaigrie de façon à la rendre méconnaissable, nous regardait comme celui qui dénombre des condamnés à mort sur le terrain de l'exécution. Sa douleur semblait un peu apaisée. Jusqu'ici, elle nourrissait une haine amère envers les vivants, mais, à présent que nous n'avions plus que quelques minutes à vivre, toute rancune semblait l'avoir quittée.

La veuve du banquier eut un geste brusque. Elle arracha le petit sac à bijoux qui lui pendait au cou et, s'avançant, elle le tendit aux Allemands.

— Laissez-moi partir et cette fortune vous appartient.

Les soldats restaient immobiles, sans manifester le moindre intérêt. On eût dit qu'il ne s'agissait plus d'hommes de chair, mais de robots.

Mon père et ma mère me tenaient par la main, en serrant mes doigts de plus en plus fort.

Le procureur général criait qu'il voulait encore vivre. Je me disais qu'il avait vécu déjà quatre-vingts ans, tandis que, moi, je n'en avais que quinze, et j'avais plus de raisons que lui de pleurer...

Il me parut que les gros murs de la maison se mettaient à chanceler. Je n'apercevais plus que les contours flous des soldats allemands devant moi. Seule, l'étreinte des mains de mon père et de ma mère me retenait en vie, au milieu de cette cour remplie de décombres... Puis, j'entendis une phrase allemande et je me sentis précipitée au fond d'un gouffre obscur.

Lorsque, en reprenant connaissance, je me vis à nouveau dans la cave tant haïe et tant aimée, je fondis en larmes. On m'entourait, on s'empressait autour de moi. Les sanglots me secouaient comme un courant électrique. On me raconta qu'avant la fin des cinq minutes de grâce, un soldat hongrois avait crié de l'une des fenêtres du deuxième étage qu'il allait rendre les vivres de l'armée allemande, mais demandait qu'on laissât les civils en paix.

Ce devait être, comme Pista, un soldat des troupes débandées. Personne ne sut ce qu'il advint de cet homme après son aveu.

Le soir est tombé et ceux qui descendent de la cour annoncent que les quais du Danube sont illuminés par des fusées rouges. C'est ainsi que les Russes délimitent les endroits qu'ils vont encadrer de leurs feux d'artillerie. Cette nouvelle n'émeut personne. Nous sommes trop épuisés. L'épisode de l'après-midi nous a retiré le reste de nos forces.

Vers huit heures, la bataille fait rage. La maison reçoit obus sur obus et les bombardiers, dont on entend le vrombissement continu, attaquent le quartier à la chaîne.

À dix heures, l'eau se remet à couler. Nous voyons monter son niveau d'une seconde à l'autre. Impossible d'en venir à bout avec des seaux, il ne reste pour solution que la fuite. Mais où fuir ? Où trouver un abri offrant quelque sécurité ? Nous n'avons pas le temps de la réflexion ; l'eau nous arrive déjà aux genoux. Tout le monde se précipite pour emporter l'indispensable. Nous bourrons nos poches des quelques poignées de haricots secs qui nous restent et sauvons les couvertures qu'il faut déjà soulever bien haut pour qu'elles ne se mouillent pas. M. Radnai s'habille en hâte et l'eau monte déjà jusqu'aux pans de sa chemise. Ilus emmaillote son enfant. La veuve du banquier pousse des cris en gesticulant. Ève et Gabriel nous aident tous puisqu'ils n'ont rien à mettre en sûreté.

Nous chargeons nos misérables frusques sur nos épaules et nous nous mettons en marche vers l'escalier à travers l'eau qui nous arrive à la taille.

Le procureur général est monté à califourchon sur les épaules de M. Radnai et chacun de nous tient serrée une précieuse chandelle de graisse.

Un Allemand veut nous faire redescendre vers la cave mais, en dirigeant le faisceau de sa torche électrique vers le bas de l'escalier, il aperçoit les flots noirs qui montent à l'assaut des marches. Il nous désigne alors une porte du rez-de-chaussée, disant que celui qui oserait sortir de là recevrait une balle dans la peau.

Nous nous trouvons dans la loge du concierge. Le procureur général et le bébé sont couchés dans le lit.

La première lueur de l'aube paraissait quand un silence absolu se fit comme par enchantement. Nous n'osions en croire nos oreilles et écoutions, la tête collée contre le mur.

Le Docteur déclara qu'il allait voir ce qui se passait au-dehors. Tout le monde protesta, car il aurait suffi d'entrouvrir la porte pour recevoir une rafale de mitraillette. Mais il haussa les épaules :

— La mort est désormais inévitable et je préfère tomber sous une balle que d'être brûlé vif par des lance-flammes.

Il se dirigea vers la porte, tourna la poignée et franchit le seuil. Tremblant de tout mon corps, je me bouchai les oreilles, mais les coups de feu que j'attendais avec tant d'effroi ne se firent pas entendre. La voix du Docteur résonna quelques instants plus tard dans le silence :

— Hé là ! vous pouvez sortir, ils sont partis. Tout le monde a quitté la maison !

Une joie frénétique s'empara de nous. Nous poussions des cris et des exclamations. Le procureur général sautillait sur une jambe en hurlant à tue-tête :

— Les Allemands sont partis, nous voilà sauvés !

C'est lui qui se réjouissait le plus de ce pauvre espoir de vie : lui, qui avait quatre-vingts ans...

M. Radnai avait encore les lèvres bleues de peur, mais déjà, il affirmait d'un ton assuré :

— Je savais bien qu'ils allaient partir. Vous savez, je pressens ces sortes de choses.

Mais personne n'y prêtait attention.

Nous sortîmes dans la cour en titubant. Il commençait à faire jour et, quelque part à l'est, le soleil grimpait vers les bords de l'horizon pour baigner de ses rayons la ville de Budapest en ruine.

La cour était pleine de mitrailleuses, d'armes de toute sorte, de munitions éparpillées et de douilles. Devant la porte cochère, un képi allemand traînait et deux caisses d'obus intactes gisaient à côté du petit canon abandonné.

Dans cet éclairage étrange et fuligineux, les choses n'avaient plus d'existence réelle : cette cour, cette rue, la ville entière, confondues dans une lumière immatérielle, avaient l'aspect d'un paysage lunaire. Partout des armes abandonnées. En face de nous, une maison écroulée sur ses habitants surpris par la mort au cours de l'horrible lutte contre l'asphyxie. Là, à droite, le pan d'un quatrième étage où un piano ne tenait plus que grâce à quelques briques ; de la pièce voisine, qui devait être une salle de bains, il ne restait qu'un mur avec un porte-serviettes.

Partout, à perte de vue, des ruines, des ruines et encore des ruines.

Devant la confiserie du coin, s'étalaient les cadavres des trois chevaux que nous avions sortis des escaliers. L'odeur douceâtre de la décomposition nous pénétrait de toutes parts. Nous ne savions pas alors que l'atmosphère de la ville serait imprégnée de cette horrible puanteur pendant de longues semaines encore.

Où étaient donc passés les Allemands ? On aurait pu croire qu'ils avaient évacué la rue... C'était invraisemblable... Pourquoi ce silence ? La peur nous envahissait. Le silence devenait de plus en plus pesant. La femme du banquier fut d'avis que les Russes devraient déjà être ici puisqu'ils tenaient le quartier voisin depuis trois mois. Mais où étaient-ils donc ?

Cette incertitude était odieuse ! Nous avions l'impression de présences vigilantes derrière les murs, derrière les ruines, même derrière les cadavres de chevaux. Les Russes devaient être très près, peut-être même dans le bâtiment voisin, ou croyaient-ils encore à la présence des Allemands dans notre immeuble et préparaient-ils un nouvel assaut ?

Une crainte panique nous fit battre en retraite, d'abord sous le porche et ensuite dans les pièces du rez-de-chaussée.

Après un quart d'heure d'attente angoissée, Ilus accourut à bout de souffle et annonça qu'on venait de découvrir un Allemand blessé dans les escaliers. Nous nous y précipitâmes. En effet, derrière le grand escalier de marbre, là où, jadis, on rangeait les voitures d'enfant, un jeune soldat gisait dans une mare de sang.

— Ça nous manquait encore, fit M. Radnai ; si les Russes le trouvent ici, nous serons tous exécutés.

En quelques instants, nous fûmes tous réunis autour du blessé qui perdait du sang en abondance.

— Il faudrait le soigner, proposa Ilus d'une voix indécise, je vais chercher de quoi faire un bandage.

— Ne soyez pas pressée à ce point, répliqua M. Radnai ; cet homme nous aurait laissés crever sans scrupules dans notre cave. Et, si les Russes apprennent qu'on a donné des soins à un Allemand, gare à nous !

Le procureur général était arrivé, appuyé sur sa femme :

— Messieurs, il faut panser ce militaire, les Russes eux-mêmes n'agiraient pas autrement, car les soins aux blessés sont un devoir d'après toutes les conventions internationales.

Le Docteur haussa les épaules en bredouillant :

— Le vieux parle à tort et à travers. Où respecte-t-on actuellement les conventions internationales ? Qu'est devenue notre belle ville ? Un tas d'ordures puantes, avec des milliers de cadavres à l'abandon.

La femme du banquier s'écria avec impatience :

— Mais décidez donc quelque chose ! Les Russes peuvent être là à chaque instant et vous ne faites que discuter. Pour ma part, je me retire et je n'ai rien vu ni entendu !

Le soldat s'était péniblement accoudé et tournait toujours ses yeux voilés de faiblesse et de douleur vers celui qui parlait. Son regard se fixait sur nos lèvres comme s'il eût été sourd : il ne comprenait pas un mot de hongrois et la fièvre lui rendait le sens de notre discussion encore plus insaisissable. Il savait cependant que sa vie ou sa mort était en train de se décider.

Son regard devenait si gênant que, bientôt, un silence complet s'étendit, semblable à un épais brouillard qui noyait tout sens du réel.

Je ne me sentais plus la force de détourner mes yeux de ce sang qui filtrait de plus en plus vite à travers l'uniforme déchiré.

Soudain, j'eus l'impression que disparaissaient les

ruines au-dessus de nos têtes et que, du haut du ciel, Dieu nous regardait pour voir comment nous allions passer cette épreuve périlleuse, si proche de la mort. Serions-nous capables de ne voir en pareille extrémité qu'un uniforme et de laisser s'écouler goutte à goutte une vie humaine sous nos yeux ? J'étais certaine que Dieu nous contemplait avec pitié et, sous le poids de son regard, le Docteur se secoua brusquement :

— Je vais chercher des bandages, fit-il d'une voix rauque.

Il revint un instant plus tard et roula le pansement avec des gestes experts et rapides.

— Il est grièvement blessé à la hanche, nous dit-il, et n'en a plus pour longtemps. Cela doit le faire atrocement souffrir.

Le pâtissier qui habitait la maison voisine se glissa dans notre immeuble. Nous le reçûmes comme s'il arrivait d'une autre planète.

— Les Allemands ont abandonné la rue, annonça-t-il. L'un d'eux m'a confié qu'ils s'attendaient à l'assaut et qu'ils abandonnaient leurs blessés, prévoyant un combat acharné. Le chemin pour aller chercher de l'eau est libre à présent, mais il y a plus intéressant : les Allemands ont amassé d'innombrables objets de valeur dans le bâtiment du Tribunal. Les portes ont été forcées et tout le monde peut emporter ce qu'il veut !

— Nous irons chercher de l'eau, dit doucement mon père, car elle nous est indispensable. Le reste ne nous intéresse pas, nous ne sommes pas devenus des voleurs.

— Voleurs ? fit la femme du banquier, piquée au vif. Ne pensez-vous pas que le terme est un peu trop fort, monsieur le professeur ? Je crois que, vraiment, après trois mois passés dans de telles conditions, il nous est permis de chercher un dédommagement.

Mon père ne répondit pas et nous partîmes pour aller remplir nos seaux. Sous les porches, des êtres barbus, jaunes et crasseux regardaient, puis ils s'aventurèrent au-dehors, de plus en plus nombreux. Comme si les habitants des cavernes se rassemblaient en une procession de fête, une multitude munie de sacs vides s'ébranla par-dessus mines et cadavres, en direction du bâtiment du Tribunal.

Aux environs des bains, la puanteur douceâtre des corps en décomposition était tellement forte qu'elle me fit vomir, et je dus rester dehors. Mes parents pénétrèrent dans le bâtiment en se bouchant le nez avec leurs mouchoirs. J'étais mal à l'aise et pleine d'effroi à l'idée qu'ils auraient à franchir la planche au-dessus du mort.

Et comme je me tenais là, adossée au mur, je vis une petite vieille pénétrer dans une papeterie par la devanture soufflée par une explosion. Je la contemplai tandis qu'elle faisait son choix parmi les marchandises amoncelées, comme une cliente soigneuse. Lorsque mes parents revinrent, elle franchissait le seuil, les bras chargés d'innombrables rouleaux de papier hygiénique et de cellophane pour couvrir les pots de confitures. Elle disparut d'un air satisfait derrière le battant d'une porte comme quelqu'un qui vient d'effectuer une course importante, à sa plus entière satisfaction.

Les uns après les autres, les gens revenaient du Tribunal, courbés sous le poids de leurs fardeaux. Arrivés à la ruelle qui donnait sur les quais du Danube, ils se jetaient à plat ventre, comme obéissant à un ordre, et continuaient leur chemin en rampant vers leurs demeures. Nous regardâmes, ahuris, le procureur général qui, jadis, ne paraissait que dans les procès les plus solennels, se glisser, se traîner, écrasé par un lourd tapis. Ilus venait ensuite avec un renard bleu autour du cou et un balluchon à la main. La femme du banquier portait une boîte à violon et une cage pour les oiseaux. M. Radnai venait en dernier, courbé sous le poids de trois rouleaux de carpettes d'Orient.

C'était un interminable défilé de fourmis tirant ou traînant les objets les plus divers. Elles avançaient difficilement parmi les morts, et sous leurs pieds les douilles de cartouches s'amoncelaient comme des feuilles mortes dans les forêts d'automne.

Le soleil se mit à scintiller. Ses tristes rayons tâtonnaient, sans force, dans la ville morte et cette lumière de mars rendait l'image de la ville encore plus affreuse.

— Nous aurons à craindre des épidémies, fit mon père.

Nous songions aux abris creusés dans les rochers, au-dessous du palais royal, où le typhus sévissait depuis plus d'un mois.

La cour avait pris l'aspect d'une foire. La femme du

colonel avait cinq appareils photographiques Leica suspendus par des courroies à son bras. Elle commentait à pleine voix la valeur de sa trouvaille. M. Radnai caressait ses tapis comme un marchand de souk oriental :

— Ce sont des persans authentiques, je suis expert en la matière.

Puis une longue dispute fut amorcée entre lui et le procureur, car ce dernier essayait de prouver que son tapis était de plus grande valeur.

Ilus avait rapporté un sac plein de bas de soie et procédait, de bon cœur, à une distribution. Ma mère me défendit cependant d'en accepter, et alors, dans mon pantalon, les cheveux brûlés et coupés court, je me sentis trahie et abandonnée. Qui aurait pensé que, justement, cette allure de petit garçon maigre et efflanqué allait me sauver ?

Vers midi, nos compagnons étaient encore occupés à mettre de l'ordre dans leurs affaires lorsque le silence, si lugubre et alarmant, fut troublé à l'extérieur. On entendit un martèlement de bottes. Nous nous précipitâmes à la porte d'entrée et vîmes les Russes arriver.

Ils s'avançaient en rangs désordonnés, occupant toute la largeur de la rue, leurs armes braquées en avant. Leurs capotes jaunes étaient sales et en loques. À chaque maison, un groupe de soldats se détachait du troupeau. Ce flot humain s'approchait de plus en plus et, enfin, un détachement entra dans notre cour. Celui qui les commandait, un Mongol aux yeux bridés, nous demanda en hurlant s'il y avait des Allemands dans la maison. Plusieurs d'entre nous indiquèrent de la tête l'escalier.

L'Allemand fut tué sur-le-champ, et Ilus, qu'ils avaient trouvée près du blessé, fut violée à côté du cadavre encore chaud.

Dès le premier instant, nous comprîmes que ce qui arrivait était bien différent de ce que nous avions espéré. Tout, désormais, devait être un long cauchemar fait d'atrocités. Comme une inondation apocalyptique balayant tout sur son passage, des vagues toujours nouvelles de soldats envahissaient les maisons. Un ordre supérieur avait défendu à quiconque d'enterrer les morts allemands : les cadavres des soldats tués au combat, aussi bien que ceux des prisonniers massacrés à bout portant, furent jetés dans les rues.

Cette nuit-là, on frappa à la porte. Nous écoutâmes, raidis par la frayeur. La pensée que ce ne devait pas être les Russes nous rassura un peu, car ceux-ci ne frappaient pas avant d'entrer.

Qui donc pouvait être là ? M. Radnai alla ouvrir et la surprise le fit reculer de quelques pas. Trois Allemands entrèrent... Nous étions blêmes, comme si nous eussions vu des revenants. C'étaient les soldats qui avaient voulu faire sauter la maison à cause de leurs provisions volées.

— Que voulez-vous de nous ? râla le restaurateur à bout de souffle.

Le capitaine répondit d'une voix sans timbre :

— Nous ne voulons plus rien à présent, nous aimerions simplement vous demander quelque chose : des vêtements civils. C'est notre seul et bien faible espoir de pouvoir nous tirer d'affaire... Si l'on nous trouve en uniforme, nous subirons le même sort que les autres, devant les maisons...

Ce fut l'instant où chacun de nous put mesurer à quel point l'enseignement chrétien avait influencé ses pensées et ses actes, et aussi estimer s'il pouvait prétendre à la dignité humaine. Nous étions face à face avec les ennemis qui avaient détruit notre capitale, les responsables de toutes ces ruines et de la colère des Russes. Mais, à présent, ils se tenaient là, hésitants, angoissés. Ils devaient avoir une famille quelque part en Allemagne, des enfants, une femme, des parents. Ceux-ci priaient sûrement pour les revoir... car chaque soldat a quelqu'un qui attend son retour... et chacun agit suivant des ordres supérieurs...

Nous devions tous avoir les mêmes pensées, car au bout d'un moment nous agîmes d'un commun accord. Le concierge sortit un complet de son armoire :

— Il appartenait à mon fils, murmura-t-il.

Timidement, les regards se tournèrent vers M. Radnai. Celui-ci portait maintenant son étoile jaune. C'est chez lui que le compte des Allemands se trouvait le plus chargé, et sa parole, désormais, pouvait peser lourdement auprès des Russes : une seule dénonciation pourrait nous mener à la potence.

— Je suis juif, dit-il d'une voix froide, ma famille entière a été déportée...

Ici, un silence. Seuls les braillements de quelques soldats russes parvenaient jusqu'à nous.

— ... mais pour vous prouver qu'il existe encore un sentiment d'humanité, je vous laisserai filer...

Il se détourna et en quelques secondes on trouva de quoi vêtir les Allemands qui quittèrent la maison en rasant les murs, leur petit balluchon contenant leur uniforme sous le bras.

Cette nuit-là, le bruit de la bataille qui faisait rage au loin ne nous permit pas de dormir.

Le lendemain, nous apprîmes que quelques Allemands dispersés s'étaient regroupés et avaient tenté une contre-attaque. Ils avaient été massacrés jusqu'au dernier.

La maison était sens dessus dessous car, à chaque instant, des Russes entraient et sortaient. Ilus se décida alors à tenter la traversée du Danube pour rejoindre sa famille. Nous l'accompagnâmes jusqu'au quai. Là où s'élevaient jadis les plus fastueux hôtels de la ville, il ne restait à présent que des tas de décombres ; le fleuve sale et gris, encombré par la ferraille gigantesque des ponts sautés, où s'amoncelaient encore des blocs de glace, avait complètement inondé les débarcadères.

Des soldats russes, sur les quais, exigeaient un prix astronomique pour transporter les passagers de l'autre côté du fleuve, sur des embarcations qu'ils avaient volées. Ilus s'entendit avec l'un d'entre eux en lui cédant sa montre-bracelet et un réveille-matin. Elle, l'enfant et le soldat s'installèrent dans le bateau à rames qui s'éloigna. Nous les suivîmes des yeux. Lorsque l'embarcation fut arrivée à grand-peine parmi les remous du milieu du fleuve, nous remarquâmes sur l'autre rive des soldats russes gesticulant de toutes leurs forces et tirant en l'air pour attirer l'attention.

Personne ne comprit la raison de leur manège et le bateau poursuivit son chemin. Il venait de frôler un pilier du pont écroulé, lorsqu'une gigantesque détonation se fit entendre. Nous fûmes tous secoués par la déflagration. L'embarcation, Ilus, l'enfant et le Russe avaient disparu à jamais dans les flots.

C'est ainsi que nous apprîmes que pour éviter que la ville entière ne fût inondée, on débloquait le cours du Danube en faisant sauter les piles des ponts. Très émus, mais les yeux desséchés, nous restâmes sur place, pétrifiés, jusqu'au moment où les soldats nous firent déguerpir.

L'âme en deuil, nous rentrâmes chez nous, si l'on pouvait toutefois prétendre que l'éboulis de ruines, où le soldat allemand pourrissait dans l'escalier, était bien un « chez nous ».

Partout, dans la rue, les cadavres fixaient les vivants de leurs yeux vitreux. La puanteur devenait intenable. Mes parents décidèrent alors de quitter Budapest dès que les circonstances le permettraient, afin de rejoindre notre maison de campagne.

Le jour était à peine tombé, que les Russes arrivèrent. Ils venaient réquisitionner des hommes pour les corvées. Mon père était justement parti pour aller chercher de l'eau. M. Radnai fit un signe négatif de la tête :

— Je n'y vais pas, dit-il en russe (car il en savait quelques mots).

Nous ne comprîmes de la conversation que les gestes. Le Russe s'était mis à crier. M. Radnai répondait d'une voix calme. Finalement, le soldat, rouge de colère, tira son revolver et le déchargea jusqu'à la dernière balle dans le ventre de notre compagnon.

Jamais je ne pourrai oublier l'expression de son visage. Ses traits reflétaient l'étonnement, la peur et la colère. Il voulut dire encore quelque chose, mais, lorsqu'il ouvrit la bouche, ce ne fut qu'un épais filet de sang qui s'en échappa. Il s'effondra à nos pieds et son étoile jaune fut souillée de son sang.

Les autres partirent pour la corvée sans aucune objection et lorsque nous nous penchâmes sur M. Radnai, il avait déjà cessé de vivre.

Avant de quitter Budapest, nous désirions rendre visite aux amis installés dans notre villa du Hüvösvölgy. L'eau nous venait à la bouche en pensant à tous les vivres que nous avions accumulés et nous nous disions qu'après deux mois nous pourrions, enfin, manger à notre faim. Le seul risque était de circuler en ville. Les Russes pouvaient vous réquisitionner à tout moment pour le travail forcé et, une fois pris, on n'en échappait que difficilement.

Finalement, mon père et moi décidons de tenter l'aventure. Les deux mois du siège de Budapest ont marqué mon père : il marche légèrement voûté. Comme il a laissé pousser sa barbe, sa mine est plutôt pitoyable, ce qui est préférable aujourd'hui. Il s'arme de deux seaux vides et nous faisons quelques accrocs à son veston : ainsi, il ne détonne pas parmi les ruines et répond aux exigences du nouveau régime. Ma mère me coiffe en garçon, on me trouve une paire de lunettes, de plus mon bras droit est mis en écharpe pour simuler une blessure. Ainsi parés, nous partons, confiants en la Providence.

Par la rue Bem, nous gagnons le boulevard Margit, pataugeant jusqu'aux chevilles dans la saleté et les douilles innombrables. Des soldats russes traînent le long des trottoirs. À un certain endroit, ils ont rassemblé les passants, arrêtés au petit bonheur pour être embrigadés dans les équipes de travail forcé. On nous laisse passer sans nous inquiéter. De quelle utilité pouvaient être, pour déblayer les ruines, un vieillard muni de seaux et un gamin blessé ? Notre route côtoie un grand cinéma : on en sort justement des cadavres de chevaux. Aux abords de la Széna-tér, il y a beaucoup de soldats allemands tués. C'est ici qu'ils ont tenté une percée, deux jours plus tôt. Ils ont tous été fauchés ; les rails du tramway baignaient dans leur sang.

Tout à coup, mon pied se pose sur quelque chose de flasque. C'est un bras humain. Arraché de son tronc, il porte encore l'uniforme allemand, une alliance brille à un doigt. Mes dents s'entrechoquent d'horreur. À partir de ce moment, je marche les yeux rivés au sol. Près de l'arrêt de Budagyongye, un soldat gît, sur le ventre, les bras écartés, comme un crucifié. Près de sa main droite inerte, des photographies jonchent le sol.

A-t-il, dans son agonie, tenté d'envoyer quelque intime message aux siens, en accrochant son regard à leurs traits ? C'est comme si, à cet arrêt de Budagyongye, il avait attendu la venue de quelque tramway céleste, rédempteur... Son âme semblait déjà bien loin de ce corps abandonné sur les pavés.

Il y a beaucoup moins de ruines dans les quartiers que nous traversons maintenant, ces faubourgs ayant été occupés très rapidement par les Russes. C'est d'ici que nous avions dû rebrousser chemin, il y a deux mois. Deux mois qui nous paraissent, en réalité, une vingtaine d'années.

En nous rapprochant de la villa, les rues nous deviennent de plus en plus familières. Mon Dieu, pourvu que la maison soit intacte !... S'il reste quelque chose de nos vivres, nous sommes tirés d'affaire. Et puis, il y a nos parents, ces bons amis qui ont dû passer par tant d'angoisses à notre sujet. Il doit être midi, la tête nous tourne tant nous avons faim.

Nous arrivons enfin en vue de la maison. Quel soulagement ! Elle a été épargnée par les bombardements. Nous franchissons la grille du jardin. Sur la terrasse, quelques tables et des chaises. Nous pénétrons dans le hall. De loin, le bruit d'une conversation parvient jusqu'à nous. Comme des aveugles, nous suivons les voix qui nous guident vers la cuisine. Nos amis sont tous là, et mangent. Ils mangent autour d'une table bien mise, un délicieux fumet flotte dans la pièce. Tante Julia, une grande et grosse dame, s'immobilise à notre vue, le potage s'échappe de sa cuiller. Elle nous interpelle d'une voix rauque :

— Comment, vous n'êtes pas tous morts, vous autres ?

— Nous sommes encore en vie, lui répondis-je timidement, comme pour m'excuser.

L'ébahissement de tous est lent à se dissiper, mais ils finissent par nous offrir une place autour de la table.

— Voulez-vous manger quelque chose, ma chérie ? interroge tante Julia et le mot « chérie » sort de sa bouche comme un secret anathème. Elle nous en veut d'être en vie. Elle s'est installée dans l'idée de notre mort, nous a peut-être bien quelque peu regrettés et, maintenant, elle est fâchée d'avoir pleuré pour rien.

— De la terrasse, nous observions les bombardements des quais du Danube, dit l'un des garçons, les lèvres toutes barbouillées de graisse.

« Ils observaient de la terrasse », pensai-je, et la gorgée de potage devint tout à coup amère comme du fiel. Mon père est taciturne :

— Nous emporterons quelques vivres, mentionne-t-il plus tard, lorsqu'il est question des deux mois de famine soufferts dans la cave.

— Des vivres ? mon cher, s'insurge tante Julia, je ne vois pas comment cela serait possible, nous n'avons plus rien. Nous avons épuisé à peu près toutes les provisions. Il fallait beaucoup de ravitaillement pour mon grand ménage, car, après tout, on ne peut pas trop rationner des jeunes gens en pleine croissance...

Comme nous fuyions depuis Kolozsvar, nos propres vivres étaient à peu près épuisés...

Sans mot dire, nous nous levons et passons l'inspection de l'appartement. Les lits sont faits avec des draps à nos initiales et recouverts avec nos couvertures...

— Nous épargnons les nôtres, mon ami, s'affaire tante Julia autour de nous, nous pensions que vous étiez tous morts et n'aviez plus besoin de rien...

— Tout au plus d'un cercueil, n'est-ce pas ? ajoute mon père, sèchement.

— Il ne reste plus grand-chose de votre argenterie, nous explique la chère dame, le contenu de vos caisses diminuant à chaque visite des Russes. Ils ont presque tout emporté.

Nous emballons ce qui reste. Du contenu de deux grands sacs, il reste à peine trois kilos de farine. Mais il y a encore un peu de sucre et quelques boîtes de conserves. Ce soir, nous préparerons un vrai festin.

Nous prenons le chemin du retour l'âme vide, le corps harassé. Un soleil éclatant darde ses rayons sur la ville morte qui s'étend devant nous. On frémit presque de constater l'éternel renouveau du printemps, qui, déjà, jaillit en pousses vertes entre deux doigts de cadavre et écarte, de sa petite énergie de brins d'herbes, les douilles éparpillées.

La conduite de nos amis cadre bien avec le spectacle qu'offre actuellement la capitale. Elle n'est ni repoussante ni inconcevable. Toutes les notions morales sont bouleversées dans cette ville en ruine. Le vice compte pour la vertu et les cœurs durs ont plus de chances de survivre que les cœurs tendres.

Un camion nous dépasse, chargé d'hommes vêtus de vestes de cuir et armés de mitraillettes. Leur véhicule n'enregistre qu'un imperceptible cahot en passant au-dessus d'un cadavre. Des êtres fantomatiques nous croisent sur les trottoirs : ils sont déguisés comme si, tous, nous étions les protagonistes de quelque drame shakespearien, des rescapés hors la loi, vivant en marge d'un monde normal.

Les locataires de notre maison sinistrée, à Buda, guettent notre retour avec agitation. Ils nous disent avoir vu bon nombre de femmes russes en uniforme dans les rues. Elles secouaient la tête avec commisération et déclaraient que Budapest se trouvait dans un état encore plus lamentable que Stalingrad. Nous avions déjà vu des femmes soldats russes. Elles portent de grands soutien-gorge en caoutchouc, sont épaisses, et leurs jambes ressemblent à des piliers. Par contre, elles doivent posséder assez de force pour soulever un tank sur leurs épaules.

La vie devient de plus en plus difficile, chaque jour soulève un nouveau problème. La bombe qui a transpercé mon piano est toujours fichée dans le parquet : personne n'ose y toucher. La bibliothèque n'a plus ni portes ni fenêtres, le courant d'air soulève les manuscrits et les pages arrachées. Au salon, les soldats russes ont souillé les fauteuils. Nous laissons tout ainsi. Il n'y a pas moyen de se réinstaller : que ce soit dans l'alcôve la plus intime ou sur le boulevard, tout n'est que déjections et débris. Aussi nous décidons de quitter Budapest pour élire domicile dans notre petite villa campagnarde, en Transdanubie.

Comme il n'y a plus de train circulant de ce côté-ci du Danube, nous devons commencer par gagner Pest, quitte à retraverser le fleuve plus bas. Les Allemands ont fait sauter tous les ponts, mais, aux Chemins de Fer, l'on nous assure qu'un pont flottant a été jeté sur le fleuve à Baja, en aval de la capitale.

À la station de Soroksar, nous réussissons à nous glisser dans un fourgon à bestiaux. Nous nettoyons tant bien que mal les tas de fumier desséché, et nous patientons. Une foule d'environ trois mille personnes partage notre attente depuis le matin. Vers onze heures du soir, il devient évident qu'aucun départ n'aura lieu. On claque des dents dans la nuit fraîche, la faim tord les entrailles. La foule se rue à l'assaut du petit village pour y trouver refuge pour la nuit. Pris de terreur, les paysans se barricadent dans leurs maisons et crient par la fenêtre qu'ils n'ont plus rien, eux non plus, les armées ayant emporté jusqu'à leurs oreillers. Un brave menuisier a néanmoins pitié de nous, et nous installe dans son atelier. Nous nous allongeons sur un lit de copeaux. À l'aube, nous nous désaltérons à son puits avant de regagner la station.

Ce jour-là, les Russes nous firent monter dans un autre train que celui de la veille. Nous demandâmes à un cheminot s'il savait ce qu'on ferait de nous et si nous partirions enfin.

Il haussa les épaules :

— Je n'en sais rien !

Entre-temps, notre wagon s'était rempli à craquer de soldats et de femmes russes.

— C'est bon signe, dit un homme à la face blême, qui portait un petit enfant dans un sac à dos. Si les Russes embarquent, nous partirons probablement.

— Qui me défendra, s'ils m'attaquent cette nuit ? pleurniche une vieille femme.

Son interlocuteur la toise du regard :

— Soyez sans crainte, ma brave petite mère, vous avez bien dépassé l'âge dangereux... Au fait, quel âge avez-vous ?

— Soixante-treize ans, émit la vieille de sa voix éraillée. La semaine passée, cinq soldats ont usé de mon corps, l'un après l'autre...

L'homme se tait. À cela, il ne trouve plus de réponse.

Une jeune femme et ses quatre enfants, une personne fort maquillée, d'âge incertain, et un vieux monsieur barbu voyageaient avec nous. Nous nous serrions dans un coin du fourgon pour laisser autant de place que possible aux militaires et échapper à leur attention. Le train bondé attendit encore quelques heures, puis se mit lentement en marche, après un choc brusque.

Il se produisit un remous parmi les gens restés dans la gare. Certains tentèrent un ultime assaut, criant, se cramponnant aux parties saillantes des wagons.

Le train s'engageait le long d'un quai de déchargement fort rapproché de la voie. Brusquement, un homme se détacha de la foule et sauta sur le marchepied d'un wagon réservé à l'armée russe et qui roulait à vide, portières verrouillées. L'homme secoua frénétiquement la poignée qui commandait l'accès, grimaçant sous l'effort, mais en vain. La foule se mit tout à coup à hurler comme un seul homme : le quai de déchargement se rapprochait tellement des rails que toute personne se trouvant sur un marchepied devait forcément être balayée.

L'homme luttant avec la portière ne s'apercevait pas du danger. Le mur en ciment le happa et le fit tournoyer contre la paroi du wagon. La foule se figea en un silence horrifié. Se superposant au bruit de ferraille du train, on pouvait nettement percevoir le craquement sinistre des os broyés. La figure violette et tuméfiée, du sang jaillissant à flots de sa bouche, l'homme-toupie s'élevait, puis retombait, nous donnant l'espoir qu'il allait enfin tomber sur le sol. Mais le mur ne le lâchait pas et continua à l'écraser sur une vingtaine de mètres.

Un grand cri de douleur et de révolte s'éleva du groupe des spectateurs. Le poing levé vers le ciel, les gens proféraient des anathèmes : « Mon Dieu, pourquoi permettez-vous qu'un être humain soit ainsi broyé par la pierre ? » Des soldats russes, se penchant d'une des voitures, essayèrent en vain d'attirer vers eux la victime. Les femmes sanglotaient en se tordant les mains, des larmes coulaient sur la figure d'hommes endurcis, un soldat russe se couvrit les yeux et tira en l'air comme pour alerter quelque puissance divine. En cet instant, il n'y avait pas de vainqueurs et de vaincus, le sort cruel d'un Hongrois anonyme réveillait, de part et d'autre, les mêmes sentiments de pitié et d'horreur. Arrivé au bout du quai de déchargement, l'homme broyé, inconscient, tomba à côté de la voie comme un chiffon jaune, ensanglanté. Le train s'engagea dans une courbe et nous restâmes effondrés par cette vision tragique.

Le convoi avançait à une vitesse de vingt-cinq à trente kilomètres à l'heure. Ceux qui s'étaient installés sur les toits des wagons grillaient le jour et grelottaient la nuit. Après vingt-quatre heures de trajet, nous mourions tous de faim et de soif. La première nuit dans ce fourgon à bestiaux fut vraiment fort pénible.

À un moment donné, les soldats russes tendirent une bouteille de vin à la mère des quatre enfants. Tout en souriant, ils la menaçaient de leurs revolvers pour la forcer à boire.

Sa fillette de cinq ans environ tendit son bras :

— Maman, j'ai soif aussi...

La mère écarta la bouteille de vin de l'enfant, mais l'arme toujours braquée, le Russe lui commanda :

— Donnes-en aussi à tes enfants !

Il fit boire les trois aînés, épargnant seulement le bébé. Naturellement, ils furent tous soûls. Les enfants eurent le mal de mer et la maman passa sa nuit à chanter. C'est tout juste si elle ne se mit pas à danser, à la grande joie des soldats qui se tordaient de rire. Personne n'osa plus parler de soif.

Nous étions assis dans le recoin le plus éloigné du

wagon, sur nos sacs à dos. Un soldat, étendu devant nous, avait posé son épaule sur le pied de mon père : la nuit durant, celui-ci n'osa le retirer.

L'aube fut accueillie avec un soupir de soulagement. Nous songions à notre petite maison de campagne, havre de paix et de sérénité, dont nous nous rapprochions. La reverrions-nous intacte ou trouverions-nous un amas de ruines ?

Vers midi la nouvelle se répandit que le convoi modifierait sa route et qu'au lieu de descendre jusqu'à Baja, il obliquerait sur la gauche pour nous emmener en Russie à travers la Roumanie. C'est l'homme pâle qui lança cette rumeur, prétendant que les soldats russes qui étaient dans le train partaient en congé chez eux. À partir de ce moment-là, on se creusa la tête pour trouver un moyen de s'enfuir. Mais le train qui, jusqu'ici, s'était traîné avec la lenteur d'une tortue, accéléra tout à coup. Les soldats chantaient et tiraient des coups de fusil par les fenêtres.

L'après-midi, nous ne savions vraiment plus si nous étions des voyageurs libres ou des prisonniers déportés. Dans la soirée, le convoi ralentit et s'arrêta dans un petit village inconnu. Nous assiégeâmes les Russes et les suppliâmes de nous laisser descendre pour satisfaire certains besoins naturels. Pour ne pas éveiller de soupçons, nous laissâmes tous nos bagages dans le fourgon avant de nous éloigner à l'abri des buissons heureusement épais à cet endroit. Un quart d'heure plus tard, nous entendîmes des cris et des coups de fusil tirés en guise d'avertissement, mais personne ne retourna vers le train.

Aujourd'hui encore, j'ignore si nos craintes étaient fondées ou non. Néanmoins, il valait mieux ne pas risquer de se trouver, au terme du voyage, dans un camp d'internement sibérien.

Après une courte délibération, tout notre groupe de réfugiés continua son chemin à pied. Un paysan nous apprit que Baja était à 50 kilomètres.

Il nous fallut trois jours pour y parvenir. Le premier soir, un paysan nous hébergea ; les deux autres nuits, on nous abrita dans des étables. Comme nourriture, nous avions du pain et du lait. Vers sept heures du soir, nous arrivâmes à la station de Baja. Un cheminot nous renseigna sur les possibilités de franchir le Danube.

— Un train militaire bulgare quittera la station dans une demi-heure. Il transporte des canons sur des wagons plats. Peut-être pourrez-vous y grimper. C'est votre unique chance, le pont de bateaux ne pouvant être utilisé que par les convois de l'armée.

Remerciant notre informateur, nous examinâmes le train en stationnement. C'était un spectacle impressionnant, car il semblait impossible que les roues pussent supporter le poids des énormes canons. Un soldat bulgare, son fusil à la main, faisait les cent pas le long du quai de la gare. Mon père lui expliqua en allemand que nous avions accompli un trajet de cinq heures en cinq jours et que si nous ne pouvions pas regagner notre maison de l'autre côté du fleuve, nous étions perdus, n'ayant plus ni l'argent ni les forces nécessaires pour refaire la pénible route en sens inverse.

Le Bulgare comprit et se mit à réfléchir longuement. C'était un petit jeune homme qui devait avoir vingt ans, au plus. Mais son dos était déjà légèrement voûté comme sous le poids excessif que le destin imposait à sa génération.

Il nous regarda de nouveau très attentivement et nous fit signe de grimper sur le convoi.

— Que vous dois-je pour cela ? demanda mon père.

— Rien, dit-il doucement et il nous aida, ma mère et moi, à escalader le wagon. Quoi qu'il arrive, restez calmes. Je m'arrangerai avec les camarades.

Assis sur l'affût d'un canon, nous nous mîmes, une fois de plus, à attendre. Quelque vingt minutes plus tard, une quinzaine de soldats bulgares nous rejoignirent et s'étendirent sur le plancher sans se préoccuper de notre présence.

Le convoi se mit en marche. Le pont fut vite atteint. Mais pouvait-on appeler pont cet assemblage de charpentes qui semblaient ridiculement fragiles et dont la largeur coïncidait presque avec l'écartement des rails ? Nous étions persuadés que nos jours allaient se terminer au fond du Danube, en compagnie des canons. Le convoi lourdement chargé s'engagea avec précaution sur le pont flottant ; l'eau glauque tourbillonnait bruyamment et le vent qui balayait le grand fleuve s'accrochait à nos cheveux. À ce moment, les soldats se mirent à chanter. La mélodie, portée par ces voix mâles, se répandait douloureusement dans la nuit. Autour de nous, l'eau clapotait et grondait tandis que le train roulait au ralenti, en vacillant légèrement.

De ce moment, qui nous réunissait, civils grelottants et soldats étrangers, perchés sur des affûts de canons, à deux pieds au-dessus du Danube dans la nuit sans étoiles, se dégageait une atmosphère presque sublime.

Ce trajet nous menait, pouvait-on croire, vers l'éternité, étranges exilés que nous étions, rejetés par deux rivages. Le chant s'élevait toujours plus haut, comme s'il frappait aux portes du Ciel pour implorer l'admission de quelques âmes. Les corps resteraient avec les canons, enlisés dans la vase.

Une brève secousse et le convoi se mit à gravir péniblement une côte. Nous abordions sur l'autre rive.

Au matin, nous remerciâmes les soldats de leur obligeance et repartîmes sur la grand-route pour notre ultime étape. Après quelques courts arrêts, nous parvînmes au but, après trois jours de pérégrination. Notre maison était intacte, et le grand lac Balaton s'étendait calme et bleu au pied des collines verdoyantes, comme s'il ne voulait rien savoir des événements tragiques qui s'étaient déroulés sur ses rives.

Durant trois ans, nous vécûmes modestement à l'abri de notre petite maison de campagne. Nous nous étions plus ou moins habitués aux circonstances. Mais la persécution politique se mit à sévir, exterminant les gens autour de nous comme l'aurait fait une épidémie de petite vérole. Nous dûmes prendre la décision de risquer le tout pour le tout et de passer la frontière avant qu'il ne fût trop tard.

Le jour précédant notre départ, j'enfourchai ma bicyclette pour me rendre dans un village éloigné de chez nous, où personne ne me connaissait. Je pénétrai dans la petite église toute dorée par le soleil d'automne pour y dire une prière. Depuis, j'ai visité les plus belles cathédrales d'Europe, elles n'ont pu me faire oublier la simple petite maison du Bon Dieu. Les saints peints d'une main naïve me souriaient du haut des murs blancs, une vieille paysanne ornait l'autel de fleurs fraîches, marmottant des prières de sa bouche édentée. M'agenouillant au dernier banc, je m'aperçus que le curé occupait le confessionnal. Pourquoi cela déclencha-t-il en moi une émotion si intense ? Comme au contact d'un courant électrique, une brusque secousse raviva en moi tout l'ensemble des souvenirs : la vie dans la cave, le mariage d'Ève et de Gabriel, la mort du brave Pista. Et voici que demain nous allons quitter notre cher asile. Parfois, le sort force les plus paisibles citoyens à assumer des rôles héroïques. Presque inconsciemment, j'allai m'agenouiller au confessionnal de bois blanc.

Le prêtre me jeta un bref coup d'œil et cacha ses yeux dans sa main. Il était encore jeune, et très pâle.

— Mon père, murmurai-je, je ne comptais pas me confesser, je ne me suis pas préparée, je n'ai pas réfléchi à mes fautes. C'est quelque chose de plus fort que moi qui me pousse à me confier à vous. Si vous me connaissiez, je ne vous dirais pas que demain je vais partir avec les miens pour passer la frontière. Je craindrais trop de vous compromettre. Mais je viens de loin, je suis entrée ici par hasard, ainsi je puis vous dire à quoi nous nous préparons.

« J'ai terriblement peur. Je prie en vain. Derrière mes paroles, il n'y a que du néant. Pourquoi Dieu m'écouterait-il ? Ma voix est faible, mes cris n'arriveront jamais jusqu'à Lui. D'ailleurs, je suis coupable, car j'ai pleuré pour beaucoup de choses infimes au cours de ces trois dernières années. Tandis que des hommes mouraient autour de nous, je m'indignais de ce qu'il n'y avait, pour moi, jamais eu de bals, que je n'avais pu me rendre nulle part les joues roses de plaisir, et vêtue de blanc. Des morts s'asseyent la nuit à mon chevet, des visions horribles me tiennent lieu de rêve et, le matin, je ne sais plus s'il s'agissait de cauchemars ou si les morts m'étaient réellement apparus pour m'entraîner dans leur monde de ténèbres.

« Mon père, je me suis révoltée de n'avoir pas su ce qu'est l'insouciance de la jeunesse. Le temps heureux de mon enfance s'est si complètement dissous dans ma mémoire, que je tâche en vain d'en rassembler quelques lambeaux. Tout est noir autour de moi. Il n'y a rien d'autre que de l'angoisse. Quand quelqu'un s'arrête devant notre maison, je m'imagine que c'est un policier. Si j'entends des pas derrière moi, je crois être suivie. Tout cela n'est qu'illusion, mais me torture. J'aurais tant voulu être heureuse...

— Je ne sais pas qui tu es, ni d'où tu viens. Une personne parmi cent mille. C'est comme si tu parlais en leur nom, à tous. Si tu réussis à passer la frontière, ce sera peut-être ton devoir de raconter ce qui s'est passé dans ce pays. Mais rappelle-toi : la justice et la charité priment tout. Ce qui nous arrive ici-bas n'a d'ailleurs pas tellement d'importance, puisque la véritable vie nous attend dans l'au-delà. Je ne te donne aucune pénitence, mais je t'enjoins de prier chaque jour avec une foi profonde. Et je t'absous au nom du Père et du Fils et du Saint-Esprit.

La brave petite vieille avait terminé son pieux labeur et priait, agenouillée sous la lampe à huile brûlant devant l'autel. Je franchis le seuil de l'église. Le soleil se couchait, et l'ombre de la croix avait tellement grandi qu'elle semblait s'étendre au loin et recouvrir tout le pays.

La nuit était déjà tombée lorsque j'arrivai à la maison. Il pleuvait et la poignée de la porte du jardin était glacée. Ce contact me fit frissonner.

— D'où viens-tu ? demanda mon père en venant à ma rencontre.

— Je me promenais, répondis-je évasivement ; puis, je m'assis sur une chaise, regardant droit devant moi.

Mon père tient des papiers à la main, ma mère range des vêtements dans une valise. Les portes des armoires sont grandes ouvertes et, dans un coin, une caisse au couvercle relevé est à moitié remplie de livres.

— Pour quand le départ ? demandai-je avec un petit tremblement, à la pensée de devoir sortir de la maison sous cette pluie qui tombait à verse.

— Demain soir, mon enfant, me dit ma mère, d'un ton qui me parut être celui du reproche.

Me voici blottie près du poêle et je n'ai ni la force ni l'envie de remuer. La chaleur m'a engourdie et je me sens comme transportée dans une salle de cinéma où mes parents évolueraient sur un gigantesque écran. C'est inouï, tout ce que nous avons !

Lorsque nous sommes arrivés ici, il y a trois ans, nous avons dû nous mettre au travail comme des pionniers du Far West s'installant sur une terre à défricher. Nous avons recloué les portes fendues. Nous avons recueilli des plumes une à une pour bourrer les oreillers crevés : nous avons ramassé les ustensiles de cuisine qui avaient été jetés dans le jardin, derrière la maison, et c'est également là que nous avons trouvé des couverts, à même la terre.

Les paysans nous avaient contemplés d'abord avec méfiance, comme si nous n'étions pas des êtres vivants, mais des revenants qui auraient refusé de s'évanouir après une séance d'occultisme. Quand ils nous croisaient, on voyait qu'ils avaient envie de nous toucher et que, derrière nous, ils chuchotaient, avec un mélange de crainte et de respect, que nous étions des rescapés du Siège de Budapest. Par la suite, ils s'étaient habitués à l'idée que nous étions vivants et ils étaient devenus plus familiers. Un jour, celui qui, avant la guerre, nous vendait le lait, nous avait apporté une poule couveuse et des œufs.

— Comme mademoiselle a grandi ! m'avait-il dit.

Je m'étais alors étonnée d'apprendre que, dans notre cave, j'avais grandi au lieu de mourir.

De temps à autre, des gens arrivaient aussi de Budapest. C'étaient des êtres affamés, dont la plupart avaient fait le voyage sur le toit des wagons. Les yeux écarquillés, ils racontaient des histoires atroces sur les conséquences de la saison chaude et les méfaits du soleil qui décomposaient les cadavres. Nous nous taisions alors, comme si nous étions honteux de ne pouvoir plus ressentir ni frayeur, ni stupeur, ni dégoût.

Parfois j'étais prise d'une peur intérieure, mais c'était une peur seulement physique. Je n'avais, en ces instants, rien de commun avec mon corps.

Les jours qui s'étaient écoulés depuis le Siège m'avaient trompée et trahie. J'avais quitté la cave remplie d'une ardente attente. Une enfant y était morte. Elle continuait la vie en grande personne. J'aurais désiré qu'on se réjouît de mon existence. Mais les hommes ne s'occupaient guère que d'eux-mêmes, et le soleil caressait mes bras minces et mon visage pâle avec autant d'indifférence que si j'avais été un brin d'herbe. Le temps, pour moi, s'est écoulé dans la contemplation du lac et dans l'attente d'un inconnu qui m'aimerait. Rien ne s'était passé. Seules, les saisons se succédaient...

Lorsque mes parents m'annoncèrent que nous allions franchir la frontière, ce fut pour moi une nouvelle lueur d'espoir. La vie allait peut-être enfin commencer.

Tout en regardant autour de moi, je me demandai ce que je pourrais emporter. Avant le Siège, j'avais reçu une belle chemise de nuit en soie qui tombait jusqu'à terre. C'était ma première pièce de lingerie féminine. Jamais encore je ne l'avais portée. Je décidai de la prendre avec moi.

— Que deviendra le chien ? demandai-je soudain.

À cette question, ma mère s'arrêta net, comme si je venais de la frapper.

Le chien a dû se rendre compte qu'il était question de lui, car il sort du coin où il était couché jusqu'ici et remue la queue. Il n'appartient à aucune race définie. C'est un bâtard, mais il est infiniment gentil et intelligent. Chacun de ses gestes reflète la modestie, comme s'il voulait faire excuser sa laideur. Il nous observe attentivement et semble sourire. Il doit être persuadé que nous disons de lui des choses bien agréables.

Trahir un chien est plus cruel encore que de trahir un homme, car il ne sait pas de quoi il s'agit et ne peut juger que d'après les intonations et les physionomies. Si on lui dit les choses les plus méchantes en souriant et d'une voix douce, il vient vous lécher la main avec reconnaissance. Je ne veux pas trahir notre pauvre chien.

— Que deviendra le chien ? demandai-je à nouveau, d'un ton irrité et tranchant, pour qu'il se rende compte de ce qui le menace. Mais il ne cesse de remuer la queue.

— Il faudrait le donner au notaire, dit ma mère en pensant tout haut.

Mais, sitôt la phrase échappée, elle se rend compte que ce n'est pas possible, car nous ne pouvons parler de notre départ à personne. Sous quel prétexte, alors, confierons-nous ce pauvre toutou à quiconque ?

La question reste en suspens. À travers notre remue-ménage, elle ne cessera de nous poursuivre.

Je vais à l'armoire et passe mes affaires en revue. J'ai une robe d'été de toile blanche tissée à la main. Je ne l'emporterai pas, car nous sommes en novembre et il pleut. J'ai une robe de velours rouge-bordeaux taillée dans un pan de rideau du salon. Comment aurait-on pu se vêtir autrement à cette époque ? Cette robe-là ne cessait de me rappeler le rideau, et je n'avais jamais pu m'habituer à la porter. Reste mon gros pull-over et la jupe que je porte ici, tous les jours, ainsi que mon uniforme d'écolière. Ce dernier est devenu ridiculement petit et étroit ; il me serre la poitrine. J'ai des souliers à hauts talons, que j'ai achetés pour le bal du village. Demain, il nous faudra marcher. Je n'ai besoin que des souliers plats que je porte d'habitude. Puis, là, dans le fond de l'armoire, il y a mes cahiers, mon journal du Siège. Dois-je les laisser ou les prendre ? J'ai encore le temps de décider. Toute une nuit pour réfléchir.

Mais, ce soir-là, on ira tard au lit. La famille entière fait ses valises consciencieusement, comme si nous partions pour un voyage légal. La lueur de l'ampoule devient de plus en plus pâle et les rideaux sont soigneusement tirés pour que, du dehors, personne ne puisse rien voir.

Pourquoi tout m'est-il aussi étranger, aussi lointain ? Comme si je n'avais rien à voir avec les minutes que je vis. Les traits de ma mère m'apparaissent de plus en plus creusés à la lueur de la lampe. Je m'aperçois seulement maintenant que tout ce qu'elle vient de ranger dans les valises va devoir retourner dans les armoires !

J'observe ce dernier adieu aux objets. Je plains mes parents. Le chemin qui nous mènera demain vers l'inconnu sera une rude épreuve pour eux. Et pour moi ? Moi, je devrais renaître pour pouvoir éprouver quoi que ce soit. À présent, je m'enfonce dans une inertie ensommeillée et entêtée. Le chien dort dans son coin.

— Que dois-je faire du réveil ? interroge ma mère, comme incapable de prendre une décision. Faut-il l'emporter aussi ?

— Je ne sais pas, ai-je répondu.

Ma mère tient en main un petit col de dentelles.

— Cela vient de Bruxelles, dit-elle. Je l'ai gardé pendant le Siège. Je ne vais pas le leur laisser.

— Couchez-vous donc !

C'est la voix de mon père, dans la pièce voisine. Mais il se rend certainement compte lui-même que sa phrase n'a aucun sens en ce moment.

Enfin, nous allons au lit. Mon oreiller est devenu dur depuis qu'il sait que nous allons partir. On dirait qu'il prend une attitude hostile. Des battements de cœur angoissés accompagnent chacun de mes gestes. Je me débats sur mon lit. Je m'assieds. Suis-je en vie ?

Le matin me semble être d'un réalisme brutal. Les objets recouvrent leur forme et leurs couleurs ordinaires, et les paroles mêmes paraissent avoir plus de sens qu'au cours de la nuit. Seulement, tout est plus lourd que d'habitude. J'arrive à peine à tenir ma tasse de café. La pesanteur semble s'y être concentrée. Ma mère revient du jardin où elle a été donner à manger au petit bétail. Nous en avons depuis que nous sommes à la campagne. C'est une nécessité. Il va être abandonné à son sort.

Je ne parviens pas à avaler mon pain. Comme si j'avais une boule dans la gorge, qui grossit au fur et à mesure que je mange. Il faudrait préparer quelque chose pour le déjeuner. Un poulet, par exemple, pour en abandonner un de moins. Je suis à ce point lasse que je n'arrive pas à attraper un de ces volatiles. Ils se sauvent avec un caquetage criard. J'abandonne, car leur tapage m'énerve.

— Aurons-nous un guide ? demandai-je d'un ton détaché vers midi.

— Oui, me répond mon père. Il ne nous reste qu'à le rejoindre à temps.

— Où ?

— Au lieu du rendez-vous.

— Quelle ville ? quel village ?

— Mieux vaut que tu n'en saches pas davantage.

Et voilà qu'au cours de l'après-midi arrive l'une des filles du notaire. Elle se comporte comme si nous vivions en temps de paix. Elle est venue pour causer, elle est gaie et nous, qui l'entourons, évoluons comme des pantins accrochés à des ficelles. Nous faisons le projet de nous revoir dans deux jours. Je mets longtemps à me décider sur l'heure, car elle dit cinq heures et moi cinq heures et quart. J'agis comme si cette différence de quinze minutes avait une grande importance. Je me montre satisfaite enfin, lorsqu'elle accepte mon heure.

— Mais ne me fais surtout pas attendre, dit-elle en riant.

Puis, elle raconte que son père se trouve « sous

observation » ; que, souvent, on les dérange la nuit, simplement pour voir s'ils sont chez eux. « Nous nous y sommes déjà habitués », ajoute-t-elle en riant à nouveau, mais son rire m'énerve, car il sonne faux et je remarque que ses yeux restent sérieux. Le nez est le point neutre entre une bouche et un menton qui rient, et un front et des yeux graves. Que se passerait-il, si je lui déclarais que, d'ici quelques heures, nous ne serons plus là ? Cette pensée m'excite à un tel point que je sors, pour un instant, dans le jardin, offrant mon visage au vent, afin d'apaiser ainsi la chaleur intérieure qui brûle mes joues. Si quelqu'un était maintenant près de moi, je dirais, même à un inconnu, que, dans quelques heures, nous partons pour franchir la frontière. J'aimerais partager le secret qui me pèse. Le chien se frotte contre mes jambes. Il m'a suivie et se cambre comme un chat.

Je rentre en grelottant. Notre invitée est en train de prendre congé. Elle m'embrasse et insiste :

— N'oublie pas, après-demain à cinq heures et quart.

Nous retenons notre souffle jusqu'à ce que la porte du jardin ait grincé.

— Une chance encore qu'elle ne soit pas restée plus longtemps, dit enfin ma mère, et elle ouvre la porte d'une armoire comme si elle voulait en laisser sortir quelqu'un qui s'y serait caché.

Mon père tire sa montre avec précaution.

— Le train part à six heures et il est quatre heures cinq. Il est temps de se préparer.

Je me précipite pour prendre les vêtements que j'emporte. Après avoir enfilé plusieurs épaisseurs de linge, la chemise de nuit, retroussée, est fixée par-dessus avec des épingles de sûreté, ainsi que la robe de velours. Je recouvre le tout de mon pull-over et de ma jupe de tous les jours. Cela donne une impression bizarre que de marcher grossie de la sorte. Je sais maintenant ce que ressent une personne très corpulente qui se trouve en pleine chaleur dans un tramway bondé. Mes parents se sont affublés de la même manière, puisqu'il ne faut pas songer à prendre des bagages. Que diraient les gens ? Pas même un petit sac à provisions. Il faudrait bien manger un peu avant le départ, mais aucun de nous ne se sent capable d'avaler quoi que ce soit.

Le chien, qui s'était beaucoup agité jusque-là, s'installe à présent sur le seuil en remuant la queue et en laissant apparaître ses minces gencives. Il semble sourire d'une façon qui veut dire : Je suis prêt le premier, nous pouvons partir.

Je suis à nouveau envahie par un sentiment de solitude. Personne ne me dira au revoir, personne ne m'attendra près de la haie pour me donner un baiser d'adieu en me jurant une éternelle fidélité. Je n'ai personne avec qui je pourrais me mettre d'accord sur un code de correspondance, pas de rendez-vous espéré, même lointain.

Je me tiens debout près de l'armoire. Je ne pleure pas. L'Histoire est à ce point inhumaine qu'elle ne laisse pas la moindre échappatoire, même pas pour une larme. Maintenant, j'aimerais qu'on parte enfin. Chaque minute de plus passée entre ces murs me rend plus faible. Mes parents ne sont pas encore complètement habillés. J'attends. Avant ce voyage vers l'inconnu, je compulse mes souvenirs. J'aimerais emmener celui de quelques visages. Mais il n'y en a plus un qui vive en moi, et c'est alors que je pense soudain à ces cahiers de mon journal du Siège. Je les sors rapidement de l'armoire, j'arrache les pages couvertes d'une écriture serrée, je les plie et les répartis dans mes poches.

Ma mère s'efforce d'enfiler son manteau de fourrure par-dessus plusieurs couches de robes. Elle aussi se trouve bien empêchée de remuer dans ces vêtements. Alors, un bizarre petit diable, en moi, demande à quoi tout cela peut servir. Pourquoi faut-il donc partir ? Question sournoise et malveillante. Depuis que nous avons quitté la cave, la famille est restée engloutie par la peur. À moi, on ne m'en a jamais parlé, comme pour me dérober au destin.

— C'est la dernière minute pour tenter le passage, dit doucement mon père.

Ainsi met-il involontairement un terme à une discussion qui n'a, en fait, pas été entamée.

J'ose suggérer :

— Votre regard vous trahit, vous devriez en changer, car vos yeux reflètent la peur.

— Sottise, objecte ma mère, sans conviction, et elle saisit la table comme si elle voulait l'emporter. Toute la maison prend un air consterné. Entraînée par son propre poids, la porte de l'armoire s'ouvre d'elle-même. Sur la table, traînent un croûton de pain et une carafe à moitié emplie d'eau.

Ma mère enveloppe le pain dans une serviette. « Pour qu'il ne sèche pas », dit-elle en guise d'excuse. L'ordre règne partout, un ordre méticuleux, un ordre sans vie. Comme si la maison était déjà abandonnée. Nous sommes pourtant encore là, gonflés de vêtements, indécis. N'importe qui pourrait entrer maintenant pour continuer l'existence que nous avons menée entre ces murs. Mais y aurait-il quelqu'un qui voudrait de cette existence ?

En sortant, nous laissons la lampe allumée. Nous fermons la porte à clef derrière nous.

— Gardons la clef, suggère ma mère. Nous pourrions encore revenir.

— Si nos projets réussissent, nous n'aurons plus besoin de la clef et, si nous échouons, nous n'en aurons pas besoin non plus...

La voix de mon père est douce et affectée, comme s'il récitait cette phrase pour la centième fois. Puis, d'un grand geste, il expédie la clef dans le jardin envahi par l'obscurité. Nous tendons l'oreille, mais ne percevons même pas le petit bruit sec de la chute. Comme si une main invisible avait adroitement attrapé la clef au vol.

Chacun de nos gestes a été minutieusement étudié depuis des semaines. Nous connaissons exactement les réponses à donner si l'on nous interroge. D'abord, nous irons à la gare. Nous ne prendrons notre billet que jusqu'à la station prochaine afin que l'employé n'aille pas dire où nous allons. À la station suivante, mon père prendra les billets jusqu'à la ville-frontière. Si, dans le train, une patrouille venait à nous demander ce que nous allons faire à Ováros, nous parlerons de tante Charlotte, parente lointaine qui y habite et qui nous a invités. Arrivés à Ováros, nous nous efforcerons de descendre du train sans être trop remarqués et nous gagnerons la maison du passeur d'hommes, dans le faubourg. Nous poursuivrons la route derrière lui. Il nous conduira jusqu'à la gare du premier village autrichien. Alors, ce sera Vienne. Nous avons suffisamment d'argent pour payer le guide et pour acheter deux mille schillings. Ensuite, on verra. Tel était notre projet. Il n'y avait plus, à présent, qu'à veiller à ce que tout se passe selon les prévisions si nous ne voulions pas définitivement perdre le contrôle des événements et de nous-mêmes...

Nous descendons lentement la grand-route. Il n'est que cinq heures environ, mais il fait déjà noir. Il pleut. Le chien nous précède en faisant de grands bonds. Il va, s'arrête et revient sur ses pas pour être certain de ne pas nous avoir perdus. Mon père marche avec difficulté, il voit mal dans l'obscurité. Ma mère me tient le bras. Je transpire. Les vêtements superposés m'étouffent.

Nous arrivons à la gare.

Au loin, le train approche avec un fracas sans cesse croissant. Finalement, il entre en gare. Nous escaladons le haut marchepied métallique. Le chien fait des bonds désespérés pour nous suivre et parvient à se hisser sur la marche du bas lorsqu'un autre voyageur, un homme âgé et impatient de monter, le renvoie à terre d'un coup de pied brutal. Nullement découragé, le chien s'élance à nouveau, mais les portières sont déjà fermées. Debout dans le couloir, je ne parviens pas à baisser la vitre, coincée ou trop dure. Je la tire de toutes mes forces et je sens que l'une des robes que je porte se déchire, que la sueur commence à me couler dans le dos et que des larmes ruissellent sur mon menton. J'appuie mon visage contre la vitre pour qu'on ne remarque pas que je pleure et, désespérée, les yeux obscurcis, à travers le carreau recouvert de buée, je fixe du regard le chien abandonné.

Le train est en marche et le chien aboie ; il se met à courir le long du quai, à côté du wagon. Ses vilaines petites pattes minces le portent à une allure vertigineuse et j'ai l'impression qu'il nous rattrape, qu'il va sauter sur le marchepied. Mais il devient de plus en plus petit, il n'aboie déjà plus, il n'a plus de force pour courir. Il n'est plus qu'un petit point. Le train a quitté la gare et roule parmi les champs noirs.

J'entre dans le compartiment. Trois personnes y sont installées avec mes parents. Deux hommes et une femme. Le silence est complet : on n'entend que le roulement du train. Avant la guerre, ces wagons étaient animés par le bavardage des voyageurs. À présent, personne n'ose entamer la conversation. Toute phrase peut être dangereuse et il est impossible de discerner les mouchards. Ce voyage silencieux a quelque chose d'effrayant. Je n'ai pas apporté de livre. À l'extérieur, l'obscurité confond tout. Je ferme les yeux et j'appuie la tête contre le dossier. Le regard de la femme assise en face de moi me brûle à travers mes paupières baissées. Je me décide à regarder à mon tour, c'est le seul moyen de lui faire détourner la tête.

Arrive le contrôleur. Il poinçonne nos tickets sans mot dire.

— Combien de minutes d'arrêt avons-nous à Bélatelep ? s'enquiert mon père.

— Nous ne nous y arrêtons pas, fait le contrôleur en devenant tout à coup plus bavard. Cet arrêt a été supprimé depuis deux jours pour le train du soir.

La femme au regard tranchant commence à nous dévisager avec intérêt. Cette fois, c'est ma mère qui nous tire de notre situation délicate en s'adressant à mon père :

— Le mieux serait alors de leur rendre visite au retour d'Ováros et de ne pas interrompre le voyage maintenant. Tu pourrais prendre les billets jusqu'à cette destination ?

— Y aurait-il moyen de prolonger les billets jusqu'à Ovàros ? interroge mon père.

Le contrôleur fait oui de la tête et extirpe de son sac un carnet avec une multitude de feuilles de papier carbone. Comme il est compliqué de prendre son billet dans le train ! Le contrôleur doit porter des inscriptions à trois endroits différents, mais, finalement, tout s'arrange et mon père met les billets dans sa poche. Nous aimerions nous débarrasser de nos manteaux, mais nous n'osons pas le faire, car on verrait nos dessous matelassés. Force nous est de rester silencieusement assis, immobiles, dans l'attente.

— On dirait qu'il ne pleut plus, dit ma mère, après un temps infini.

Mon père fait signe de la tête et laisse tomber la cendre de son cigare sur son manteau qu'il nettoie ensuite de façon minutieuse.

Le train se vide au fur et à mesure qu'on approche de la ville-frontière. La femme peu aimable se prépare, ainsi que les deux hommes. C'est seulement maintenant que l'on peut se rendre compte qu'ils sont ensemble. Ils n'avaient pas parlé non plus. Les voilà descendus.

Mon père consulte sa montre.

— Le train n'a pas de retard, constate-t-il.

Nous sortons dans le couloir. Le train ralentit, entre en gare d'Ováros. Nous sommes les seuls à descendre. C'est peu réconfortant. Il est neuf heures et demie. Ayant transpiré dans le train, nous grelottons à présent dans le vent et le clair de lune. Un cheminot court le long des voies, une lanterne rouge à la main.

— Si l'on nous demande quelque chose, tante Charlotte ! répète mon père et, les billets à la main, nous nous dirigeons vers la sortie. Finalement, nous nous retrouvons devant la gare, dans une rue presque déserte. Deux policiers se tiennent sur le trottoir d'en face. Ils nous regardent.

— Ne te retourne pas, me dit mon père. Accélérons.

Nous le suivons. Il connaît les lieux. Il a bien préparé notre fuite. Nous quittons le centre de la ville et nous nous en éloignons de plus en plus par les petites ruelles mal éclairées. Arrivés dans la périphérie, mon père frappe à la porte d'une maison aux fenêtres noires. La porte s'ouvre presque aussitôt et une chaude et désagréable odeur nous saute aux narines. Une femme nous introduit et nous conduit dans une pièce éclairée par une forte ampoule aveuglante. Les rideaux sont soigneusement tirés. Je jette un coup d'œil circulaire. Sur une cuisinière qui répand une chaleur infernale, une casserole exhale une épaisse vapeur d'oignon. Attablé, un gros homme est occupé à manger. Il ne se lève même pas à notre entrée et nous fait simplement signe de nous asseoir.

— Ça n'ira pas aujourd'hui ! nous dit-il entre deux cuillerées.

Son menton est gras, et j'aimerais voir son regard, mais il n'a d'yeux que pour sa soupe.

— Et pourquoi ? demande mon père consterné.

L'homme se décide enfin à nous regarder.

— À cause de la lune, parbleu ! Elle brille trop. Elle éclaire tout. Impossible de partir comme ça. Moi, en tout cas, je ne veux pas risquer ma peau.

La femme dépose un autre plat sur la table. Je scrute le visage du passeur. J'écoute ses explications avec une telle intensité que le sens des phrases m'échappe. Je ne comprends qu'une chose : cela ne va pas. Peut-être demain... Il n'y était pour rien : il ne pouvait pas commander à la lune. Puis, il nous fait comprendre qu'il faut partir et revenir à neuf heures et demie le lendemain.

— Mais où passer la nuit et cette journée entière ? demande mon père. Nous ne pouvons aller à l'hôtel, la police serait immédiatement alertée.

Il attend que le guide nous propose de passer la nuit chez lui. Mais le paysan au menton gras est formel et péremptoire : il s'est chargé de nous faire traverser la frontière ; un point c'est tout. Pas question de rester chez lui, la police fait trop souvent des perquisitions et il est tenu à l'œil depuis quelque temps. Il ne fera la navette qu'une ou deux fois encore, pas plus. Ce genre d'affaires est devenu trop dangereux.

Sa femme ajoute d'une voix sans timbre :

— Vous feriez mieux de partir tout de suite. Revenez demain soir.

Il faut bien se décider. Mais où aller ? J'ai faim.

— Pourriez-vous me donner un peu d'eau, dis-je, dans l'espoir de me voir offrir à manger.

D'un geste brusque, la femme fait couler de l'eau dans une tasse à bord épais. Elle me la pousse entre les mains. Je n'en prends que deux gorgées. L'eau est tiède et sent le désinfectant.

Quelques instants plus tard, nous nous retrouvons dans la rue. Il faut immédiatement se mettre en marche dans une direction quelconque comme si nous savions où aller. Les flâneurs sont suspects et, si l'on nous demande des explications, tout est perdu. Nous partons donc d'un pas ferme et décidé, comme ceux qui craignent d'arriver en retard là où on les attend.

— Où allons-nous ? fais-je en haletant.

L'air froid que j'aspire a le tranchant d'un couteau.

— Il y a peut-être encore une chance, dit mon père. Mais, si cela ne réussit pas, il ne nous reste guère d'autre solution que de reprendre un train et de rouler jusqu'à demain soir. Impossible d'aller à l'hôtel et, dans la salle d'attente de la gare, il y a trop souvent des descentes de police.

Nous parcourons des rues inconnues pour arriver finalement devant une église. Mon père gravit les marches, nous le suivons. La lourde porte n'est pas verrouillée. Nous la poussons. Dans l'ombre dense, la veilleuse répand sa faible lueur devant l'autel invisible. Épuisées, ma mère et moi, nous nous asseyons au dernier rang. Quant à mon père, il disparaît. Devrons-nous rester assises ici jusqu'au petit jour ? Et que ferons-nous ensuite, pendant toute la journée ? Nous ne pouvons rester vingt-quatre heures dans une église. Il me faudrait prier, maintenant, mais je n'en ai pas la force. J'ai froid, j'ai faim, j'ai sommeil.

Mon père revient et nous touche à l'épaule.

— Venez, souffle-t-il.

Nous le suivons. Nous longeons la nef pour entrer dans la sacristie. Il y règne une obscurité totale. Mais la lueur qui filtre par la fente d'une porte nous permet de voir un prêtre qui se tient debout devant nous. Il nous serre la main et nous invite à le suivre. Il nous dit à voix basse :

— Je vous prie d'être prudents et de marcher accroupis tant que vous serez dans la pièce où nous allons. La fenêtre n'a pas de rideaux et, de la rue, un réverbère l'éclaire. La maison d'en face est un poste de police et les policiers peuvent voir tout ce qui s'y passe. Si nous mettions un rideau, cela éveillerait leur curiosité.

J'aimerais voir les traits de ce prêtre pour connaître

la proportion de charité et de peur qui est en lui, mais il n'a pas de visage. Il nous ouvre la porte et nous entrons dans la chambre en nous baissant profondément. La lampe de la rue se balance dans le vent et son ombre oscille sur le mur. Nous nous asseyons par terre.

— Nous pouvons rester ici jusqu'à demain soir, explique mon père.

— Comment as-tu pu arranger cela ? demande ma mère.

Mais sa question reste sans réponse.

— Il faudrait se déshabiller, dis-je.

— Le manteau seulement, réplique mon père.

Jamais je ne me serais imaginé qu'il était aussi difficile de se débarrasser d'un manteau en restant accroupie. Nous nous aidons tant bien que mal les uns les autres. Mon père est âgé et sa tension est élevée, mais il ne se plaint pas. Au-dehors, le vent redouble de violence. Le réverbère lance son faisceau de lumière sur le mur d'en face, le fait monter jusqu'au plafond où il disparaît dans un éclair, puis, un instant plus tard, tout recommence. Je suis prise de vertige, comme si je me trouvais sur un bateau. Je ferme les yeux, mais la lumière me blesse, même à travers mes paupières. Un étrange sentiment de mal de mer s'empare de moi. Les vêtements mouillés de sueur m'étouffent et le malaise m'entraîne vers le pays des cauchemars. J'aurais envie d'ouvrir les yeux, mais l'oscillation lumineuse qui s'acharne et s'amplifie me paralyse. Alors, dans le tourbillon d'angoisse et de sommeil, m'apparaît une bouche aux lèvres arquées. À qui donc cette bouche peut-elle bien appartenir et quand et où ai-je pu la remarquer au point de la revoir ? La bouche sourit et me parle, mais je n'entends pas la phrase qu'elle prononce.

Cette nuit de torture continue. Un instant, nous passons la frontière, mais les oscillations de la lampe me ramènent à la réalité. Il est deux heures du matin. Mes parents dorment. À qui appartenait donc cette bouche ? Le sommeil me gagne à nouveau. Je cours sur un chemin noir. Un mort vient à ma rencontre, l'un de ceux qui gisaient devant notre maison à Budapest. Il me fait signe et me sourit :

— On m'a volé mon alliance, à mon doigt, me dit-il, l'air joyeux. Je vais la réclamer au voleur. Il me restituera sans doute également mon bras.

Et je m'aperçois alors qu'il n'a plus de bras et qu'une fleur pousse hors de la plaie en grandissant d'un instant à l'autre, pour dissimuler finalement le visage du mort.

Il fait enfin jour. Nous recouvrons nos forces comme, sur le champ de bataille, le blessé que l'aube vient de ranimer et qui se traîne en rampant vers le village.

C'est ainsi que nous quittons la pièce.

Dans le couloir, nous nous redressons et nous nous rendons dans un étroit réduit où il y a ce qu'il faut pour une toilette sommaire. Il nous faut toujours garder nos vêtements. Peu après, nous nous retrouvons accroupis là où nous avons passé la nuit, et un vieux curé aux traits impassibles nous apporte du café. Il dépose les tasses par terre comme si tout cela était naturel. Il ne dit rien et agit comme s'il nous apercevait à peine. Le temps passe avec une lenteur atroce. Pourvu qu'il n'y ait pas de lune, ce soir ! À présent, le temps est froid et pluvieux. Le ciel est gris et bouché.

Des heures d'immobilité, puis, de nouveau, la nuit. La danse de la lampe recommence. Six heures. Après un temps d'attente interminable, il est enfin huit heures. Je cache mon visage dans mes mains pour abriter mes yeux de la lumière. J'ai le sentiment d'appuyer mon front contre une main étrangère. Ce sentiment ne m'est pas nouveau, mais à qui était cette main et quand avait-elle déjà caressé mon visage ?

À neuf heures, nous rampons hors de la chambre. Le prêtre se tient debout dans la pénombre et nous fait un signe d'adieu. La sacristie, puis, de nouveau, l'église. La lueur blafarde de la lampe d'autel tire un voile rouge pâle devant mon regard. Nous sommes rendus à la nuit. Nous prenons notre route en scrutant de temps en temps le ciel avec inquiétude. D'épais nuages s'amoncellent si bas qu'on a l'impression de pouvoir les toucher.

La porte de la maison du passeur s'ouvre au premier coup. Cette fois, ces gens sont plus aimables. La femme nous prépare du vin chaud.

— Du vin ? Maintenant ? demande mon père incrédule.

— J'en offre à tout le monde avant le départ, dit le

passeur en souriant. Cela donne de la force et remonte le moral. Je ne puis rien entreprendre avec des gens qui ont peur. Et, à jeun, tout le monde a peur, même moi. Buvons donc.

Il vide une grande tasse de vin fumant. Je porte la mienne à mes lèvres et goûte ce liquide. Il est épicé et bouillant. Mon palais s'y habitue cependant, et je vide le récipient avec avidité et résolution. Cette boisson réchauffe nos corps affamés et las, comme si l'on nous avait injecté un sang nouveau. La pièce me semble plus spacieuse et le visage du guide plus rond.

— J'ai tout bu, dis-je, la langue pâteuse, en arborant un large sourire.

J'ai l'impression que ma bouche se fend jusqu'aux oreilles et que, jamais, je ne parviendrai à redevenir sérieuse.

— Tu as bien fait ! dit mon père, remonté lui aussi ; puis, il désigne la porte, d'un geste élégant et désinvolte :

— Pouvons-nous partir, à présent ?

Le guide boit à nouveau.

— C'est trop, dit ma mère inquiète ; c'est trop. Si vous buvez trop, vous perdrez votre route.

— Et s'il s'égare, que se passera-t-il ? dis-je la bouche ouverte comme pour un rire aux éclats. J'ai envie de pleurer, mais je ris de plus belle.

Le petit paysan rondelet semble soudain se décider.

— Allons, dit-il en endossant son manteau de cuir.

Il embrasse sa femme et nous donne des instructions :

— Ne jamais marcher les uns à côté des autres. Toujours à la file, comme si l'on n'était pas ensemble. Si je m'arrête, vous vous arrêtez. Si je me mets à plat ventre, vous faites comme moi. Si je cours, vous courez.

Mon père l'interrompt avec bonhomie :

— J'ai soixante ans, mon vieux, il ne m'est pas facile de courir.

Le paysan devient soudain glacial :

— Celui qui court pour sauver sa vie n'a pas d'âge, dit-il en tirant sur sa ceinture. En route.

Nous sortons dans le noir. Le guide devant, ma mère ensuite, puis moi. Mon père vient le dernier. Nous observons la distance de six à huit pas. Il est dix heures moins le quart, la rue est déserte. Nos pas résonnent comme si nous marchions sous une voûte. Bientôt, nous sortons de la ville et nous nous retrouvons dans les vignes. Elles sont soignées. Mais comme il est difficile d'y marcher ! La terre est raboteuse et glissante. Il fait noir. Le guide avance d'un pas rapide et il faut bien le suivre. Mon père trébuche et pousse un cri étouffé. Le guide grogne :

— Silence.

Mon père marche difficilement dans le noir, il glisse sur les mottes. J'aimerais bien lui donner le bras, mais, dans les vignes, on ne peut avancer qu'à la file indienne. Enfin, nous arrivons au pied d'une colline. Un ruisseau coule devant nous et la pluie se remet à tomber. Elle nous protège, car elle rend la visibilité très faible. Les gardes-frontières sont comme nous.

La nuit dissipe l'effet de l'alcool. Je regarde mes pieds et j'écoute le bruit traînant des pas. Je ne suis pas en mesure de savoir si j'ai peur ou non. Le moment me dépasse ; les événements me débordent, et je me sens comme transportée au-delà de la limite de la compréhension humaine. Je marche.

Le guide s'arrête brusquement et, d'un signe de main, nous donne l'ordre de nous accroupir. Haletants, nous nous asseyons dans l'herbe humide. Comme il fait bon de s'asseoir un peu ! Il est onze heures au cadran lumineux de ma montre.

Est-il possible que nous marchions depuis déjà une heure et demie ? La sueur commence à se refroidir sur mon dos. J'ai soif.

Le guide s'approche de nous sans se redresser :

— J'ignore s'ils sont déjà passés, souffle-t-il. Puis il ajoute : J'ai peur.

C'est plutôt agaçant qu'effrayant de l'entendre dire qu'il a peur. Que devons-nous éprouver, nous, si, lui, il a peur ?

Nous nous allongeons dans l'herbe trempée. Non loin de nous, la grand-route. Le macadam apparaît clair et lisse dans la nuit. C'est une angoisse sans nom de savoir que nous aurons à traverser cette large trouée claire. Combien de temps restons-nous ainsi à attendre ? Un coup de sifflet au loin déchire le silence. Quelques instants plus tard, une auto passe. La silhouette du guide se redresse.

— Ils sont partis, dit-il. Nous pouvons essayer de passer.

— Est-ce que la route est la frontière ? lui demandai-je.

Il marque son impatience d'un petit signe.

— Mais non. La frontière est encore loin.

Où est la frontière ? Comment est la frontière ?

Nous atteignons le bord de la chaussée. La surface bétonnée s'étale à nos yeux comme si une main invisible l'élargissait devant nous.

— Courons ! ordonne notre guide.

Mes parents traversent la grand-route comme si c'était une patinoire. Ils voudraient courir, mais ne font que trébucher. Nous sommes au milieu. Une force intérieure me pousse à courir, mais je suis l'allure de mes parents. Le guide est depuis longtemps déjà de l'autre côté. Il gesticule et grogne des jurons.

— Enfin ! dit-il, lorsque nous arrivons. Maintenant, il y a une clairière et puis la forêt commence.

La route s'étend derrière nous comme un ruban argenté. Nous courons à travers la clairière et atteignons finalement les arbres. Je m'appuie au premier tronc humide et reprends mon souffle en collant mon visage contre l'écorce.

Le guide ne cesse de maugréer :

— C'est bien la dernière fois que je m'embarque avec des vieillards. C'est impossible. Ils avancent comme des limaces.

Nous continuons notre chemin en enfonçant dans les feuilles mortes jusqu'aux chevilles. Il fait noir. De temps à autre, une branche humide vient frôler mon visage. Et c'est alors que, soudain, dans cette course insensée, je me rappelle à qui avaient appartenu la bouche anonyme et la main caressante.

À Pista. Je le revois quand, un jour, il m'avait dit quelque chose, tout près de la bougie. Je ne me souviens plus de ce qu'il me disait, mais je revois sa bouche, l'éclat de ses belles dents blanches. Et la main lui appartenait également, cette main qui m'avait aidée à franchir la planche au-dessus du noyé. C'est là qu'il m'avait caressé la joue. Et je ne m'en rends compte que maintenant. Mais oui, en ce moment, il est près de moi. Il me tient par la main.

— À terre, siffle le guide. À terre !

Nous sommes couchés de tout notre long dans les feuilles, mais je ne me sens plus aussi abandonnée, à présent. Pista est là pour m'aider à surmonter ces dernières difficultés. Le guide nous ordonne de continuer. Je n'entends que sa voix autoritaire ; je n'éprouve que le contact mouillé de l'humus et ne vois rien tant il fait noir. La respiration haletante des deux vieillards torturés me parvient à peine. Nous marchons. Nous marchons vite avec un effort pénible et je ne me sens pas la force de jeter un coup d'œil à ma montre.

La forêt devient moins dense ; le guide est de plus en plus inquiet et hostile.

— Il faudra payer davantage. Pour des vieux comme vous, je demanderai un supplément.

— Vous aurez tout ce que vous voudrez, mais faites-nous traverser la frontière, dit mon père, et sa voix me parvient de très loin. Il est pourtant à deux pas de moi.

Une clairière et, soudain, la lune commence à briller de tout son éclat, de toute sa froideur céleste. Notre guide se remet à jurer. Je n'y prête plus guère attention. L'eau ruisselle le long de ma nuque, mes cheveux sont trempés et la cuirasse humide de mes vêtements m'emprisonne. L'éclat de la lune recouvre de blanc le paysage noir.

— C'est la frontière, grogne le passeur. Et cette satanée lune qui brille. Courons, courez, même si vous devez en crever.

Pourquoi avais-je toujours cru qu'une frontière, nécessairement, était un obstacle matériel ? Une barrière, un mur semblable à ceux qui bordent certaines routes de montagnes. Et à présent, je vois, tout en courant, stupéfaite, et pleurant de mon effort, que la frontière n'est que d'herbe noire et de lune. Je marche dans la lumière, comme trempée dans un bain d'argent et, là où elle éclaire avec le plus d'intensité, là où ma main, mes cheveux et mon cœur sont le plus blanc, c'est là que se trouve la frontière.

Je m'enveloppe dans ces rayons enchantés.

L'obscurité lui succède tout à coup, après la clairière. Et j'entends la voix du guide, maintenant détendue :

— Vous pouvez vous asseoir ; nous sommes dans le *no man's land.*

Je m'affaisse auprès de mes parents. Je presse une joue contre la terre, contre cette terre qui n'appartient à personne et qui est la mienne. C'est ici que je suis chez moi. Ici que se réunissent les esprits dans le vide lumineux qui s'étend entre les deux parties du monde.

— Continuons, nous dit l'homme, après ce bref repos.

Nous foulons le sol d'Autriche. Mais la gare qu'il faut atteindre est encore loin. Ma mère enlève ses chaussures et enveloppe ses pieds dans son foulard de soie qu'elle vient de déchirer en deux. C'est ainsi qu'elle continuera. Mon père progresse en chancelant, pourtant son courage est inébranlable.

L'aube nous surprend dans une petite gare autrichienne. Des marchandes des quatre-saisons et des hommes en culottes de peau courtes occupent la salle d'attente. Ils parlent une langue que je ne comprends pas. C'est la première fois de ma vie que je suis en pays étranger. Si je me mettais à parler, on me regarderait avec étonnement. Notre guide se retire en compagnie de mon père ; puis, revenu, il nous tend la main :

— Vous avez de la chance. À présent, vous êtes en sécurité. Votre train pour Vienne partira dans dix minutes.

Et, cet adieu fait, il disparaît dans la foule.

Nous revoici seuls. Ma mère remet ses chaussures et moi, j'ai une envie inexprimable de boire une tasse de café bouillant.

— Je lui ai acheté deux mille schillings, explique mon père. Il me les a cédés à un cours honnête et il a pris pour nous les billets jusqu'à Vienne. Brave homme ! Pourvu qu'il puisse rentrer sans encombre.

Je demande :

— Combien de temps dureront ces deux mille schillings ?

Mon père réfléchit :

— Deux mois environ. Du moins, je l'espère.

— Et après, que deviendrons-nous ?

— Après, il faudra recommencer notre vie...

La salle d'attente s'anime de plus en plus. Les femmes chargent leurs gros paniers et se pressent vers l'extérieur. Nous qui avons les membres engourdis, nous nous traînons avec l'effort du naufragé à demi évanoui qui lutte contre le ressac et qui atteint la terre ferme à bout de forces.

Raides de sommeil, nous nous tenons assis sur les banquettes de bois du train omnibus. Un contrôleur maussade poinçonne les billets avec indifférence. En face de moi, un homme allume sa pipe avec un soin rituel. L'odeur nauséabonde du tabac à bon marché m'écœure. Il pleut de nouveau. Le paysage se confond avec le ciel gris. Au loin, défilent des cheminées d'usines ainsi que des ruines, et toujours des ruines. J'ai l'impression de me trouver dans ce train depuis des années, comme si le sort m'avait clouée à cette dure banquette de bois et m'avait fait voyager sans cesse parmi des ruines, au milieu d'êtres silencieux. Je croyais qu'au-delà de la frontière, au-delà de la Hongrie, dans les pays qu'on appelle occidentaux, le ciel serait bleu et les gens heureux. Qu'ils nous entoureraient de joie et que leur sourire d'accueil nous ferait oublier le passé. Mais, dans ce train, personne ne sourit et la fumée de tabac se fait de plus en plus épaisse et insupportable.

Nous approchons de Vienne. Je regarde au-dehors avec avidité. Mon cœur bat vite. Combien de fois mes parents m'ont parlé de cette ville enchantée, toujours pétillante de joie ! Le train s'arrête au milieu de ruines. Ce doit être la gare, puisque tout le monde descend. Nous aussi, nous descendons. La pluie ruisselle le long des murs incendiés, noirs, aux gouttières cassées. En quelques secondes, nous sommes trempés jusqu'aux os. La foule nous entraîne vers la sortie. Mon manteau s'alourdit de plus en plus, et j'aimerais déchirer ces défroques que je porte depuis trois jours sans avoir pu les enlever. Soudain, je sens que les attaches qui retiennent le pli de ma chemise de nuit cèdent. Impossible d'éviter qu'elle se déroule dans toute sa longueur. Je suis là, debout dans la pluie qui coule de mon visage sur mon manteau gris, dépassé par une chemise de nuit en soie. Je me sens impuissante et ridicule. Ce bleu clair contraste à tel point avec la grisaille qu'il commence à attirer les regards. Les gens s'arrêtent et me contemplent sans le moindre sourire.

Je m'élance en pleurant vers un baraquement voisin. La chemise de nuit me gêne dans ma course, colle à mes chevilles, l'eau boueuse pénètre dans mes souliers et éclabousse mes vêtements. Arrivée enfin à l'abri, je dois attendre que mes mains cessent de trembler. Je veux d'abord déchirer l'étoffe si malencontreusement apparue, mais le tissu résiste. Il est plus fort que moi. Il ne me reste que la solution des épingles.

Enfin, je peux rejoindre mes parents et nous quittons la gare. Le rideau de pluie bouche la vue. Où donc est Vienne ?

Nous nous mettons en marche, au hasard. La chance nous conduit devant la porte d'un café. Nous y pénétrons. Le garçon jette un coup d'œil vers nous, puis poursuit sa conversation avec un client. À une autre table, un couple boit du café. L'homme dit parfois quelques mots ; la femme ne répond jamais.

Nous nous asseyons. Le garçon s'approche et donne un coup de torchon à la table.

— Trois cafés et quelque chose à manger, dit mon père en allemand.

Nous sommes à tel point fatigués que nous ne trouvons rien à nous dire. Assis, immobiles, nous regardons la rue où le vent, maintenant, fait tourbillonner la pluie. Une vieille dame obèse pousse la porte et entre, tenant dans ses bras un basset bien gras. Cela me rappelle notre chien. Peut-être court-il encore avec désespoir à la poursuite du train et de sa confiance dans les hommes.

Le garçon nous apporte le café et trois minuscules petits pains gris. Je me penche au-dessus de la tasse en fermant les yeux. Je bois. Ce breuvage n'a de café que le nom, mais il est brûlant et il réchauffe corps et cœur. La rue me paraît déjà moins hostile. Je dévore l'un des petits pains. À ce moment, je me vois dans une glace qui se trouve en face de moi et je constate que je souris.

— Nous avons réussi, murmure mon père.

Il demande l'addition, et tire de la liasse de billets une coupure de cent schillings qu'il dépose sur la table. Le garçon s'approche et contemple le billet, sans y toucher.

— Il est périmé, dit-il. Tout l'argent que vous avez là a été retiré de la circulation depuis plus d'un an, il n'a plus aucune valeur.

Mon cœur se met à battre si fort que chaque coup me cause la douleur d'une blessure. Ma mère est épouvantée, mon père est pâle. Nous contemplons les schillings posés sur la table.

Le garçon adopte une attitude hostile.

— Est-ce que vous n'auriez pas de quoi payer vos consommations ?

Sa voix est devenue aiguë comme une voix de femme. L'homme de la table voisine pose son journal et observe la scène en s'appuyant sur les coudes. Le couple silencieux se retourne également. La femme au chien nous observe.

Ma mère enlève son unique bague, sa dernière bague, celle qui ne la quittait jamais et qu'elle portait depuis son mariage au même doigt que son alliance. Du brillant jaillit une étincelle bleue, comme un cri de détresse. Ma mère tend la bague au garçon.

— Voici pour ces cafés. Nous ignorions que notre argent n'était plus bon.

Le garçon prend la bague avec méfiance.

— Ce n'est pas du faux ?

Mais le brillant scintille à tel point qu'il n'en faut pas davantage pour le convaincre.

— Ne la lui donne pas, suppliai-je ma mère, en hongrois.

— Il le faut pourtant, dit mon père. Dieu sait ce qui nous attend s'il fait du scandale. Nous venons d'arriver illégalement et nous n'avons pas de papiers en règle.

— Nous viendrons la dégager, dit ma mère au garçon.

Celui-ci hoche la tête, mais, dès lors, on voit qu'il a décidé de ne plus jamais nous reconnaître et de tout nier, le cas échéant.

Il tient la bague d'un air songeur, lui fait faire un petit bond en l'air, la rattrape et la fait disparaître dans sa poche.

En enlevant les tasses, il nous dit :

— Vous venez d'arriver, pas vrai ?

Puis il se retire au fond de la salle.

— Et maintenant ? dis-je angoissée.

Mes parents sont silencieux. Ces cinq minutes les ont fait vieillir de plusieurs années.

Un atroce désespoir s'empare de moi. J'aimerais éclater en sanglots, mais mes yeux restent secs.

Et je me demande, tout au fond de moi-même, si la vie aura un jour enfin pitié de moi, si elle va consentir à ce que j'aie une existence à moi.

... Comme ce serait bon, de naître !

IL N'EST PAS SI FACILE DE VIVRE

Après le siège de Budapest, il ne nous restait rien. La façade était trouée par les obus. J'aurais pu m'asseoir sur notre parquet, jadis si bien soigné, tout en balançant mes jambes dans le vide. L'immeuble où j'avais passé quinze ans de ma vie était devenu un danger public. Quand la situation à Budapest se fut stabilisée, quand il n'y eut plus de cadavres dans les rues, les passants descendaient du trottoir devant notre maison et faisaient un écart pour ne pas risquer d'être écrasés si elle s'écroulait. Les murs de ma chambre étaient tout lézardés, et ces grandes fentes noires me frappaient comme des blessures ouvertes.

Rien, pas un objet n'avait pu être sauvé. Les débris de notre vie d'autrefois étaient couverts d'une crasse immonde. L'immense marée montante de ce siège sanglant s'était retirée, mais la ville paraissait souillée pour toujours.

La tante de ma mère avait une rose dans les cheveux quand elle était jeune, mais il ne reste pas de photo d'elle. Elle n'a eu pour cercueil qu'un tas de briques, un monceau d'éclats de verre. Vers la fin de la guerre, la maison qu'elle habitait s'est effondrée sur les locataires.

Ma tante – je l'ai toujours appelée ainsi – avait soixante-cinq ans et mon oncle soixante-dix quand, moi, j'en avais six. Tard venue, je n'ai connu mes grands-parents que par leurs photos. Le jour des morts, j'étais effrayée quand mes parents m'emmenaient au cimetière. L'odeur fade des chrysanthèmes, les verres aux flammes tremblantes, que chacun portait à la main, me remplissaient d'une peur inexplicable. Les nuits suivantes, je rêvais de spectres en tremblant sous mes couvertures.

À sept ans, il me semblait que tout le monde était vieux autour de moi. Je considérais longuement les pattes-d'oie de ma mère et les cheveux grisonnants de mon père.

Mon oncle et ma tante vivaient d'une assez grosse retraite. Leur appartement, sur la douce colline de Buda, était rempli de souvenirs de voyage. Ils n'avaient jamais eu d'enfant. Je passais souvent chez eux le samedi et le dimanche. Une petite chambre m'attendait. J'y revois mon lit et aussi une vaste armoire pleine de draps déjà un peu jaunis qu'entouraient de grands rubans de soie rouge. Entre les plis, ma tante avait placé des sachets de lavande ; mes rêves d'enfant ont longtemps baigné dans ce mystérieux parfum.

Rue Notre-Dame, numéro 3. C'était leur adresse. Toujours habillée de noir, ma tante n'a jamais regardé sans hostilité la plaque indiquant le nom de la rue. Une fois, au confessionnal, on l'avait profondément blessée et sa rancune s'étendait depuis à l'ensemble du clergé. J'appris, bien plus tard, que mon oncle étant divorcé, elle n'avait pu l'épouser religieusement. Emportée par la ferveur d'un grand amour, ma tante aurait voulu se faire une alliée de l'Église, et posséder à la fois le bonheur terrestre et la bénédiction du Ciel. Mais, en guise de bénédiction, elle avait reçu, comme un ultimatum, l'ordre de quitter l'homme qu'elle aimait.

Dans la serre de mon enfance, je fus, en tout cas, méticuleusement préservée de tous les malheurs qui accablent les grandes personnes. Mes parents étaient doux et souriants, et j'apprenais, auprès de ma tante, à aimer la vieillesse.

À huit ans, j'étais assez précoce pour sentir dans leurs gestes et dans leurs regards l'immensité de leur amour. Ils avaient une bonne, à tous les égards parfaite, mais c'était toujours ma tante qui aidait mon oncle à mettre son manteau quand il m'emmenait en promenade. Elle attendait sur le balcon que nous soyons arrivés en bas, et elle nous suivait encore du regard pendant que nous gravissions la route en lacet. Mon oncle avait une moustache bien soignée mais un peu jaunie par l'éternelle fumée de ses pipes. Vêtu de noir et portant une canne élégante, il s'arrêtait aux tournants pour m'expliquer qu'il fallait, avec le cœur, faire attention. Sagement, j'écoutais, mais j'étais ravie quand, mon cerceau ou ma balle s'échappant, je devais courir, haletante, pour les rattraper.

La rue Notre-Dame était bordée de marronniers. Au printemps, leurs fleurs embaumaient ; l'automne éparpillait leurs coques piquantes d'où jaillissaient les marrons.

Après déjeuner, mon oncle et ma tante se reposaient. Ma tante dans la chambre bleue, sur son lit ; mon oncle, couvert de sa cape grise, sur le divan de son bureau. Pendant ce temps-là, blottie dans mon fauteuil, figée de silence, je lisais Dickens. Dans ces débuts d'après-midi, je fis la connaissance de David Copperfield et de M. Pickwick. La bonne partait vers trois heures ; son samedi était libre. Elle tirait la porte d'entrée si doucement que seule j'entendais le petit déclic. Une fois, j'allai sur la pointe des pieds jusqu'au balcon pour la voir partir. Il y avait un soldat devant la maison. Ils s'éloignèrent ensemble, la main dans la main et, soudain, l'appartement ensommeillé me parut désert.

Quand il faisait beau, le soir, mon oncle et ma tante jouaient aux cartes sur le balcon. Les géraniums rouge vif, avec leurs feuilles veloutées, répandaient une odeur poivrée et humide. Des insectes venus de tous les jardins à l'entour se donnaient rendez-vous près de la lampe en opaline de ma tante. Jouant aux cartes, ils parlaient toujours en anglais. Moi, dans un demi-sommeil, j'écoutais le bruit de leur conversation et celui des cartes.

Le dimanche matin, mon père venait me chercher, puis, avec maman, nous allions à l'église. Ma tante fermait les fenêtres ; elle détestait les sonneries de cloches du dimanche. Toute la matinée, ce jour-là, elle jouait du piano. Il arrivait à mon oncle, dans son bureau, de fredonner l'air qu'elle jouait.

Ma tante avait une petite fortune personnelle ; mon oncle n'avait que sa pension, mais il était doté d'une parenté nombreuse et avide dont ma tante, aristocratique et un peu orgueilleuse, ne prisait guère les visites. Une autre chose l'attristait : mon hostilité résolue pour le piano. De ses longs doigts soyeux, elle effleurait les touches de son Steinway ; quand elle jouait du Chopin, mon oncle se mettait dans un fauteuil et la regardait.

Pour mes dix ans, ils me firent don de trois livres. Un en hongrois, les deux autres en anglais. Quel déjeuner d'anniversaire ! Ma tante avait préparé elle-même une crème glacée délicieuse. Pendant qu'elle et mon oncle faisaient la sieste, je regardais mes beaux volumes. Mon fauteuil étant auprès du divan de mon oncle, je le voyais dormir. Sèches et ridées comme le parchemin, ses grandes mains reposaient sur la cape grise. À sa main droite, il avait une large alliance ; à sa main gauche, une lourde chevalière. Je vis qu'à sa montre, il était quatre heures dix. J'entendais les pas feutrés de ma tante préparant le thé au salon. Je savais que, dans quelques minutes, elle viendrait réveiller mon oncle et qu'après, joyeusement, nous boirions le thé ensemble. Alors, je finirais la crème de mon déjeuner de fête. Soudain, il m'apparut qu'en raison d'un événement aussi important que mon anniversaire, j'avais bien le droit de réveiller mon oncle. Je glissai donc de mon siège et, en continuant à le regarder, je touchai sa main. Mais il dormait profondément, tourné vers le mur que recouvrait un tapis d'Orient. L'eau pour le thé bouillait. C'est alors qu'avec plus d'audace, j'ai soulevé sa main à la chevalière. Tiède, incroyablement lourde, elle glissa et retomba inerte. Mon cœur se mit à battre avec tant de violence que chaque coup me fut aussi sensible qu'une blessure.

— Mon oncle !... mon oncle !...

J'avais dû crier, car ma tante, un instant après, apparut dans la porte.

Elle n'avait jamais été si grande ni si mince que dans ce crépuscule hivernal. J'avais l'impression qu'elle ne pourrait jamais entrer dans le bureau. Elle regardait son mari et commençait à l'appeler d'une voix métallique :

— Mon chéri, veux-tu venir prendre le thé ?... Le thé, mon chéri !...

Un peu après, elle s'assit près de lui et prit dans ses mains à elle sa main qui avait glissé.

— Qu'as-tu fait ? demandait-elle. Comment as-tu pu me faire cela ? Pourquoi ne m'as-tu pas attendue pour me dire au revoir ?... Tu m'avais promis de ne jamais partir sans me dire au revoir...

Je n'osais pas bouger. Il me semblait seulement que les lèvres de mon oncle s'étaient légèrement entrouvertes comme pour un ultime adieu.

Ma tante n'avait plus que des gestes fébriles et saccadés. Elle était allée dans la chambre chercher une couverture, elle l'étendit sur mon oncle. Ensuite elle voulut téléphoner. Mais ses doigts tremblaient tellement qu'elle ne put faire le numéro.

— Demande à tes parents de venir, me dit-elle.

J'ai téléphoné. Pendant que je parlais avec ma mère, ma tante allumait toutes les lumières de l'appartement.

Soudain, j'éprouvai une violente nausée. L'hiver, les géraniums du balcon restaient dans la salle à manger, et cet après-midi-là, leur odeur écœurante emplissait tout l'appartement. Je voulus ouvrir une fenêtre, mais je n'arrivai pas à tourner la poignée. Pourquoi mes parents n'arrivaient-ils pas encore ?

Ma tante errait à travers les pièces, en balbutiant des mots incohérents sur le thé et sur la mort. La lumière crue ne laissait aucune ombre sur le visage de mon oncle. Ce visage, animé ce matin, était devenu, sous mes yeux, jaune et lisse. Ses rides s'effaçaient et, sur les traits sans âge, la moustache était inexplicable.

Maintenant, je pouvais imaginer que même mon oncle, autrefois, avait été jeune.

La sonnette retentit. Je courus à la porte et me jetai dans les bras de ma mère. En sentant le léger parfum de son épaule, j'éclatai en sanglots. J'aurais voulu rester les yeux fermés et cachée dans ses bras.

Mon oncle est donc parti, devant moi, pour l'éternité. « Il faut toujours faire attention avec le cœur... », disait-il. Mais où est l'âme insaisissable ? me demandai-je. Où sont ses pensées ? A-t-il rêvé avant de mourir ? Qu'aurait-il voulu exprimer encore ?

Quand j'ai baisé sa main, elle était froide déjà et croisée avec l'autre sur sa poitrine.

Après l'enterrement de mon oncle, j'ai reçu une lettre de ma tante. Une lettre encadrée de noir, couverte de son écriture ronde, bien équilibrée.

« Chère petite, m'écrivait-elle, je veux que tu saches que lorsqu'à mon tour – comme ton oncle – je serai morte, tous mes biens t'appartiendront. Je voudrais que tu gardes le piano dans ta future chambre de grande jeune fille... »

Je suis retournée souvent chez elle. La table était toujours mise pour mon oncle, et la bouteille de vin fin placée près de son couvert.

Le piano – elle n'y avait plus touché – demeurait silencieux et menaçant au milieu du grand salon. Comme un cercueil.

La dernière fois que j'allai avec mes parents dans notre appartement saccagé, sous des livres salis, aux couvertures arrachées, j'ai trouvé, presque intacte dans son cadre, une gravure représentant la colline de Buda au début de l'année 1900. Je m'aventurai alors dans notre salle à manger, située vers la Fö-utca. J'aperçus un clou planté dans l'un des murs et j'y accrochai la gravure.

De la rue, avant notre départ définitif, nous avons

encore une fois regardé l'immeuble. À travers la façade éventrée, nous avons encore vu la gravure accrochée presque dans le vide. Soudain, un vent impatient et brutal vint agiter la poussière grise. Alors nous sommes partis, des cendres et des larmes plein les yeux.

Dans la petite maison de Fonyod, où je menais une vie de somnambule, je ne cherchais qu'à paraître l'adolescente qui oublie vite. Je voulais ménager mes parents. Je chantonnais pour leur faire plaisir. Avec l'aide de ma mère, j'ai coupé une robe d'été dans un rideau fleuri. Quand mon père disait que, pour les jeunes, tout est plus facile, je l'approuvais. En échange d'une paire de draps, j'ai réussi à leur procurer une chèvre. La paysanne ridée qui consentit à ce troc m'apprit à traire. Vieille et indulgente, la chèvre me laissa faire.

Mais, le soir, dans ma chambre, rendue à moi-même, j'enlevais mon masque de gaieté et je revenais à mes livres. Ici, à la campagne, nous n'avions que des œuvres d'écrivains nordiques, quelques Balzac et un seul livre de Flaubert : *Madame Bovary*. Mes rêves étaient des chevauchées fantastiques à travers le pays des cauchemars. Mlle Julie avait pour moi une amitié douteuse, presque perfide ; Sigrid Undset m'avait trempée dans une atmosphère de tristesse conciliante qui m'était insupportable ; une fois, malade, et la fièvre aidant, j'ai cru que j'étais le canard sauvage d'Ibsen.

Pista, ce jeune soldat souriant qui avait été tué pendant le siège, me réapparaissait souvent. Mais je n'avais pas peur de lui. Ni de mon oncle ni de lui. La mort paisible d'un vieillard se liait en moi, je ne sais trop comment, à la mort brutale d'un être jeune, souriant, audacieux.

Chaque matin, la vie recommençait. Les étés s'allongeaient, interminables, étouffants ; les hivers figeaient sous la neige.

Je me souviens d'une journée de juillet. J'étais allée nager. Le lac Balaton me portait sur son dos bleu doré. Quelquefois, en regardant derrière moi, j'apercevais les sillons d'un vert profond creusés par ma nage dans l'eau immobile. Les humains étaient si loin de moi que j'avais une impression de solitude absolue. Tout en continuant à nager, j'ai levé la tête, comme pour découvrir le Dieu invisible. Soudain, une vague inattendue m'a fouetté le visage. Et cette petite gifle humide, transparente de soleil, m'a secouée comme un courant électrique. Je lui dois la connaissance de mon corps.

Je pris conscience, dans un frisson, des gestes même que j'effectuais pour nager. Intimidée, malhabile, je m'assurai que mon maillot d'écolière couvrait assez mes seins naissants.

Presque à bout d'haleine, je repris en hâte la direction de la rive ; j'étais devenue lourde de fatigue et, dans un moment d'inattention, je bus une grande gorgée.

Enfin, sentant les cailloux sous mes pieds, je m'effondrai sur le rivage.

Je respirais violemment, presque avec passion.

Un peu plus tard, en remontant vers la maison, je savais déjà que ma solitude était insupportable.

Mon arrivée à Vienne n'avait frappé personne... Nous marchions dans les rues, moins sensibles à une pluie excessive qu'au regard cruel du garçon de café nous révélant que les schillings achetés à notre guide étaient faux. Maman lui avait laissé sa dernière bague et, maintenant, poussés par la crainte, nous courions presque, mais vers une destination inconnue.

J'attendais à chaque tournant l'homme ou la femme au bon sourire qui nous prendrait le bras pour nous conduire dans une chambre bien chauffée et qui, avec un geste d'une pudique réserve, nous indiquerait la porte de la salle de bains.

Scrutant le visage des passants, je ne découvrais que des yeux ternes, des traits tirés ; tous les regards, me semblait-il, glissaient sur nous comme les gouttes de la pluie.

— Si nous retournions à la gare ! dit mon père.

— Pour aller où ? demanda maman.

— Il y a là-bas une mission pour les réfugiés. C'est une Bahnhofsmission. Nous allons y dormir ce soir, et demain, j'organiserai quelque chose.

N'ayant pas l'argent du tramway, nous retournâmes à pied à la gare. Là, il nous fallut attendre mon père qui se rendait au petit bureau. Je revis encore la gare en ruine. Maman s'était appuyée contre un mur lépreux ; elle était si fragile, si vulnérable dans ce crépuscule hostile, que je sortis de mon petit monde réservé de rêveries et d'attente vaine, pour embrasser son frêle visage. Elle leva vers moi son regard bleu et sourit.

— Le début d'une autre vie est toujours très difficile, ma petite... Mais nous sommes libres.

Papa s'attardait. Je regardais les jambes enflées de ma mère ; ses fines chevilles étaient maintenant une masse informe et douloureuse. Et nulle part, dans cette gare déserte, il n'y avait même un banc pour s'asseoir. Près de nous s'entrouvrait d'elle-même la porte d'une salle d'attente, mais elle n'avait plus de toit. Les épaules voûtées, de rares cheminots passaient près de nous, sans nous remarquer. Je m'agenouillai devant maman et je posai ma main sur une de ses jambes ; elle était brûlante.

— Tu as très mal ?

— Un peu...

Je dus faire un grand effort pour ne pas m'affaisser. J'aurais pu m'endormir là aux pieds de maman. Soudain, comme s'ils étaient sortis du pavé même, nous fûmes entourés par des voyageurs qui attendaient un train non encore signalé. Je me levai. Mais j'aurais cherché en vain la lueur d'un intérêt quelconque dans leurs yeux. Je touchai mon propre bras, j'effleurai mon visage de mes doigts sales. Je m'inquiétai :

« Est-ce que nous sommes encore visibles ? Peut-être sommes-nous devenus transparents dans la lumière froide de la lune ? Peut-être notre passage de la frontière n'était-il qu'un rêve et vais-je me réveiller à Fonyod ?... »

Une voix rude cria : « Barisnya burzsuj !... »

Un immense soldat russe s'était planté devant nous et tirait déjà sur le manteau de fourrure de ma mère.

Le Russe fit signe à un autre soldat, et montra ma mère en répétant des mots incompréhensibles pour nous.

À ce moment-là, papa revint et nous dit de le suivre.

Nous nous dépêchâmes en tremblant, car les deux Russes étaient sur nos talons.

— Je viens d'apprendre que nous sommes dans la zone russe, dit mon père.

Nous le suivîmes, blêmes de peur.

Enfin, nous pûmes entrer dans la baraque.

Un homme aux cheveux grisonnants nous attendait.

— Venez par ici...

Les Russes restaient dehors.

Nous longeâmes un couloir obscur et, après une

marche titubante, nous arrivâmes dans une grande salle, éclairée par une seule ampoule électrique. Alors, l'homme nous adressa enfin la parole :

— Malheureux, vous passez la frontière en fraude et vous venez sans papiers vous balader en zone russe ! Pourquoi n'êtes-vous pas allés en zone américaine ou française ?

— La dernière fois que je suis venu à Vienne, en 1926, j'étais descendu à l'hôtel *Sacher*, répondit mon père, le visage livide de fatigue. Comment voulez-vous que je connaisse les zones ?

Le surveillant de la baraque, morne et sans couleur, se mit à sourire. L'évocation d'une Vienne ancienne avait sur lui un effet magique.

— Évidemment ! Le *Sacher*... Mais les temps sont changés... Restez ici jusqu'à demain matin. Sur les huit heures, je vous mènerai à la frontière de la zone ; là, vous vous débrouillerez avec le centre d'accueil ; il s'occupe des papiers de réfugiés.

Dans cette grande salle en bois, pourrie de pluie, il y avait trois longues tables avec leurs bancs ; le poêle à charbon, dans l'un des angles, était porté au rouge.

— Asseyez-vous ; on vous apportera une soupe et du pain, dit l'homme. La femme qui va venir ne doit rien savoir. Si elle vous demande quelque chose, répondez que vous avez raté votre train et que vous n'avez pas d'argent pour aller à l'hôtel. Surtout, ne vous déshabillez pas au dortoir. Ici, en zone russe, les clochards ne manquent pas ; ce sont nos clients de nuit...

D'un geste inattendu, il tendit la main.

— Bonne nuit et bonne chance... Je vous retrouverai demain matin.

Nous nous assîmes sur un banc ; quelques minutes plus tard, la sueur nous coulait le long du dos. Maman et moi nous portions au moins trois robes chacune, et papa avait cinq chemises sur lui. Quand le guide nous avait empêchés – encore en Hongrie – de prendre une valise, nous avions revêtu l'un sur l'autre tous nos vêtements. Depuis trois jours, nous n'avions jamais eu la possibilité de nous déshabiller.

— Enlevons au moins les manteaux, conseilla papa.

— Non, la femme qui va apporter la soupe verrait bien que nous sommes anormalement couverts...

Nous attendîmes donc en continuant à transpirer.

Elle arriva bientôt. Elle avait dans les quarante ans. Son chignon gras collait sur sa nuque comme un nid d'oiseaux. Tout en nous examinant avec curiosité, elle déposa devant nous un plateau ébréché et trois bols de soupe aux lentilles.

— Du pain aussi ? demanda-t-elle.

Maman fit oui de la tête, sans prononcer un mot.

Elle apporta trois morceaux de pain.

L'épaule basse, le regard rivé sur nous, elle s'assit près du poêle. Je m'attendais à la voir fondre dans cette chaleur, comme une bougie. En mangeant ma soupe tiède, j'imaginais assez follement qu'avec un bras long et un éteignoir au bout, je pourrais l'éteindre ! Je soutenais son regard avec insolence. La soupe finie, il restait un dépôt gris au fond de nos bols.

Le pain collait au palais ; il avait un goût d'argile. Quand la femme vit que nous en avions vraiment terminé avec nos cuillers, elle nous fit signe de la suivre.

Bourrés de vêtements sous nos gros manteaux, raides comme des épouvantails, nous nous engageâmes derrière elle.

Au seuil du dortoir, elle disparut, avalée par d'obscurs couloirs. L'atmosphère du dortoir était épaisse et comme truffée d'ail. Une lumière bleue flottait dans un coin, filtrant à travers une sorte de bruine. Ces faibles rayons d'une ampoule unique coulaient sur des tas de loques sombres. C'étaient les dormeurs enveloppés dans leurs pardessus miteux. Cet immense wagon-lit de vingt-cinquième classe possédait deux rangs de couchettes. Celles d'en haut me semblaient, de la pénombre où j'étais, presque toutes vides ; les clients étaient groupés en bas. Nous avançâmes avec précaution, mais chaque respiration nous faisait avaler une gorgée de cet air puant, au goût de vase.

En heurtant quelquefois les échafaudages de bois, nous trouvâmes enfin deux places vides en bas, et une en haut.

Maman enleva son manteau et s'assit au bord d'un des lits. Papa était là, totalement désemparé, son chapeau à la main, étonné que nous soyons libres, choqué et déçu malgré lui par l'excès de détails sordides. Il se coucha en bas, et moi, je grimpai à la place du haut.

Notre remue-ménage avait semé le trouble parmi les dormeurs. J'entendais des voix étouffées. Du bord de mon nid, si peu commode, je vis soudain le visage d'un homme barbu qui, d'en bas, regardait vers moi. Ses yeux brillaient dans l'obscurité bleue ; il était comme un animal qui guette un morceau de viande. Je me retirai vite et j'entassai sur moi les couvertures rugueuses. Elles avaient une odeur de suif, une odeur de guerre refroidie, dégradée.

Ma peau était irritée. J'avais la sensation d'être en proie à une multitude de bêtes, toutes avides, affamées. Je crus même sentir le picotement de deux pinces aiguës, sur mon genou. Je tâtai, avec un dégoût nerveux, sans rien trouver.

Je passai toute la nuit livrée à ces bêtes imaginaires ; économisant mon souffle, je ne respirais qu'à petites doses, prudemment.

À notre réveil, le dortoir s'était déjà vidé. Empâtés par cette nuit étouffante, nous parlions très peu.

On nous donna, dans la grande salle, une nouvelle soupe aux lentilles, puis le petit homme aux cheveux gris reparut. Son visage était frais, net. Il avait encore sous l'oreille un reste de sa crème à raser.

Il donna à mon père une adresse très utile.

Il parlait de sa tante qui avait une maison en zone américaine, et qui louait des chambres aux réfugiés démunis de papiers mais dignes de confiance.

Le petit homme nous conduisit ainsi jusqu'à la limite de la zone russe. C'était une petite rue comme les autres, dont le vent frais du matin avait séché les pavés. Sous la plaque indiquant le nom de la rue, il y avait un écriteau : « Début de la zone américaine ».

Papa lui dit adieu ; nous lui serrâmes la main et il partit.

— C'est un brave, dit papa. Hier, quand je lui ai raconté nos malheurs, il m'a prêté vingt schillings. Nous pouvons maintenant aller tranquillement boire quelque chose de chaud.

Nous entrâmes dans un café de la Burggasse. La propriétaire était encore en train d'asperger d'eau et de balayer le plancher poussiéreux. Elle nous fit tout de même asseoir et nous apporta le café quelques minutes plus tard.

J'étais heureuse de savoir que nous avions vingt schillings.

— Je vous laisse là, dit papa ; j'irai seul au centre d'accueil des réfugiés.

Je sortis avec lui, et il m'acheta un journal du matin, puis je retournai près de maman, prête comme elle à une longue attente. Pourtant, avant de dire au revoir à mon père, une idée vague m'avait effleurée.

— Comment est-il possible qu'il t'ait prêté de l'argent ? avais-je demandé. Était-il si sûr que tu reviendrais ?

Papa avait froncé un peu les sourcils :

— Naturellement il en était sûr, puisqu'il avait ma promesse. Et puis, je lui ai montré tous nos schillings. Il était désolé pour nous. Ces schillings n'ont plus cours et ont été retirés de la circulation il y a plus d'un an. Il les a gardés. Il ira dans une banque tenter d'en tirer quelque chose. Il peut le faire, il est Autrichien.

De lui-même, contre ces deux mille schillings anciens, il m'en a donné vingt nouveaux.

Envahie par une émotion très douce, j'avais regardé mon cher papa si honnête, si attaché aux règles d'une société paisible et bourgeoise qu'il était bien incapable de se demander une seconde si ce clochard distingué ne l'avait pas roulé.

Ainsi maman et moi nous lûmes le journal. La propriétaire du café était très gentille. Maman lui raconta que nous avions franchi la frontière deux jours auparavant. Elle pouvait parler librement, nous étions en zone américaine. La bonne femme nous apporta quatre tranches de pain sur lesquelles elle avait étalé un tout petit peu de margarine, on la voyait à peine.

À midi moins le quart, papa revint. Nous partîmes tous ensemble vers la Kleeblattgasse. Enfin, nous pouvions prendre un tramway. Placée près du conducteur, pour la première fois depuis trois jours j'aperçus mon visage dans son rétroviseur. J'étais incroyablement laide et mes larmes de la nuit avaient fait de moi une Indienne un peu pâle, mais décidément guerrière. Un grand garçon blond, très jeune, était à côté de moi. Sa présence me paraissait un défi à la mort. J'avais vu tant de jeunes morts dans les rues de Budapest ! Je l'imaginais déjà immobile, dans un uniforme en loques, quand il me fit un sourire timide, amical, presque peureux. Je sentis courir mon sang. Oui, il était vivant, et moi aussi ! Mais pourquoi souriait-il ? Parce que j'étais ridicule, malheureuse, négligée et lourde comme une tortue dans mes vêtements ? Ou peut-être à cause de mes vingt ans ? Je souris aussi, et tournai ma tête vers le rétroviseur, où je me vis sourire. J'avais aussi envie de me dire bonjour à moi-même.

— Nous descendons au prochain arrêt, dit papa.

À peine sur la chaussée, nous fûmes frappés par le soleil et le bleu du ciel. Il était un peu déprimé, ce soleil, intimidé par le mois de novembre. Mais ses faibles rayons caressaient un monde étrange, un monde vivant.

Vienne enfin s'offrait à nous. Qu'était-ce alors que cette ville ? Un immense gâteau d'anniversaire coupé en quatre tranches ; chacune des quatre grandes puissances mangeant la sienne. À la manière des fourmis qu'à tout moment les énormes semelles militaires risquaient d'écraser, les Viennois ne portaient sur leur dos que les miettes d'une ancienne vie.

Je poussai un petit cri :

— Regarde, maman...

Pour la première fois de ma vie, je voyais un Noir. Il était en uniforme. Mon étonnement sans méchanceté ne lui avait pas échappé ; il me sourit. C'était le deuxième sourire de la journée.

— Ne fais aucune remarque, me recommanda maman. Regarde et tais-toi.

Nous arrivâmes à la Kleeblattgasse. C'était une vieille petite rue, tout près du Graben. Nous nous arrêtâmes devant une maison laide mais solennelle, aux murs épais. Papa tira la sonnette, et nous entendîmes le son se répercuter, vagabonder. Personne. Ma mère tira à son tour la sonnette et le tintement repartit en ricochant, à l'assaut des escaliers.

La porte s'ouvrit enfin. Un homme au teint foncé se tenait sur le seuil. Papa posa la question :

— Est-ce que Mme Wagner est là ? Nous sommes envoyés par son neveu...

L'homme nous fit entrer.

Le vestibule était obscur et le vieil escalier craquait sous nos pieds.

Une femme vint à notre rencontre et nous fit asseoir dans une cuisine claire et chaude au premier étage. Papa lui avait expliqué que nous avions besoin d'une chambre pour quelques semaines ; nous partirions bientôt pour Innsbruck.

La première chose dont elle parla fut l'argent.

— Avez-vous de l'argent ?

— Oui.

— Combien ?

— Combien demandez-vous pour la chambre ?

— Vous n'avez pas de papiers ?

— Pas encore.

Elle haussa les épaules.

— Les risques sont très grands à Vienne...

— Combien par jour ? poursuivit papa avec une ténacité gentille.

Elle indiqua la somme.

Papa fit un petit calcul éclair et dit oui.

Mme Wagner, après avoir reçu le loyer de deux semaines, nous conduisit au troisième étage, ouvrit une porte et laissa la clef dans la serrure.

— Il y a de l'eau aussi...

Papa demanda du savon. Elle promit de nous en donner un morceau.

La chambre étroite comportait deux lits, une armoire et un lavabo. Sans attendre un instant, nous commençâmes à nous déshabiller. Avec une vitesse record, j'enlevai tour à tour mes robes chiffonnées et mes pull-overs humides de transpiration.

Quelle délivrance ! Mais alors, la petite chambre, avec tous nos vêtements en désordre, nous parut un vrai marché aux puces. Sur les lits, les robes s'entassaient avec les chemises de papa. Au milieu de la chambre, nu jusqu'à la taille, celui-ci cherchait.

— Mon chapeau a disparu, dit-il ; ne l'as-tu pas vu, ma chérie ?

— Tu as besoin de l'avoir ?

— Non, répondit papa. Mais quand même, j'aimerais savoir où est mon chapeau.

Je trouvai dans la poche de mon manteau d'hiver l'un de mes souliers à talons hauts. Mais où était l'autre ?

Vous n'avez pas vu mon autre soulier ?

— Non, dit maman qui redevenait mince et fragile.

— Qu'est-ce que nous allons faire avec tout ça ?

— Il faut acheter une valise, dit papa en versant de l'eau sur ses épaules.

Mme Wagner nous apportait le savon. Maman entrebâilla la porte tout juste assez pour le recevoir.

Bientôt la chambre fut pleine d'eau, d'écume savonneuse. Enfin propres et n'ayant plus sur nous que les vêtements nécessaires, nous sentîmes une faim immense.

— Nous allons manger... et nous achèterons une valise pour y ranger tous ces vêtements, dit papa.

Dans la rue, il ajouta :

— Mais nous n'achèterons pas la valise en zone russe. Le voyage se terminerait en Sibérie.

Il était quatre heures et demie. Déjà les premières lumières de Vienne clignotaient. Nous avions assez d'argent pour un petit dîner. En quittant la maison, nous remarquâmes qu'aucune de ses fenêtres n'était éclairée. La petite rue s'assoupissait dans l'obscurité sur ses secrets et sur nos espoirs.

Pendant que mes parents cherchaient leur ancienne Vienne pomponnée, maniérée, paisible, pleine de valses, de sourires et de l'odeur du bon café célèbre, moi, je regardais, avide et impressionnée, la Vienne présente.

Pour maman et papa, la ville était la grande actrice jouant son dernier rôle. Quand les admirateurs approchent un peu trop, elle tend devant son visage un éventail de dentelle afin de cacher ses rides profondes. Mais, légèrement brisée, voilée par la fumée de la guerre, sa voix était pourtant reconnaissable. C'était elle qui touchait au cœur ceux qui avaient connu de vraies paix et des voyages sans passeport...

Moi, je voyais une Vienne pleine de militaires de quatre nationalités, les gens mal habillés, toujours frissonnants sous la grêle, des vitrines bien éclairées mais presque vides, et la hâte fébrile que chacun avait de rentrer chez soi.

En quittant le Graben, nous arrivâmes à la Herrengasse. Maman aperçut une église illuminée.

— Rentrons, dit-elle.

Et nous nous dirigeâmes vers la porte large ouverte.

Sur le trottoir, une femme de l'Armée du Salut chantait. Sa voix aiguë semblait défier l'ample harmonie de l'orgue. Nous regardâmes à l'intérieur. La nef flamboyait dans la lumière jaune et vibrante des grands cierges. Le prêtre lointain célébrait la messe d'après-midi et l'on apercevait sa chasuble brodée d'or. Les reflets métalliques du tabernacle arrivaient jusqu'à nous, dans la rue.

Je fus prise d'une gêne inexplicable. La petite femme en uniforme bleu chantait, et son grand chapeau fixé par un large nœud près d'une oreille lui donnait un air de poupée démodée. Sa voix claire, filante, s'opposait aux violentes vagues de l'orgue.

Le salutiste qui l'accompagnait, assis sur un escabeau, dominant l'urne en cuivre destinée à recueillir les offrandes, s'efforçait de donner à son accordéon la tonalité grave et envahissante de l'orgue concurrent. Le va-et-vient des passants, leur générosité ou leur indifférence n'émouvaient pas ces deux visages. Celui de l'accordéoniste était étonnamment jeune. Son regard immobile semblait ne rien voir des gens qui passaient à petits flots devant l'urne. Quant à la femme, elle chantait les yeux fixés sur un point invisible. Ce point était plus haut que la tête des hommes et plus bas que le ciel... D'une minute à l'autre, une pluie imperceptible fit luire l'asphalte.

— Tu veux me donner quelques groschens ? ai-je demandé à mon père.

Il me glissa deux pièces dans la main et j'avançai vers eux. D'un geste rapide, mais solennel – comme si je votais pour eux –, je déposai l'argent dans l'urne.

Nous entrâmes dans l'église. L'odeur de l'encens m'enveloppa comme si quelqu'un avait jeté sur moi un voile encombrant. Nous trouvâmes trois places au dernier rang, et je regardai sans la moindre intention de prier. Dans ces jours, nous avions été tout le temps dans les églises pour y trouver refuge, pour nous cacher, pour attendre, pour nous reposer. Mon dos s'accommodait sans peine des durs dossiers de bois. Mais ce soir-là, une impression me frappa. Les visages étaient comme figés dans leurs contours agressifs. Je pensai aux dessins d'enfants où les lignes tracées au crayon sont ensuite soulignées à l'encre noire. Mais cette fois, j'étouffais...

— Quand peut-on partir ? soufflai-je dans l'oreille de maman.

— Nous partons tout de suite, répondit-elle, la messe est presque finie.

L'orgue soudain s'était arrêté. À la faveur de ce silence imprévu, une voix de femme pénétra dans la nef, celle de la salutiste, mais son chant frêle se brisa aussitôt contre les colonnes de marbre. Elle se tut.

Je fus émue. Et vite, dans une hâte pudique et tremblante, je pensai à mes désirs, à mes rêves. Ce n'était pas prier ; c'était laisser mes pensées courir à bride abattue. Les gens se levaient déjà au premier rang, et moi, désemparée, j'avais encore à exprimer tant de choses ! Que j'aimerais écrire un livre, plusieurs livres, que j'aimerais écrire dès aujourd'hui, et pendant toute ma vie ! Et que ce serait bien d'avoir aussi des lecteurs... et puis un grand amour.

Maman et mon père se levèrent, et nous quittâmes l'église. Mais en nous éloignant, une idée me frappa. Je ne sais plus ce que je leur ai dit, mais je retournai à l'église déjà vide et obscure. Je voulais sentir Dieu, et je lui ai presque soufflé à l'oreille : « J'aimerais aussi, énormément, un enfant... Donne-moi, mon Dieu, des lecteurs et des enfants... »

Quand je retrouvai mes parents, la pluie tombait déjà abondamment.

Nous cherchâmes un petit restaurant bon marché. Nous le trouvâmes en retournant vers la Kleeblattgasse. Il était merveilleux, ce petit restaurant ! Une serveuse souriante nous désigna une table minuscule, couverte d'une nappe en papier au bord dentelé. Plusieurs personnes dînaient et, près de nous, une dame maquillée et souriante nous fit un signe amical de la tête.

— Qu'est-ce qu'elle veut ? s'inquiéta papa... Une espionne ?

Je n'osai pas regarder dans sa direction.

La serveuse s'approcha, enleva le crayon caché derrière son oreille et s'apprêta à noter notre commande.

Alors papa devint blême en regardant la carte écrite à la main.

— Nous n'avons pas ces bons d'alimentation qu'on exige...

Nous nous penchâmes sur la carte avec désespoir.

La servante comprit vite :

— Si vous pouvez payer un supplément, vous pouvez avoir quand même le dîner.

— D'accord, dit mon père, mais apportez vite à manger...

Quand la serveuse se fut éloignée, il ajouta :

— J'ai reçu un peu d'argent au centre d'accueil ; nous nous en tirerons pendant deux semaines, mais après...

Ce soir, je ne voulais pas partager les soucis. La femme maquillée sourit dans ma direction et, en minaudant, me montra le vieux chat qu'elle tenait sur ses genoux. Désormais, ayant pu le présenter, elle était tranquillisée.

La serveuse revint enfin, et nous mangeâmes d'un appétit féroce.

La soupe aux lentilles était brûlante. Depuis que nous avions quitté la Hongrie, les lentilles nous poursuivaient ! Après, nous eûmes, chacun, une paire de Wienerwürstel grisâtres et minces avec une pomme à l'anglaise.

J'observai un vieux monsieur qui mangeait près de nous avec une lenteur solennelle. Il coupait sa petite saucisse en tranches minuscules et il mettait sur chacune un peu de moutarde.

Juste avant notre départ de Vienne, un brave homme qui nous indiquait notre chemin et avait compris que nous étions réfugiés, tout en nous conduisant avec une politesse exquise, avait tenu, devant nous, à maudire la guerre.

— Ma sœur est morte de faim, expliqua-t-il. Maintenant, on a tout, mais avant, c'était la famine... C'est par ici, monsieur et madame, la rue que vous cherchez...

Mais ce soir-là, le dîner avait été d'une richesse incomparable.

J'avais eu le droit d'avoir un gâteau. Une tarte de la maison. La confiture était faite de tomate, et le sucre était remplacé par la saccharine. Mais c'était quand même très bon.

— Tu sais, me dit maman, que si tu demandes quelque chose à Dieu dans une église où tu entres pour la première fois de ta vie, tes vœux seront sûrement exaucés.

— Je le sais, répondis-je, radieuse. Je le sais, et j'ai demandé...

Mon père aussi attendait.

— Et peut-on savoir ton secret ?

J'ai dévoilé le plus facile à avouer :

— J'ai prié pour avoir un enfant.

Ils étaient réellement étonnés.

Un peu plus tard, en rentrant, papa me dit :

— Tu aurais pu demander aussi un passeport pour lui.

— Pour qui ?

— Pour l'enfant...

J'ai ri. C'était une soirée heureuse.

J'avais sonné. Un homme que nous ne connaissions pas encore vint ouvrir. Nous montâmes dans la petite chambre paisible et, quelques minutes plus tard, nous dormions tous dans un vrai lit, en chemise de nuit, et en liberté.

Le matin, une pensée me réveilla. Mes parents dormaient encore, mais moi je me sentais très lucide. Ils m'étaient livrés dans leur inconscience ; leurs visages, abandonnés dans un sommeil prolongé, m'agaçaient. Le rythme de leur souffle, le silence total de cette maison, l'immobilité de nos trois corps me remplirent d'un désespoir violent. Ce jour était celui de mon vingtième anniversaire. Je n'en avais rien dit la veille, même pendant le dîner. Je souhaitais presque qu'ils oublient cette date ; je me préparais déjà pour un chagrin amer : les événements m'avaient trop dépassée, je voulais revenir au premier plan.

Peut-être, en bas, une lettre était-elle arrivée pour moi. Une enveloppe bien timbrée, avec plusieurs cachets, une lettre venue de loin. De quel pays ? Je ne savais. Une lettre qu'on aurait écrite pendant que nous traversions la frontière. Une lettre d'amour, une lettre d'attente, pleine de promesses. J'imaginais un homme impatient quelque part dans ce grand monde. Un homme qui m'attendait depuis des années, qui suivait, de loin, mes chagrins et mes bonheurs d'adolescente, un homme bâtissant sa vie sur ma vie. L'image de l'homme et celle de l'enfant se mélangeaient étrangement. Quelquefois, dans mes rêves démesurés, je me penchais sur un berceau où il y avait un enfant au visage d'adulte, un visage composé par moi de mille détails.

Saturée de romans d'analyse, je m'étais souvent enfuie d'une maison imaginaire, en me répétant les arguments de la Nora d'Ibsen et quand, encore à Fonyod, j'allais nager dans le lac Balaton, en traversant la petite forêt qui longeait la colline, il m'arrivait d'être la douce Emma de Flaubert attendant son amoureux. J'inventais des dialogues audacieux ; je repoussais des avances perfides de cavaliers invisibles qui me poursuivaient, et je me jetais à la fin dans le lac comme on se jette dans une grande aventure.

Mais la réalité était bien différente. Avant notre départ de Fonyod, j'avais désiré participer à un bal organisé à la mairie par la jeunesse du village. Hélas ! Tous mes vêtements d'avant-guerre semblaient rétrécis. En fait, c'est moi qui avais grandi. Le rideau en toile fleurie, qui décorait notre salle à manger rustique, devint ma robe. La première qui ne me serrât pas la poitrine. Ma mère m'avait donné son unique paire de souliers à talons hauts.

Je savais déjà que notre exil, ici, près du lac, touchait à sa fin. Le projet du départ, depuis longtemps conçu, caressé et mûri, faisait notre conversation de chaque jour. Je voulais pourtant danser une fois encore en Hongrie. Je voulais aussi être bien bronzée pour la soirée, et je passai toute ma journée au bord du lac, lézardant dans le sable chaud et fin. Mais un violent coup de soleil me donna une grosse fièvre et cette soirée tant attendue, je dus la passer au lit. Les jours suivants furent pleins de chagrin. Je n'avais plus de diversion qu'en me retirant complètement dans mes rêves. Je n'allais plus à Budapest ; mes études terminées, qu'aurais-je fait là-bas ? Les portes de l'avenir s'étaient hermétiquement refermées devant moi, les anciens amis de mes parents eux-mêmes me regardaient comme une revenante. Il n'était plus possible de dire ni d'entendre un mot humain, personnel. Le sentiment de mon inutilité dans la vie des autres me laissait absolument désemparée.

Entre mes expériences concernant la vie, l'amour et la mort, il y avait vraiment des disproportions excessives. J'avais maintenant l'habitude d'avoir peur de chaque moment. D'avoir peur des visages, des lèvres qui peuvent former des mots cruels. J'avais peur de la nuit qui apporte des cauchemars. Je connaissais le travail de la décomposition ; j'avais vu pendant dix jours devant notre maison, à Budapest, le visage des cadavres se couvrir d'écailles comme le dos des poissons. J'avais connu l'expression désespérée, les yeux larmoyants qu'avaient les chevaux de Budapest mourant de soif au fur et à mesure que les journées passaient. J'ai vécu aussi les moments insensés et inexplicables des grands bombardements quand le béton tremble et que les murs fondent. J'ai vu un nourrisson tirer sur les seins vides et desséchés de sa mère. Tout cela était mélangé en moi. Et si quelqu'un m'avait posé la question : « Quelle est la femme à qui vous aimeriez ressembler ? » j'aurais répondu sans hésitation : « Madame Bovary » ! Mais lorsqu'un garçon m'avait embrassée pour la première fois, j'avais failli m'évanouir, tant la sensation de lèvres étrangères sur mes lèvres m'avait bouleversée...

Et maintenant, j'étais ici, à Vienne ; j'avais vingt ans et tout le monde dormait autour de moi !

Je quittai le lit et m'habillai. Je descendis à la cuisine où Mme Wagner s'affairait déjà auprès de son fourneau à gaz. Il était convenu qu'elle nous donnerait le petit déjeuner.

— Bonjour, madame, lui ai-je dit en m'asseyant sur une chaise.

— Bonjour, mademoiselle, répondit-elle, amicalement, mais sans sourire. Voulez-vous le café ?

— Oui, merci.

À peine installée, je sentis que j'avais faim. La porte s'ouvrait de temps à autre. Ce fut d'abord un homme d'une cinquantaine d'années, qui parla polonais avec Mme Wagner. Il m'avait regardée furtivement et avec quelque méfiance. Mme Wagner dut lui dire que j'étais Hongroise et que je ne connaissais pas un mot de polonais, parce que, tranquillisé en effet, il discourut avec abondance et sans se soucier de moi. Je me suis appliquée dès lors à manger le plus lentement possible afin de voir le maximum de la vie de cette étrange maison.

Il y eut aussi un jeune homme silencieux, dont je ne pus définir la nationalité ; il ne prononça pas une parole.

La plus intéressante fut sans doute une jeune femme aux cheveux roux flamboyants, aux yeux bleus voilés par de grands cils, au magnifique corps gracieusement lourd, comme les statues romaines.

Après avoir pris ses renseignements sur moi, elle me sourit. Mais ce n'était pas un sourire amical ; c'était le sourire d'une femme qui veut montrer ses dents à une autre femme. J'étais ravie d'être l'autre femme...

— En transit à Vienne ? me lança-t-elle, bien que la question fût inutile.

— Nous ne savons pas encore si nous restons définitivement ou si nous repartons, répondis-je, le cœur battant.

— Vous parlez très bien l'allemand, continua-t-elle en buvant son café noir sans saccharine.

— J'ai appris à l'école...

À ce moment, mes parents arrivèrent, inquiets, tendus.

— Comment as-tu pu partir de la chambre sans nous avertir ? gronda mon père.

— Je n'ai pas bougé de la maison, répondis-je d'un ton plus sec que je ne l'aurais voulu.

Entre-temps, Mme Wagner avait présenté la jeune femme rousse à ma mère un peu méfiante.

— Vous voyez, madame, la petite Wanda est la fille d'une de mes cousines tchèques. Elle est Tchèque aussi, et réfugiée comme vous. La pauvre petite a perdu son mari pendant la guerre. Elle a un charmant fiancé américain qui la console, et qui doit l'emmener à New York...

— Enchantée, dit maman en restant strictement dans la ligne d'une conversation tout ce qu'il y a de plus conventionnel.

Wanda assista au petit déjeuner de mes parents ; elle s'accouda sur la table et n'abandonna pas un instant son sourire publicitaire.

— Je reviens tout de suite, soufflai-je dans l'oreille de mon père.

Je descendis l'escalier en courant. Je voulais voir au moins la boîte aux lettres. Mais, sur cette vieille porte, il n'y avait pas de fente pour les lettres. Et soudain, je pensai qu'ici tout le monde était comme nous, en transit, sans papiers, sans une adresse vraie.

Je remontai vers la cuisine, et enfin, pour la première fois, j'aperçus les traces de la vie. Au premier, près de la cuisine, par une porte entrouverte, un enfant observait l'escalier.

— Quelle langue parles-tu ? demandai-je en allemand.

Il ferma la porte en guise de réponse.

Tant pis... Je montai dans notre chambre, en ralentissant au deuxième étage où il y avait trois portes. J'entendis un instant des brides d'une conversation en polonais. Et après, je me retirai chez nous. Je regardai par la fenêtre ; la rue était calme comme toujours ; un chien solitaire et paresseux reniflait dans les coins, il hésitait, il voulait choisir...

Plus tard, quand nous sortîmes, mes parents me dirent que Mme Wagner nous avait invités à prendre le thé avec elle. Elle avait promis de leur indiquer où ils pourraient avoir des papiers pour quitter Vienne et franchir la ligne de Linz. Nous étions dans la zone américaine de Vienne, mais la ville même était entourée par la zone russe de l'Autriche ; tout le pays en effet était partagé de la même façon que sa capitale. Notre but, c'était d'atteindre vraiment l'Occident, donc de quitter les territoires sous occupation russe. Mme Wagner avait raconté à maman qu'un train de nuit, partant de Vienne le soir, s'arrêtait vers minuit à Linz. Là, les Russes contrôlaient minutieusement les papiers des voyageurs. Ceux qui avaient les cartes d'identité autrichiennes pouvaient continuer leur route sans ennui, mais, avec les papiers délivrés aux réfugiés, passer était impossible. Il y avait ainsi deux solutions. Ou avoir de nouveau un guide qui nous conduirait à pied, puis en barque, ou se procurer de faux papiers autrichiens. Il fallait de l'argent dans les deux cas, de l'argent que nous n'avions point.

Nous déjeunâmes dans le même petit restaurant. La serveuse, gentille, nous donna des suppléments de rations de pommes de terre et de Würstel.

— Êtes-vous là encore après-demain ? questionna-t-elle.

— Hélas ! oui, répondit mon père machinalement. Où serions-nous ?

— Vous êtes courageux dans votre situation. Bien courageux..., admira la serveuse.

— Il était plus difficile de traverser la frontière que de vivre ici, expliqua ma mère.

La serveuse hocha la tête.

— Vous êtes quand même très courageux...

Papa perdit patience.

— D'accord, nous le sommes. Mais pourquoi le répéter ?

— Parce que, à partir d'après-demain, nous serons dans la zone russe, déclara la fille. Pendant un mois.

Papa laisser tomber son cigare.

— On change les zones ?

— Tous les six mois...

En un tel moment, je me sentais totalement hors des événements, comme un maçon qui se balade sur les échafaudages extérieurs d'une maison et qui s'amuse en observant les locataires par la fenêtre. Je voyais pâlir mes parents, et le visage de la serveuse devint si précis, si clair dans tous ses détails, qu'il m'apparaît encore avec son long nez, ses lèvres minces et timides, ses cheveux crépus, ternis par une indéfrisable bon marché.

— Mais oui, mon bon monsieur, c'est comme ça, répéta-t-elle.

Nous avalâmes le déjeuner très vite et nous retournâmes à la maison.

Mme Wagner, dans sa cuisine chaude, blottie contre son fourneau, ne fut pas étonnée de notre visite. Elle tricotait, et ses aiguilles happaient à une vitesse déconcertante les fils de laine grise.

Papa lui demanda de nous rendre l'argent versé d'avance pour les deux semaines.

Elle hocha la tête.

— Impossible, murmura-t-elle. Impossible.

Et nous pouvions voir sur son visage que ce refus était plus désagréable encore pour elle que pour nous.

— Mais nous sommes absolument sans ressources, expliqua mon père avec douceur et en soulignant les mots, comme on parle à un enfant arriéré.

— Moi, je suis aussi sans ressources. Une pauvre veuve qui se défend comme elle peut. Mes locataires partent tous demain soir ! c'est la catastrophe pour moi...

Une demi-heure plus tard, c'est mon père qui la consolait.

— Mais, madame Wagner, pourquoi n'avez-vous pas dit, hier, ce changement prévu ?

Elle pleurnichait, mais ses yeux étaient secs.

— Comment voulez-vous que je prévoie l'Histoire ? Et je n'aime pas me mêler de grande politique. Je vous aurais prévenu, de toute façon, demain après-midi.

Mon père interrogea à la fin :

— Mais où irons-nous loger ?

Elle avait une petite lueur maligne dans ses yeux quand elle répondit :

— À la Bahnhofsmission...

— Vous êtes bien bonne, madame Wagner, répondit mon père sèchement.

Elle tricotait sans broncher et ajouta, toute timide, sans défense :

— Vous pourriez aller dans la zone française. Elle est toute proche, près du Graben. Allez chez les Français ; ils vous aideront...

Mon père, une demi-heure plus tard, était parti. Et nous restions dans la chaude cuisine, immobiles et silencieux, comme des objets oubliés dans un coin. Maman lisait la *Wienerzeitung* ; elle pliait les pages d'un geste sec, et le bruit du papier faisait chaque fois tressaillir Mme Wagner. Celle-ci supportait mal notre hostilité, poussait de petits soupirs, laissait glisser son ouvrage par terre, enfin elle alla faire le thé. Je regardais du coin de l'œil le nombre de tasses sur la table. Quand ma mère vit les préparatifs, elle se leva.

— Nous allons monter et nous attendrons ton père en haut...

Mme Wagner se jeta devant la porte de la cuisine.

— Vous ne pouvez pas me faire ça ! Refuser le thé que je prépare !... Il ne faut pas se quitter fâchés ; on ne sait jamais dans la vie quand on a besoin l'un de l'autre...

Au fond, nous avions peur d'elle. Nous étions complètement à sa merci, et si papa n'obtenait rien des autorités françaises, c'est elle qui devrait nous dépanner !

Nous restâmes. Plus tard, Wanda arriva, accompagnée d'un Américain maigre, petit, qui se perdait dans son uniforme, comme si c'était un déguisement pour un bal costumé. Nous nous serrâmes la main et Wanda le fit asseoir près d'elle ; c'est elle qui, dans sa tasse, lui versa le thé.

Mme Wagner, économe, n'alluma pas l'électricité, et nous restâmes moralement et physiquement engourdis dans ce crépuscule doux ; les ombres grandissaient au fur et à mesure, comme si nous les faisions pousser par nos paroles et par nos pensées, si proches d'elles. Wanda fut impressionnante ; ses yeux brillaient, elle avait mille soins pour l'Américain qui disait des mots incompréhensibles, prononcés du fond de sa gorge. Wanda présida ce thé étrange. Je l'admirais ; c'est la première femme fatale que j'aie vue, elle devait avoir un passé bien lourd. Elle parlait à Mme Wagner, et ses cheveux roux aux reflets métalliques encadraient son visage très expressif mais sans vrai sourire. Après, l'Américain raconta une longue histoire dont je ne compris pas un mot. Au début, je faisais attention ; je voulais être la jeune fille cultivée qui n'a pas appris inutilement l'anglais pendant huit ans ; malheureusement, je dus reconnaître la vanité totale de mes études. Il parlait d'une façon très différente de notre professeur ; il parlait une autre langue.

Le thé, que Mme Wagner nous versait de temps en temps, devenait très fort. Je sentais ce goût fade des feuilles de thé trempées longtemps dans l'eau chaude, ce goût de fauve qui fait tourner la salive, empâte le palais, crispe les dents et accélère le cœur. Mais je buvais quand même, comme quelqu'un qui porte des toasts innombrables à ses propres projets. Je savais que j'écrirais un roman sur Wanda, sur sa vie mystérieusement bon marché ; je sentais jaillir des épisodes et des détails, j'imaginais déjà qu'elle aurait une amie blonde, de la même classe, celle de l'aventurière résolue à se retirer, dès son trentième anniversaire, dans un coin de la société qu'on appelle honnête.

C'est l'aventurière qui porte son propre corps comme une armure et qui « se range » dès qu'elle aperçoit les premières fêlures, les pattes-d'oie, le menton alourdi, les seins qui gagnent en poids et perdent en volupté ; elle trouve alors l'éternel militaire naïf, capable de confondre l'amour et le corps, la tendresse et la patience. Ce petit Américain ici, qui emmène sa femme européenne dans une des grandes villes de son pays, comme on emporte un butin, ne saura jamais que c'est elle qui a fait la bonne prise. Je réfléchissais déjà au destin de leurs enfants. Je cherchais à décrire en moi-même leurs visages. J'aurais pu réchauffer le thé refroidi en tenant la tasse dans mes paumes brûlantes. J'étais à la source de mon propre secret, fiévreuse et glorieuse en même temps. Dans l'obscurité envahissante de cet après-midi décisif, j'ai ainsi dessiné ma ligne invisible, mon cercle magique. Je partageais les humains que j'avais connus jusqu'alors en deux camps. Ceux que je garderais en forme de souvenir fluide, vague, et ceux qui reprendraient leur visage, formé ou déformé par moi, sur le papier blanc. J'avais perdu totalement le sens de la réalité. J'étais assise au milieu d'un chapitre que j'écrirais un jour... Je voulus me libérer de cette atmosphère de gentils spectres ; je me levai et dis à ma mère :

— Je monte dans notre chambre.

— Je te rejoindrai dans quelques minutes, répondit-elle.

Je me hâtai de dire au revoir. La main de Wanda était molle et tiède ; c'était déjà la main d'une future petite bourgeoise. L'Américain sortit de sa gorge aussi quelques mots probablement amicaux, et enfin je fus dehors. Je courus dans l'escalier noir et fonçai vers notre chambre. J'allumai l'ampoule et, en passant devant la glace accrochée au-dessus du lavabo, je me regardai. J'étais transformée. Je me considérai longtemps et, soudain, mon propre visage devenu étranger, je dus soutenir le regard de quelqu'un qui me ressemblait étonnamment. En quittant mon sosie, je cherchai fiévreusement mon manteau d'hiver. Il était dans l'armoire sur un cintre. Je l'enlevai et le jetai sur le lit. Je n'avais pas de ciseaux ; je défis les coutures d'en bas avec mes ongles. Avant notre départ de la Hongrie, j'avais glissé dans la doublure deux cahiers d'écolière. C'était le journal que j'avais tenu pendant le siège de Budapest, que j'avais voulu brûler tant de fois à Fonyod en ayant peur de garder un texte dangereux, mais je n'avais jamais eu suffisamment de résolution pour le détruire ! Et maintenant, mes cahiers étaient là, à Vienne, en liberté. Je caressai la couverture de papier scolaire bleu sur laquelle s'étalait encore l'étiquette blanche, avec mon nom. Une fois, très peu de temps avant sa mort, Pista avait pris un de mes cahiers, mais je ne sais plus lequel... « Vous écrivez toujours, mademoiselle », m'avait-il dit. « Il ne faut pas abîmer vos jolis yeux. » C'est le premier vrai compliment que j'aie reçu dans ma vie.

Je glissai les cahiers sous mon oreiller quand ma mère entra :

— Mon pauvre petit, je ne t'ai pas embrassée aujourd'hui et c'est le jour de ton anniversaire !

— Ça ne fait rien, ai-je répondu pleine de générosité, oubliant la rancune amère du matin ; ça ne fait rien...

Elle était près de moi, assise sur le lit, écrasée par les soucis, guettant les pas de mon père, petite, fragile, immensément fatiguée. Mon secret était à fleur de peau.

J'ai prononcé avant que je puisse le regretter :

— J'écrirai un roman, maman. Pour moi, Wanda, c'est Vienne. J'ai déjà au moins quinze personnages ; tu imagines, quelle merveille que d'écrire la vie d'une femme qui, avec les zones, change d'amants ! Comment trouves-tu l'idée ?

— Affreuse, terrible, dégoûtante...

Elle était maintenant sur ses gardes et, moi, je voulais choquer ma mère grâce à cette minuscule expérience que j'avais acquise dans la cuisine.

— Il y a des choses qu'il ne faut ni dire ni écrire, ajouta-t-elle, décidée et ferme.

Moi, j'étais joyeuse et sûre de moi-même. J'improvisai pour la désemparer :

— J'aurai dans ce livre un Noir aussi, qui tuera comme une sorte d'Othello moderne.

Ma mère était tout à fait sur la défensive quand mon père arriva. Les nouvelles qu'il apportait étaient très bonnes. Le service des réfugiés de la zone française nous avait acceptés. Ils allaient nous héberger dans un des hôtels mis à leur disposition, et ils nous donneraient des papiers pour franchir la ligne de Linz.

— Ils sont charmants, répétait papa, charmants...

Le soir, dans un demi-rêve, j'imaginais déjà un fiancé français pour Wanda.

Cette nuit-là, je dormis sans rêves, avec la conscience tranquille d'un travail accompli.

Le lendemain matin, je fus distraite, rêveuse et agaçante pour mes parents. Nous partîmes très tôt à Mariahilferstrasse et, dans un magasin, nous trouvâmes la valise bon marché en carton-pâte, vernie mais d'une élégance miteuse, garnie de deux fermetures en métal anémique. Mon père était submergé par ses soucis. Nous devions quitter la maison de Mme Wagner l'après-midi même pour nous installer à l'hôtel *Graben*. Je portai la valise et pensai à celles que nous avions eues avant guerre à Budapest. Elles étaient en peau de porc ; l'abondance de la matière et les solides garnitures de cuivre faisaient la malédiction des porteurs. Ces valises étaient de petites armoires ambulantes, dignes de nos lents voyages solennels. Je n'oublierai jamais ces voyages. Moi, enfant timide et gâtée, dans un compartiment de première, le nez contre la vitre, le goût métallique des tunnels dans la bouche, et mon imagination jouant autour des petites maisons silencieuses que le train puissant dépassait, crachant à la fois sa fumée, de la suie, et la colère vibrante de la machine. Qu'elles étaient jolies, les gares hongroises ! Elles nous attendaient au creux des vallées, au bord du lac et au cœur des champs de blé, près des gerbes dressées en croix. Si j'avais quitté le train, les yeux bandés, j'aurais reconnu l'endroit à sa seule odeur. Le parfum des sapins et des ruisseaux apportait le message de la montagne ; les brumes humides avec leur goût de larmes, c'était Kolozsvar. L'odeur des coquillages et des algues mouillées, ce petit vent parsemé de gouttes d'eau, c'était le lac. Ailleurs encore, la gare entourée de blés mûrs flottait dans la senteur du miel d'acacia.

— Quelle somnambule ! cria maman, parce que, en traversant la chaussée, je n'avais regardé ni à droite ni à gauche. Réveille-toi, ma fille !...

— La jeunesse insouciante, soupira mon père en haussant les épaules.

Je m'enfermai dans mon silence, sans regarder les rues en effervescence, peuplées de ceux qui, par peur des Russes, déménageaient en hâte et cherchaient refuge dans ce qui serait, au cours des mois prochains, la zone occidentale.

Nous traversâmes le Burg ; déjà, dans le parc plein d'arbres nus, apparaissaient les soldats russes.

— Et tu rêves..., continua mon père. Tu oublies que

nous sommes à Vienne, avec quelques schillings dans la poche, devant un avenir incertain...

Non, j'étais loin d'oublier que nous étions à Vienne. Je pensais à Wanda et à ma décision d'hier soir d'écrire un livre sur elle. Mais j'avais un grand problème. Comment faire la fresque d'une vie amoureuse, sans autre expérience que ce baiser dont le trouble souvenir était encore en moi maintenant ? Mais, pour me rassurer, je songeais à Emily Brontë. Elle avait pu écrire *Les Hauts de Hurlevent,* enfermée dans un presbytère, avec sa haine et sa violence vierges.

Nous arrivâmes à Kleeblattgasse. Mme Wagner demeura introuvable ; mon père frappa à sa porte pendant de longues minutes sans obtenir de réponse. Nous quittâmes la maison bientôt, avec la valise chargée de nos vêtements.

L'hôtel *Graben* était dans une rue calme et élégante, très près de Herrengasse. Le grand hall sentait la poussière. La réception, avec ses casiers à lettres vides, avec les clefs suspendues, immobiles, était triste comme le regard d'un amnésique qui cherche inutilement ses souvenirs. Le portier, abaissant son journal, nous regarda approcher, puis il prit l'autorisation que mon père lui tendit. Pendant qu'il lisait, j'aperçus que sa main tremblait légèrement. Sur l'ordre d'un geste invisible, l'ascenseur se mit en mouvement avec un soupir mécanique et disparut lentement dans sa cage.

— Quelle nationalité avez-vous ? demanda le portier.

— Hongroise, répondit mon père, méfiant.

Derrière les lunettes sans montures, le regard humide s'adoucit.

— J'étais en 1912 à Budapest, dit l'homme.

Il se leva et chercha longtemps une clef. La clef à la main, il sortit et nous fit signe de le suivre. Il était petit, voûté et tenace dans ses questions.

— Et les Français vous envoient ici... Vous resterez longtemps ?

Papa ne répondit pas.

Au troisième étage, il tourna à droite, et nous le suivîmes, silencieux. Le grand tapis rouge déteint étouffait le bruit des pas. Le geste du portier pour ouvrir la porte de la chambre 43 fut celui d'un serviteur, mais sa voix était chargée de mépris quand il dit :

— Si vous n'avez pas assez chaud, dites aux Français qu'ils nous donnent aussi le charbon, et pas seulement la clientèle...

Il avança vers la fenêtre, tira le rideau et ouvrit une porte :

— Vous avez aussi une salle de bains. C'était une belle chambre avant la guerre. Une chambre chère...

Mon père, soudain irrité, l'éconduisit :

— Ça va, mon vieux, nous trouverons tout ce qu'il faut...

Le portier était parti. Alors moi, je pris la clef qui pendait encore à l'extérieur. Cette clef nous avait promus occupants !...

Maman rangea nos affaires dans d'énormes armoires, qui contenaient au moins cinquante cintres et quinze tiroirs.

Avec un morceau de savon, je m'enfermai dans la salle de bains. Par miracle, l'eau était très chaude. J'attendis, nue, sur le petit tapis qui portait le nom de l'hôtel, que la baignoire se remplisse et, après quelques minutes, je m'enfonçai jusqu'au cou dans l'eau. C'était une sensation extraordinaire, un bonheur presque douloureux. Les yeux fermés, les cheveux mouillés, j'étais couchée dans la baignoire, couverte par cette chaleur humide et caressante. J'avais l'impression que ce bain allait me délivrer de toute angoisse physique. Depuis huit jours, j'avais nagé dans la sueur qui se mêlait sournoisement à mes larmes ; aussi, mes pieds, fatigués par les longues marches, s'étiraient-ils avec allégresse, et j'entendais, comme un tam-tam lointain et inquiétant, le battement nerveux de mon cœur. Sortie de mon bain, maman voulut que je me couche un peu. Mon père était parti. Je m'enfonçai sous l'édredon, comptant bien me relever dès que ma mère aurait pris son bain.

Je ne me suis réveillée qu'à sept heures du soir. Papa écrivait, penché sur la table dans la lumière rose de la lampe de chevet. Son visage fatigué et attentif m'attendrit :

— Papa...

Il se tourna vers moi, souriant.

— Tu as bien dormi, mon petit...

— Et maman ?

— Elle est en bas, dans la cuisine de l'hôtel. Elle peut préparer le café ou le thé pour le soir. Ils l'ont permis.

Je garderai toujours le souvenir de notre séjour à l'hôtel *Graben.* Quelle existence indéfinissable y fut la nôtre ! Nos corps s'étaient à la longue révoltés. Ils avaient bien tenu le coup pendant la période de haute tension, mais ici, dans ce semi-repos où notre unique tâche était l'attente des papiers d'identité, ils manifestaient leur mécontentement. Les chevilles de ma mère furent tellement gonflées qu'elle garda le lit quatre jours. Mon père, avec son visage livide, était voué à l'insomnie, et moi, je me battais contre des rêves pénibles. Le choc physique et moral que nous avions subi montrait ses effets dans cette détente.

Mon père qui, même pendant l'exil au bord du lac, avait pu subvenir aux besoins de la famille en donnant des leçons, était ici à la merci des organisations. Du matin au soir, il remplissait des feuilles, des questionnaires interminables. Notre but était le départ définitif. L'Autriche avait été partagée entre les quatre puissances. Nous voulions arriver dans la zone française, à Innsbruck. L'officier qui s'occupait de nos affaires pensait qu'on nous accepterait dans le camp pour réfugiés qui se trouvait à Kufstein, à cinquante kilomètres d'Innsbruck. Mais il fallait d'abord arriver dans la zone occupée par les Occidentaux, et pour cela, il fallait traverser la ligne d'Enz. C'était une petite rivière près de Linz. Le pont du chemin de fer y était gardé d'un côté par les Russes, de l'autre côté par les Américains. Choisir la liberté comme le principe d'une vie normale, dire que la liberté est le droit élémentaire de l'homme, cela est facile. La difficulté, immense, commence au moment où l'on prend les mots au sérieux.

À cette époque-là, du moins, je ne savais pas encore que l'être humain affublé du nom de « réfugié » doit avoir un destin de saltimbanque, qu'il lui faut être le bouffon d'une société européenne disloquée, le pauvre personnage qui parle, qui raconte, qui essaie de persuader, le camelot idéaliste qui croit dans sa marchandise et qu'on écoute à peine.

Que me reste-t-il de Vienne ? La sensation crue et sainement enivrante d'une découverte. La découverte de la première ville étrangère. Enfant, j'étais la captive d'une petite propriété et de grandes traditions. Mes parents voyageaient ; moi, j'attendais en Hongrie. J'ai eu le baptême de l'Occident sans passeport et sans bagages. J'aurais pu réciter des passages entiers d'*Ondine*, qui était merveilleusement traduite en hongrois, mais le fait que tout le monde parlait autour de moi une langue différente de la mienne m'ensorcelait. Vienne gentille, Vienne sans valse, Vienne affamée, c'était encore pour nous l'époque des espoirs sans grains d'amertume.

J'avais pu acheter quelques feuilles de papier blanc, et un crayon. Et, pendant que mes parents faisaient la ronde des bureaux et des organisations, je restais dans la chambre d'hôtel. Je voulais écrire le roman de Wanda. Je l'avais chérie et maudite ; elle était assise près de moi, invisible, et elle se moquait de moi, avec son sourire voluptueux, si sûre de sa beauté. Tout ce qui me manquait en expérience – la vie entière –, je le remplaçais en brutalité. Je me vengeais aussi. Je faisais déchirer sa chemise de nuit par un Nègre jaloux ; elle était giflée par un Américain qui avait naturellement du sang indien dans les veines ; elle serait abandonnée par un Français et volée par un Tchèque. J'exigeais d'elle des étreintes haletantes, des baisers sauvages et des trahisons ignobles. J'avais énuméré tous ces événements par écrit, mais la liste de mes chapitres futurs était si effrayante qu'avant le retour de mes parents, je l'avais déchirée et fait disparaître dans les toilettes.

M'échapper seule n'était pas facile. Pour mes parents, une grande ville, au lendemain d'une guerre, est le quartier général de la traite des blanches ; là des bandits tendent des pièges cachés aux jeunes filles pures et innocentes. Oh ! comme ils m'agaçaient avec leurs histoires si vieux jeu ! Je voulais un tête-à-tête avec ma Vienne à moi, un rendez-vous d'amour avec ses petites places romantiques, le souvenir d'un moment qui n'aurait été qu'à nous deux. Après mes achats de papier, il me restait trois schillings. Un après-midi, je partis sans avertir mes parents. Seule, je regardai tout d'un autre œil et, dans la glace d'une vitrine, je me voyais blonde, fragile, inquiète. Si j'avais eu du rouge à lèvres, j'aurais été, pensais-je, presque jolie... Je rentrai dans un petit café, et je commandai un café viennois. C'est là que je fumai ma première cigarette depuis le départ de la Hongrie. C'était encore une cigarette hongroise ; elle était à moitié vide, le tabac s'étant dispersé dans ma poche. En face de moi, il y avait une vieille femme qui nourrissait son chien avec les miettes de son gâteau. Une demi-heure plus tard, j'étais partie et je rentrai à l'hôtel en courant.

— Nous étions déjà inquiets...

J'eus une poussée de colère :

— Mon Dieu, laissez-moi avec votre éternelle inquiétude !...

J'ai toujours regretté après d'avoir été impatiente avec mes parents, mais il est si difficile d'avoir vingt ans.

Le lendemain, nous sommes partis pour nous faire photographier. C'était le premier appareil automatique que je voyais. Une Fraülein souriante me fit asseoir dans une minuscule cage violemment éclairée. Elle prit ma tête dans ses mains et me tourna vers un miroir incliné situé au fond de cette sorte de boîte :

— Souriez !

Je n'en avais pas envie. J'avais peur de revoir mon visage fixé sur du papier glacé. J'avais passé mes années mortes auprès du lac sans une photo. J'évitais les glaces ; il me semblait qu'en ne me voyant même pas, je souffrais moins de la solitude. Mais ici, j'étais la proie de cette bête illuminée qui voulait me mordre et me brûler de sa lumière aveuglante ! Six déclics sans révolte et déjà c'était le tour de mes parents.

Dix minutes plus tard, on nous remit les petites photos dans un étui transparent. J'avais devant moi le col en velours de mon vieux manteau d'hiver et, au-dessus de ce col, un visage tiré, au relief cruel, les cheveux tenacement blonds et les sourcils noirs.

Mes parents furent exécutés de la même façon. Trois têtes de criminels, trois visages de crétins, trois profils grotesques. C'était la technique nouvelle.

Deux jours après, nous reçûmes trois fausses cartes d'identité autrichiennes. Je revis ma photo qui portait le nom d'Elise Meyer. Ni la tête ni le nom ne m'appartenaient. Étions-nous libres ou amnésiques ?

J'étais la fille de ce ménage Meyer. Mais surtout il ne fallait pas prononcer un mot dans le train. Nous étions des Autrichiens partant chez leurs amis à Innsbruck. « Ne vous trahissez pas avec votre accent. Les Russes sont stricts ; c'est leur dernière possibilité de contrôle. Ils sont durs ; ils regardent les passagers et leurs papiers avec méfiance. Le risque est naturellement assez grand. Si vous avez de la chance... Sinon, ils vous remettront aux autorités hongroises. »

La peur nous rendit silencieux. Le soir de notre départ, c'est à pas feutrés que nous descendîmes les escaliers.

— Vous partez ? lança le portier. Ça n'a pas été long, votre séjour...

Par la rue glaciale, nous allâmes jusqu'au tramway. Nous ne disions toujours pas un mot. Nos vies étaient en danger. Mais si le lendemain matin nous étions à Innsbruck, ce serait enfin la vraie liberté !

Muette, j'avais dit au revoir à Vienne, les yeux remplis de larmes. J'étais au début de ces années qui tiennent les larmes, apparemment faciles, au bord des paupières.

À huit heures précises, nous étions sur le quai,

entassés au milieu de toute une foule. Il y avait des soldats américains noirs ; près de nous se tenait une religieuse grave, avec un énorme papillon amidonné sur la tête et, plus loin, deux soldats russes.

Le train arriva en vrombissant et nous prîmes place dans un compartiment. Sur les banquettes de bois, il y avait place pour trois personnes. J'étais assise à côté de ma mère, près de la fenêtre ; la troisième était la religieuse. Papa prit place en face de moi, pâle à frémir ; près de lui, deux civils : un homme miteux et une femme avec une grande corbeille sur les genoux. Je sentis alors une petite douleur tenace dans le cou. C'était une veine qui battait fort, comme si j'avais un autre cœur au-dessous de mon oreille gauche. Le vrai cœur tambourinait sur ma poitrine avec des coups lourds et mal réglés. J'avais envie de vomir. J'aurais voulu dire à mes parents qu'il valait mieux descendre et reprendre notre vie végétative à l'hôtel, mais que cette tension était insupportable. Je ne pouvais même pas savoir l'heure, parce que, une fois installée dans le train, je ne pouvais plus poser la question ni en hongrois, ni dans un allemand chargé d'accent. Je savais que le départ était à vingt heures trente et que nous serions à minuit moins vingt devant le pont décisif. Trois heures et quarante minutes de voyage.

Le train repartit sans secousse, comme s'il avait glissé sur une pente. Tout mon corps était traversé par cette sensation de vitesse accélérée. Les yeux fermés, je voulais dormir ou faire semblant, mais c'était impossible. Condamnée au silence, j'étais pleine d'idées...

J'aurais pu tenir une conversation fiévreuse et exaltée pendant toute la nuit. Comme c'était humiliant d'avoir si peur et de se cramponner à la chance avec une sorte d'imploration intérieure ! Et tout cela pour un décalage de quelques kilomètres. On est occupant ou libérateur, selon que l'on est né à l'Ouest ou à l'Est. Mais, entre les deux, il n'y a que des eaux mortes livrées aux flux et aux reflux politiques. Dans ces moments, les yeux ouverts, le visage contre la fenêtre embuée par mon haleine, je n'avais plus que haine pour le train. Dehors, l'univers était noir. Je n'aurais pas pu repérer une seule lumière. Dire que si les Russes nous aperçoivent, c'est le retour en Hongrie ! Quand nous avions traversé la frontière à pied, dans notre extrême fatigue, nous avions pu nous coucher sur la terre humide et nous cacher le visage dans un amas de feuilles pourries. Mais ce train-là allait à une allure folle, comme une morgue qu'on déplacerait avec ses cadavres assis sur les banquettes. Je regardai machinalement à mes pieds. Si je pouvais me glisser en dessous d'une banquette pour me cacher !

Maman somnolait, ou, plutôt, elle faisait semblant. Sa paupière gauche tiquait ; cette convulsion avait son rythme et faisait frissonner le visage entier. Mon père regardait un point invisible ; j'étais dans son champ visuel, mais transparente. Pourvu que les vrais Autrichiens autour de nous n'aperçoivent pas notre peur ! ... De quoi cette brave famille Meyer aurait-elle tremblé ? L'homme maigre à côté de mon père avait lu son journal, il le plia et, distrait, le laissa glisser à ses pieds.

Je n'osai ni le ramasser ni me le faire prêter ; avec ce journal, pourtant, le temps passerait plus vite. La porte du compartiment s'ouvrit en grinçant et un contrôleur autrichien traversa le wagon et laissa ouverte aussi la porte opposée. N'était-ce pas le signe que nous allions arriver bientôt ? Maman ouvrit les yeux, mais sa paupière gauche resta rebelle. L'homme reprit son journal, et la religieuse serra dans ses doigts la croix de son chapelet aux gros grains lourds. L'homme en face commença à bavarder avec sa voisine qui épluchait une pomme au-dessus de sa corbeille. Maman me regarda ; elle avait faim aussi. La femme partagea la pomme avec l'homme qui mangea goulûment. Ils parlaient tous maintenant et ce bourdonnement de voix semblait souligner notre mutisme.

Au-dehors, soudain, apparurent les lumières. Le train ralentit, puis s'arrêta. Les mots d'ordre, hurlés par les Russes, perçaient la nuit. De nouveau, ces voix, leurs voix. Elles nous obligeaient à trembler dans un train européen, à être solitaires au milieu d'une foule, et à maudire les voyages. Mon père glissa sa main dans son veston ; il voulait probablement tirer de sa poche la carte d'identité ; il n'aperçut pas le regard réprobateur de ma mère ; elle dut prononcer en allemand :

— Attends, pas encore... Attends qu'ils la demandent...

L'homme en face nous dévisagea comme s'il découvrait notre présence et la religieuse regarda son chapelet.

C'était le moment des grandes angoisses. Les Russes

arrivèrent. Celui qui examinait les cartes d'identité avait un bonnet de fourrure ; ses yeux se posaient avec indifférence sur les voyageurs, comparant visages et photos. Arrivé à notre rang, il leva son regard sur moi et le replongea dans la carte d'identité. Il trouva la ressemblance parfaite. Après, il prit les papiers de maman, puis de mon père. Tout était en ordre. L'homme auprès de mon père tenait dans sa main gauche une autre pomme, et soudain je compris qu'il mangeait par peur. Le Russe prit sa carte, la regarda et dit quelques mots rapides à l'autre Russe. L'homme, immobilisé avec sa moitié de pomme, attendait, comme hypnotisé. Plus de bourdonnement dans le compartiment, tous se taisaient, tous écoutaient, mais personne n'osait tourner la tête, ni même regarder. Le Russe fit signe à l'homme et lui dit en allemand :

— Descendez...

Il se leva, livide. Ses orbites étaient noires comme des blessures infectées ; son regard se cramponna à nous ; il tremblait comme un animal pris au piège. J'avais l'impression qu'il sauterait par la fenêtre, même à travers la vitre, si c'était le fleuve dans la profondeur noire.

— *Davaj*, dit le Russe et, baissant la fenêtre, il hurla quelque chose aux autres, dehors, près du train. C'était le cri de l'oiseau sauvage découvrant sa proie.

L'homme quitta le train, accompagné par un soldat, et le contrôle continua. Nous étions restés à nos places, sans forces, comme les marionnettes qui ne sont plus attachées aux fils invisibles qui les dirigent.

La religieuse priait ; ses lèvres minces formaient des mots. Pour qui priait-elle ? Pour l'inconnu ? Cette attente infinie me plongea dans un état de transes que je n'avais jusqu'ici jamais connu.

La sueur coulait dans mon dos ; mon visage était tout humide. Je ne voulais plus voir les traits ravagés de mes parents. Je fermai les yeux pour me jeter à corps perdu dans mes rêves. J'aurais voulu aller dans un pays où il n'y avait plus de contrôles. Je voulais en tout cas quitter l'Europe. À Kufstein, nous aurions la possibilité de choisir un pays comme on choisit un tissu dans un magasin. Peut-être l'île solide tenue par les piliers de la grande tradition, l'Angleterre... Loin de l'Europe : l'Australie, ou l'Amérique du Sud...

Comme un grand malade, lentement, avec des secousses, le train se remit en marche. Nous étions sur le pont ; les lumières fébriles de Linz approchaient. Il apparaissait bien que nous étions sauvés.

Le train s'arrêta encore. La religieuse tourna la tête vers moi. Faible, timide, je risquai un sourire. Elle me sourit.

La porte du compartiment s'ouvrit alors et les trois représentants des trois puissances entrèrent. L'officier français salua tout le monde en effleurant du doigt son calot. L'Anglais tendit la main pour avoir les papiers et l'immense Américain dévissa une grande boîte métallique allongée. Sans nous avertir, il nous saupoudra comme si nous étions des harengs à saler. Il entrouvrit le manteau de mon père pour jeter encore par l'encolure un peu de cette poudre jaune. Papa en fut tellement surpris qu'il n'eut même pas un réflexe d'indignation. Les épaules de la religieuse aussi devinrent jaunes. Maman reçut la plus grande partie de la poudre dans son dos, le reste dans son corsage. L'Américain pouvait secouer la D.D.T. sans risque, car sa main était soigneusement gantée. Il déboutonna le bouton supérieur de mon manteau d'hiver et je reçus la poudre froide et irritante dans mon cou. Je dus faire un mouvement assez brusque car ma joue aussi fut couverte de D.D.T. Il n'en fallut pas plus pour me pousser à la limite de ma résistance : je tombai sur l'épaule de maman en pleurant.

Plus tard, alors que le train roulait déjà en zone américaine, nous nous sommes aventurés dans le couloir pour pouvoir parler, mais, depuis la désinfection, nous n'avions plus rien à nous dire. Nous étions sur le sol d'une Europe libre ; le train était devenu amical, presque fidèle. J'ouvris la glace ; l'air froid nous baigna dans une réalité agréable et rafraîchissante. Rentrée dans le compartiment, je me blottis dans mon coin et, exténuée, infiniment lasse, j'essayai de dormir. Un voyageur éteignit la principale lumière et nous restâmes immobiles, comme embaumés, à peine éclairés par un fanal mystérieux, la veilleuse protégeant ces grands malades de l'Histoire que nous étions.

Monté à Linz, un jeune ménage dormait déjà. Pour tous deux, c'était un voyage sans émotion ; ils n'avaient pas dû traverser le Styx pour retrouver le sourire. La femme enceinte tenait ses mains grandes et douces sur son ventre, protégeant ainsi le sommeil de l'inconnu qui allait naître. Pour moi, comme il était douloureux, mon voyage, avec mes vêtements plaqués sur un corps inquiet, avec des ombres bleues sur un visage qui n'avait pas eu d'adolescence, avec les chagrins sournois d'une âme déjà vouée à la tristesse !... Les traits de mon père, dans le clair-obscur, formaient un masque étrange où la vieillesse se mêlait à l'étonnement. Ma mère dormait attachée avec une tendresse touchante à son rêve, comme si elle avait conscience qu'il ne faut pas bouger si l'on ne veut pas se réveiller. Pour ménager sa cornette amidonnée, la religieuse somnolait en se tenant bien droite ; parfois pourtant elle se sentait vaciller, elle en éprouvait une manière d'effroi, mais elle reprenait aussitôt son équilibre.

Dehors, la nuit ne trahissait rien de ses secrets. Dehors, c'était la liberté indéfinie et sans nuance. Que cherchions-nous ici ? D'où partions-nous et vers quelle destination ? Dans ce demi-sommeil, je n'étais qu'incertitude. J'aurais aimé avoir vingt ans de plus, des opinions formées, des habitudes. J'aurais aimé évoquer mes souvenirs, mais je n'avais rien qu'une grande avidité à la fois anarchiste et reconnaissante ; j'étais tendue vers tout, prête à goûter, à savourer, à tâter ; j'aurais voulu chasser les ombres, les remplacer par des impressions physiques, précises.

Dehors, pourtant, miraculeusement, le jour commença. D'abord, ce ne fut qu'un petit fond gris, très loin, dans l'infini. Après, le train galopa au sein d'un brouillard rose ; les couleurs naissantes semblaient plaquées contre la vitre humide ; la lampe bleue perdit son pouvoir maléfique, les visages endormis devinrent merveilleusement jeunes, sans rides, et sans pensées. On aurait dit que des enfants angéliques et sans cerveau voyageaient dans un tunnel bleu et argent. La religieuse s'abandonnait contre le dossier en bois ; elle rêvait ; sa peau perlée et transparente ressemblait aux reflets doux du saphir. Tout brillait ; c'était le festin de l'aube.

Le jeune mari, en face de moi, s'étira, bâilla. Et le miracle s'accomplit : l'atmosphère avait beau perdre sa magie, moi je savais, j'avais vu de mes yeux qu'il y avait des jours pareils... Aussi, à partir de ce jour, j'aime l'aube...

Le vrai matin, gris, froid, hostile, nous surprend au milieu d'immenses montagnes. L'horizon se rétrécit jusqu'à ne plus avoir que la largeur de la voie. L'Inn, vert, capricieux et irrité, avec ses torrents violents, ses vagues bordées d'écume blanche, suit le train. Celui-ci va à toute allure. Parfois, sur un sommet arrogant, apparaît la ruine d'un château fort. Le compartiment est infecté par les haleines pâteuses. La future maman, lourde de son attente, a visiblement faim ; elle grignote un morceau de biscotte en essayant de n'en pas perdre une miette. Les visages sont bouffis de mauvais sommeil. Je regarde mes mains ; elles sont sales. Mes doigts me font mal ; c'est une douleur chuchotante, discrète, mais tenace. Je la dois à la cave humide où j'ai vécu pendant le siège de Budapest ; l'eau coulait sur les murs tachés de salpêtre. Je n'ai jamais connu le contact froid et impressionnant d'une bague de prix, mais cette douleur qui m'accompagne, qui me réveille, que je porte dans les articulations, je l'apprécie ; elle remplace la bague.

Nous arrivons enfin à Innsbruck. Maman descend du train avec le trouble d'une naufragée qui doit gagner le bateau de sauvetage par une échelle de corde. En sortant de la gare, qui se trouve au centre de la ville, je me sens écrasée par ces montagnes impudiques qui encerclent Innsbruck. En Hongrie, il faut voyager une journée entière pour apercevoir, de loin, la chaîne bleuâtre des montagnes. On a le temps de s'habituer, mais, ici, elles sont devant nous, aussi froides et indifférentes dans leur blancheur que d'énormes pains de sucre.

Il fait très froid. Le soleil brille sur les sommets couverts de neige. Les rues sont animées et pleines de touristes. Une bande d'adolescents passe près de nous ; ils portent sur leurs épaules des skis. Une fille nous regarde avec intérêt ; son pull-over rouge a l'éclat d'un coquelicot. Avec mon manteau d'hiver, qui est noir, je me sens comme un corbeau dans toute cette blancheur immaculée. Mais bientôt la neige fond sous nos pieds. Nous pataugeons dès lors dans les flaques d'eau grisâtre. Près de la gare, nous avalons en hâte un café ; il faut que nous arrivions le plus tôt possible dans le bureau qui enregistre et place les réfugiés. Nous devons parvenir cet après-midi même au camp de Kufstein.

C'est alors que commence un véritable festival de questions, d'interrogatoires sans fin. Nous remplissons des formulaires jusqu'à en avoir des crampes dans les doigts. Les bureaux sont bien chauffés ; les employés ont tous la même voix monotone ; c'est une atmosphère soporifique après une nuit blanche. Qu'il est difficile de reconstituer l'emploi de son temps pendant les dix dernières années !... Où étiez-vous en 1938 ?... À l'école... J'avais neuf ans et six mois à cette époque-là... Vous étiez membre de quel parti ? J'avais une pèlerine de scout... Quels ont été vos déplacements principaux depuis cette année-là ?... La place pour les réponses est très limitée ; il faudrait inventer une autre langue plus concentrée afin de donner satisfaction aux autorités. Je peux dire oui, dire non, ou tracer un trait de négation. Mais que nous sommes loin des nuances ! Ces questionnaires demandent une réponse en morse, une biographie en langage télégraphique.

Vers quatre heures de l'après-midi, l'employé nous donne nos nouvelles pièces d'identité. Il met devant nous un tampon et désigne le carré vide sous les photos.

— Vos empreintes digitales, s'il vous plaît...

J'ai soudain très chaud et j'effleure avec mon pouce le tampon. L'employé voit que nous sommes novices dans le métier de réfugiés. Il m'aide en prenant mon doigt dans sa main froide et il me force à frotter largement le tampon gras. Pendant qu'à leur tour mes parents procèdent à la même opération, je contemple le dessin de mon pouce ; il y a des lignes ondulées, parallèles, qui forment au milieu des courbes concentriques. Est-ce que l'empreinte digitale d'un criminel diffère beaucoup de la mienne ? Ce papier témoigne aussi du fait que nous sommes désinfectés. En sortant de ce bureau, j'ai un vertige, et maman doit s'asseoir sur le banc du corridor. Nous n'avons pas mangé depuis ce matin. Il est quatre heures et demie. Notre train part dans quarante-cinq minutes pour Kufstein Que de fois il a été question de cette petite ville à école ! C'est que les Habsbourg ont enfermé dans son château fort bien des Hongrois patriotes.

Nous nous retrouvons bientôt dans la rue conduisant à la gare. Le temps était merveilleux tout à l'heure ; c'était le temps pour les sports d'hiver et pour les pull-overs rouges, tel qu'on l'annonce dans les prospectus. Mais maintenant les nuages sales, en lambeaux, couvrent le ciel et un vent malveillant nous jette la grêle en plein visage. C'est un temps de réfugiés...

Un petit train mal chauffé nous emmène vers Kufstein où nous arrivons à sept heures et demie dans une tempête de neige. Devant la gare, un cheminot nous indique la direction du camp et nous nous engageons dans les rues mal éclairées. Je marche les dents serrées et je me mouche souvent pour que mon nez ne gèle pas !... Nous ne disons plus rien. Je cherche, dans la lumière humide des réverbères, une plaque indicatrice, une flèche indiquant la direction du camp.

Et puis, le moment arrive où nous nous trouvons

devant une barrière baissée. Nous sommes parvenus à notre but. Un garde-barrière sort de son pavillon, examine nos papiers à la lueur de sa lampe de poche et nous dit quelque chose en russe. L'effet est vraiment très désagréable. Ici, aussi ? La distance n'est-elle pas encore suffisante ? L'homme nous montre une baraque lointaine et éclairée, lève la barrière et nous franchissons la frontière du camp de Kufstein. Dans cette tempête, nous ne pouvons que deviner la multitude des bâtiments sombres ; il n'y a que de rares lumières aux fenêtres. Trempés jusqu'aux os, nous entrons dans le bureau du camp où une employée nous reçoit. Nous sommes debout devant elle ; ses cheveux sont roux et elle porte des lunettes aux montures métalliques.

— Vous êtes Hongrois tous les trois, n'est-ce pas ? nous dit-elle.

— Oui.

— Je vais appeler tout de suite le chef du groupe hongrois.

Elle parle l'allemand avec un fort accent et, enfin, nous fait asseoir. Je peux encore, mais je ne veux plus vivre. Je voudrais m'endormir ici, définitivement, dans cette chaleur immobile. Je n'ai même plus faim.

Le Hongrois qui rentre secoue la neige de ses souliers, dit bonjour à la femme et tend la main.

— Vous arrivez tard, dit-il. Avez-vous mangé ?

— Non.

— Je vais vous conduire à la cantine, que vous ayez au moins une soupe ce soir...

Nous le suivons. La cantine ressemble à celle de la Bahnhofmission et la femme qui donne la soupe parle le russe...

— Pourquoi y a-t-il tant de Russes ici ? demande ma mère.

Notre nouvel ami hausse les épaules :

— Ils sont Ukrainiens ; la plupart faisaient partie de l'armée Vlassov.

Je ne sais pas qui était Vlassov et je n'ai aucune envie de le savoir.

Après avoir mangé une soupe bien chaude, nous sortons de nouveau dans la tempête. Le chef marche devant nous, une lampe à la main. Je sens que l'eau coule dans mes souliers ; les semelles étaient déjà si minces à Vienne ! Nous longeons une rangée de baraques ; les faibles lumières n'arrivent pas à en dessiner les contours mystérieux qui s'effacent dans le tourbillon de neige.

— Nous y voici, dit-il en pénétrant dans une baraque.

Nous nous trouvons dans un immense couloir obscur, truffé de portes à gauche et à droite, peuplé de bruits divers. Tout sent ici l'oignon et l'urine. L'homme essaie d'ouvrir la septième porte à droite. La clef rebelle tourne sans fin dans la serrure. Il faut dix minutes de travail pour pouvoir entrer, et c'est dans une chambre froide, meublée avec trois lits de fer, pauvrement éclairée par une maigre ampoule fixée au plafond. Il y a aussi une armoire ; au milieu, une table souillée de grandes taches huileuses, et deux chaises.

— Vous avez une grande chance, remarque-t-il. Vos prédécesseurs, qui sont partis il y a une semaine, vous ont laissé un poêle.

Le poêle, en effet, se tapit dans un coin comme un animal malade.

Notre guide fait un petit geste et dit d'une voix incertaine :

— J'ai oublié de me présenter. Mon nom est Karpai. Colonel Karpai...

Ma mère hoche la tête avec un sourire, mais après, elle pose la question :

— Vous croyez qu'on peut vivre ici ?

Mon père est immobile ; il tient encore à la main la valise ; tout est si sale qu'il n'ose pas encore la poser.

Le colonel est optimiste.

— C'est toujours difficile quand on arrive ici, madame, mais je vous aiderai demain... Vous allez organiser votre future vie... Les magasins ne sont ouverts que le matin...

— Les magasins ? répète mon père, ironique... Nous n'avons pas d'argent.

— Mais tant mieux, répond Karpai, tant mieux ; vous aurez ici tout ce dont vous avez besoin gratuitement. Je vous dis bonsoir, maintenant. N'oubliez pas qu'enfin vous n'avez plus de soucis ; vous êtes chez vous... L'eau est au fond du couloir près des w.-c.

Il part et nous restons chez nous.

Maman s'assied sur une des paillasses grises et toutes tachées. Elle touche avec dégoût des couvertures lourdes de la sueur refroidie des autres. Mon père examine les lieux, comme s'il cherchait un objet oublié. C'est à ce moment que nous entendons pour la première fois la voix intime et presque confidentielle d'une inconnue. Une femme fredonne, mais où est-elle ? Je regarde machinalement en dessous des lits ; elle n'est pas là. J'ouvre l'armoire ; il n'y a que des couvertures grises. La voix suit mes mouvements ; elle fredonne une mélodie sentimentale : *Lili Marlene.* Et maintenant, un homme parle :

— Je t'ai déjà dit qu'il ne faut pas lécher le couteau...

Nous écoutons, paralysés. Comment peut-on lécher un couteau en fredonnant ?

L'homme s'irrite :

— Si tu continues à sucer le couteau, je te gifle...

Un murmure, et la femme chante maintenant en prononçant distinctement les mots :

« *Uber der Kaserne, in dem grossen Tal ; Steht eine Laterne...* »

Le bruit d'une gifle retentit. Un enfant hurle, et la femme continue :

« *Wie einst, Lili Marlene... wie einst, Lili Marlene...* »

Une deuxième voix féminine entre dans l'action :

— Si tu gifles encore une fois Géza, tu vas voir ce que je ferai.

— Je le giflerai, parce qu'il est insupportable, et tu ne feras rien...

Et de nouveau la chanteuse infatigable enchaîne :

« *Wie einst, Lili Marlene...* »

Elle est notre voisine de droite. Là où un enfant lèche un couteau, ce sont nos voisins de gauche.

— Elle n'a pas grand répertoire, dit papa, et il allume le reste d'un cigare.

Comme le matin semble loin ! L'atteindrons-nous jamais ?

Je monte sur une des chaises et j'accroche une couverture à de grands clous rouillés plantés dans le châssis de la fenêtre. Sous mon lit je découvre, emballé dans un vieux journal, un petit tas de charbon avec quelques morceaux de bois.

Pendant que maman s'affaire autour des lits, je fais le feu. Mais deux minutes après, le poêle lance des tourbillons de fumée épaisse. Au lieu d'être chauffés, il faut tout ouvrir afin d'établir un courant d'air. Pendant que nous laissons la chambre en proie au vent sauvage et que nous grelottons dans le couloir, la porte de la famille voisine s'ouvre et une jeune femme sort, un pot de chambre à la main. Elle nous dévisage et disparaît vers les w.-c. Quelques minutes après, elle revient.

— Êtes-vous Hongrois, par hasard ? nous demande-t-elle en cachant le pot vide derrière son dos.

— Hélas ! oui, dit mon père.

Je vois qu'il est au bout de ses forces.

— Attendez un instant, dit la femme qui rentre dans sa chambre et réapparaît deux minutes après.

— Venez chez nous un peu.

Elle nous invite et nous acceptons avec joie. Chez eux, il fait chaud. Un homme, petit et bienveillant, nous serre les mains. Un petit garçon qui commence à peine à marcher grimpe sur le lit avec une vitesse déconcertante. Machinalement, je cherche le couteau.

Nos voisins nous offrent alors leur café brûlant et leur cœur ouvert avec la générosité spontanée des Hongrois. Lui, il était cordonnier à Budapest ; ils sont venus il y a un an avec l'enfant endormi par un somnifère. Ils nous expliquent les règles de notre nouvelle vie ; ils nous promettent de nous laisser tous leurs objets superflus ; ils vont partir dans trois jours pour le Venezuela.

Nous bavardons longtemps avec eux. L'enfant s'endort dans les bras de sa mère. Nous parlons à voix basse comme si nous avions peur que la vie nous entende, dans ces instants imprécis où nous sommes en marge des événements. Abrutis par la chaleur et le repos inattendu, je les regarde. Les visages sont dessinés par une main gigantesque qui utilise de préférence les ombres noires, mais qui éclaire les yeux et les fronts avec des taches de lumière blanche. Le cordonnier nous explique le Venezuela ; sa femme l'écoute, dévouée ; l'enfant, lourd et rose, sommeille en laissant échapper un filet de salive de ses lèvres entrouvertes.

— Quel destin !...

Qui a dit ces mots ? Les mots et les visages se perdent dans une irréalité douce.

— Partons ; tu vas t'endormir, dit ma mère.

Nous retournons dans notre chambre glaciale et nous nous allongeons sur les lits recouverts de nos manteaux d'hiver, le chapeau enfoncé. Je grelotte si fort que je tire sur ma tête une des couvertures sales.

— Mon Dieu, fais que le matin vienne vite... que le matin vienne vite...

Nos premières journées à Kufstein furent dignes d'un cauchemar. Si nous n'avons pas dû faire du feu en frottant des morceaux de bois, ce fut grâce à nos amis qui nous guidèrent dans le labyrinthe du camp. Pendant la guerre, cette sinistre ville de baraques avait appartenu à l'armée allemande et, après la guerre, elle était devenue le havre des réfugiés. Kufstein était à mes yeux un immense orphelinat où les enfants abandonnés d'une Europe dénaturée pouvaient recommencer leur vie dans la chaleur artificielle d'une organisation internationale. Tous ces vieux orphelins étaient nourris, habillés, enregistrés et examinés de la même façon. Je n'étais pas du tout ingrate envers le destin, car, à cette époque, la qualité de nos sentiments à chacun dépendait entièrement d'une comparaison qu'il était aisé de faire. La liberté de l'Occident représentait pour nous le miracle vivant et la Hongrie n'apparaissait plus que comme une grande prison. Mais le fait que la Hongrie n'était plus qu'une prison et que la vie nous obligeait à vivre en parasites était un drame. Nous nous disions en même temps : « Quelle joie d'être là... » Et : « Nous sommes réduits à être là... » Je me laissais ainsi flotter sur la surface des événements...

L'examen médical avait constaté que j'étais en bonne santé, un peu sous-alimentée, mais qui ne l'était pas ?... Fragile en apparence, solide pour le travail. Je sens encore sur mon dos le contact froid des doigts qui m'auscultaient. J'avais l'impression que je garderais des taches bleues pour toute ma vie. La radio démontra que j'avais des poumons et un cœur d'acier. L'oculiste regarda dans mes yeux avec un petit miroir éclairé ; la chambre était noire ; il tenait ma tête d'une main et se penchait sur mon œil avec la curiosité d'un adulte qui guette un secret par le trou d'une serrure. Je sentais son haleine, et une goutte de lumière blanche, aveuglante, se promenait dans mon cerveau. Soudain, j'avais eu la pensée effarante qu'en réalité son travail n'était que l'espionnage de l'âme. Un peu après, quand j'ai essayé de lire les lettres éclairées de son tableau noir, j'ai constaté que mes yeux s'étaient affaiblis dans la cave ; j'avais trop écrit à la lueur d'une bougie.

Tous ces yeux qui regardaient le tableau, tous ces regards étaient si habitués à la misère !... Le camp dépensait beaucoup d'argent pour les lunettes, et les Lituaniens, les Ukrainiens, les Hongrois, les Espagnols et les Russes contemplaient leur liberté derrière une monture en fil de fer.

Les pays les plus accessibles en apparence étaient pleins de réserves à notre égard. L'Australie avait une grande faiblesse pour les dents. Elle ne les aimait pas plombées. L'Australie voulait des êtres forts, vigoureux, pleins de joie de vivre, avec les dents blanches solidement plantées dans une mâchoire impeccable. L'Australie repoussait avec dégoût les célibataires ; pour être accueilli là-bas, il fallait une alliance. Je me renseignai au sujet de l'Angleterre. L'île si haute dans mon estime et si brumeuse dans mon imagination manquait d'infirmières pour les malades mentaux. L'Angleterre avait une nette préférence pour les infirmiers, parce que, comme je l'appris, les fous sont très forts quand ils sont en colère, ce qui arrive souvent. Il y avait encore une autre possibilité, être mineur. Quant à l'émigration vers l'Amérique, elle était conditionnée par tant de règlements que la seule liste des questions principales et des conditions essentielles à remplir formait un petit livre épais. Il me fallait songer à apprendre un métier. Mais au fond, nous n'avions aucune envie d'émigrer. Nous étions fatalement Européens, et mes parents furent heureux d'avoir dépassé l'âge limite de l'exode. Ici, à Kufstein, sur chaque lèvre, il y avait le nom d'un autre pays...

Grâce à notre ami cordonnier, nous étions devenus capitalistes. Lui et sa femme nous avaient donné énormément de choses utiles, avant leur départ. Nous avions ainsi la possibilité de rapporter le déjeuner et le dîner de la cantine et de manger dans notre chambre et, avec l'aide du réchaud électrique, nous préparions nous-mêmes le petit déjeuner.

J'étais devenue sensible jusqu'à fleur de peau, et mes réflexes étaient si vifs que le seul contact d'un objet ou bien un regard me faisaient trembler. Je piétinais dans cette fausse sécurité et je n'avais pas le bonheur de la solitude, j'étais enfermée dans la même chambre que mes parents. Quelle souffrance détestable que de s'habiller et de se déshabiller pendant que l'autre tourne le dos ! Et puis, on était réveillé pendant la nuit par des bruits qui venaient de partout. La chanteuse tenace, notre voisine de droite, était une Lituanienne folle ; elle avait vu exécuter toute sa famille et le hasard ou la pitié du destin l'avait plantée ici. Elle racontait son histoire à tout le monde. Quand je l'apercevais, je m'enfuyais ; ses yeux bleus, son regard de bête traquée me donnaient la chair de poule. La chambre de la famille partie pour le Venezuela était occupée par un jeune ménage yougoslave. C'était comme s'ils avaient fait l'amour du matin au soir, et du soir à l'aube, avec le même rythme et les mêmes gémissements. Ces journées d'hiver insupportablement longues m'avaient ôté le sourire.

Mes parents avaient fait la connaissance de la colonie hongroise et, les uns après les autres, tous ces gens racontaient leur histoire : « Quand j'ai passé la frontière... la lune... les chiens... Vous aviez déjà les fils barbelés installés ?... Le guide... Mais naturellement que nous partons... peut-être pour l'Argentine... Le pays de l'avenir... Mon fils est ingénieur... C'est-à-dire qu'il a encore une année à faire à l'Université d'Innsbruck... »

Ce garçon en question venait toujours le samedi soir à Kufstein. Il était grand, maladroit, avec un début de calvitie et un diplôme en vue. Il voulait se marier avant son départ. C'était l'idée fixe de tous ces garçons : choisir un continent et une femme... Qu'est-ce que je faisais parmi eux ? Un étudiant en médecine voulait m'épouser aussi parce qu'il avait choisi l'Australie. Comme je me détestais en me voyant à travers leurs yeux ! Habillée dans les vêtements donnés par des inconnus, j'avais l'impression d'être un mannequin grotesque défilant pour la présentation des vêtements de la charité.

Ces vêtements arrivaient régulièrement dans de grands ballots désinfectés, liés de cordes, et ils nous apportaient un message amical de tous les coins paisibles du monde. Une fois, je passai tout un après-midi à aider à la distribution. Je n'oublierai jamais cette montagne de souliers neufs mais qui dataient de la première guerre mondiale. C'étaient des objets de musée qui avaient vieilli sans usage, préservés de la pluie et du beau temps ; des souliers de dames en cuir jaune et décorés de daim blanc, des chaussures montantes, des guêtres aux petits boutons noirs, des bottines pour chevilles fines cachées sous des jupes froufroutantes. Il y avait une paire de bottines en satin mauve ; la faible ampoule de la baraque en perdit sa lueur jaune et elle commença à briller comme un lustre ; et je voyais une immense piste dorée avec une écuyère blonde et voluptueuse, qui, pendant son numéro, rêvait de ces bottines mauves. L'usine avait dû faire faillite avant qu'elle ne les achète et, vingt ans après, les bottines recommençaient, au camp de Kufstein, leur carrière ratée. Mais qui les porterait ?

Les robes avec leur taille sur la hanche sortaient de ces films anciens de Charlot où l'héroïne avait la bouche dessinée en forme de cœur et le front couvert de petites boucles savantes sous un chapeau tiré sur l'oreille. Mais ces robes n'étaient pas neuves. Sous les bras, la demi-lune ternie dénonçait, indiscrète, des émotions lointaines, la chaleur, la sueur des autres. Tout cela était désinfecté par le temps passé et par les autorités prévoyantes. Je touchai quand même ces vêtements avec l'impassibilité d'une infirmière qui calme son dégoût par raison, au nom de la science et de son propre sang-froid. Après la fermeture du magasin gratuit du camp, je m'habillai même en Mae West sous les yeux amusés d'une grosse Ukrainienne qui était la surveillante pour la semaine. J'avais mis de longs souliers de daim et j'avais essayé mon poids sur les talons rocambolesques. J'avais enfilé une des robes de vamp démodées ; l'odeur métallique du désinfectant me remplissait les narines et, faute de glace, je m'étais regardée dans la surface fumée de la vitre.

La femme aussi me regardait ; ses yeux rusés me détaillaient ; elle avait trois grands poils blancs sur le menton, et son râtelier jaunâtre derrière ses lèvres exsangues lui avait donné l'aspect d'une vieille chatte qui guette la dernière souris de sa vie. Elle s'approcha et mit soudain ses grandes mains osseuses autour de ma taille. Je reculai, surprise, et elle m'expliqua, en quelques mots d'allemand, que j'étais jolie. J'avais vite remis mes vêtements ordinaires et, laissant le magasin en désordre, j'étais en hâte retournée dans notre chambre. Plus tard, nous reçûmes des robes modernes, mais je voulais garder mon manteau d'hiver de Budapest. Il avait été fait par un excellent tailleur de Buda pour mes quinze ans ; il était bien serré à la taille ; les boutons devant étaient à double rangée, et le col, comme les manchettes, était en velours bleu marine.

Plus ou moins bien équipés avec ces objets râpés, un sourire timide sur les lèvres, nous participâmes à la vie du camp. Mon père trouva une bibliothèque de prêt dans la petite ville de Kufstein ; au moins, nous pûmes lire. J'allais souvent à la petite chapelle installée dans une des baraques et, avec une ténacité désespérée, j'y cherchais un soulagement, un sentiment de paix. Mais le mal était ailleurs et, ni l'harmonium asthmatique ni la ferveur forcée n'étaient tout à fait efficaces.

Le printemps s'approchait et j'avais le sentiment étouffant d'être en retard pour vivre. L'aube était plus claire, et moi, réveillée déjà vers quatre heures, les yeux ouverts, immobile sur la paillasse, domptée par la respiration de mes parents, j'attendais. Je couvais un amour indéfini comme une maladie. Je voulais aimer quelqu'un. Mais qui ? Qui pourrais-je aimer ? Comme une captive, je voulais partir avec le jour vers une autre vie. Dans l'immobilité apparente de ces journées pleines de chagrin et de projets brumeux, je préparais mon propre sauvetage.

Avec l'argent de poche que le camp donnait à ses orphelins adultes, j'étais partie pour une journée à Innsbruck. Je voulais respirer librement, être sans mes parents et voir de près le consulat de France.

Dès l'âge de cinq ans, j'avais appris à aimer la France comme on aime un parent lointain, brillant, rayonnant de bonté. À quatorze ans, Balzac avait été pour moi la nourriture épaisse et riche qui fortifie et fait grandir l'âme adolescente ; j'étais engloutie par cette œuvre monumentale. Après, ce fut le coup de foudre pour Stendhal, puis je me suis aventurée sur des terrains inconnus avec Maupassant, et j'ai aimé le texte de Giraudoux comme on aime le souvenir d'un jeune mort. Maman fredonnait les chansons de Lucienne Boyer : « Je me sens, dans tes bras, si petite, si petite auprès de toi... » et je lisais, tremblante, *Les Thibault.* À dix ans, je vis l'âpre visage de Jouvet ; il était le héros d'un film sans doute interdit aux enfants. Je n'oublie pas non plus les grandes soirées théâtrales, quand j'étais tapie dans un coin de la baignoire, et le moment merveilleux où le rideau se levait sur *Madame Sans-Gêne* ou sur *La Dame aux camélias.* Comme j'aimais aussi *Les Femmes savantes* et *Tartuffe.* C'est tout cela que je voulais retrouver au consulat de France à Innsbruck.

Dans la petite entrée, l'huissier léthargique me fit asseoir devant une table avec deux questionnaires à remplir. C'est là-bas que je vis Georges pour la première fois. Assis sur une banquette, il se tenait droit dans son pull-over au col montant et il avait un aspect pathétique avec son visage ovale et ses cheveux blonds. Il me regardait avec ses yeux gris et il tenait un passeport dans ses mains. Je recommençai à étudier mes questionnaires et sentis son regard.

Il se leva et vint près de moi :

— Voulez-vous que je vous aide à remplir le questionnaire ?

— Comment savez-vous que je suis Hongroise ? répondis-je sans le regarder.

— À votre accent... Quand vous avez parlé à l'huissier... Si je peux vous être utile...

La porte du bureau s'ouvrit, et une employée l'appela. Il disparut.

Je restai seule avec les deux feuilles, et je les remplis en lettres majuscules. J'expliquai que je souhaitais un emploi en France, et je certifiai que je serais, pour des enfants, une gouvernante idéale. Entre-temps, Georges revint et ce fut mon tour d'entrer dans le bureau. Je sus très vite que le désir que je berçais en moi, de m'installer en France, était ridicule. Si j'étais mineur ou ouvrier agricole, ce serait un jeu d'enfant, mais la France débordait de gouvernantes. D'après la description de l'employée, je voyais une armée de femmes étrangères, Suédoises, Anglaises, Irlandaises, Hollandaises, qui marchaient sur Paris avec le drapeau spécial des gouvernantes. Qu'est-ce que je ferais dans cette avalanche de femmes, moi qui n'avais pas de nationalité ? La bourgeoisie n'aime pas les nurses apatrides.

— Mais nous sommes en zone française, avais-je risqué. J'ai cru que, de la zone française, il était plus facile d'arriver à Paris.

— Ce n'est pas une question de zone, mademoiselle. Les principes d'un pays qui se défend sont toujours honorables. Vous devez comprendre que si nous laissions rentrer tout le monde...

Je l'avais quittée avec le sentiment très désagréable d'une défaite.

Georges m'attendait dans l'entrée et il se présenta dans le courant d'air de ce printemps aigre avec la même aisance que s'il était dans un salon à Budapest. J'appris son nom, son prénom.

— Je peux vous accompagner ?

— Je vais à la gare : je dois retourner à Kufstein par le train de cinq heures.

Nous marchions, dans la pluie fine, vers la gare.

— Vous irez en France ? questionna-t-il.

— Oui, j'aurais voulu, mais c'est trop compliqué.

Les lumières d'Innsbruck s'allumaient, et l'asphalte était brillant.

Dans un moment d'inattention je regardai Georges. C'était un charmant garçon. Il me raconta qu'il allait partir bientôt pour le Pérou, où son meilleur ami, avec qui il avait été en classe pendant huit ans, avait trouvé une mine d'argent.

Dans la pluie naissante, les montagnes énormes se retiraient derrière des nuages gris et épais. Je sentis de nouveau l'humidité. J'avais déjà reçu, du magasin du camp, des chaussures australiennes, mais, pour venir au consulat, j'avais mis les souliers de Budapest.

— Il fait très chaud à Lima, racontait-il. J'aurai un cheval, une cravache et des serviteurs indiens.

— Quel âge avez-vous ?

— Vingt-trois ans...

— Et qu'est-ce que vous avez fait à Budapest ?

— J'étais étudiant en droit. J'aurais dû devenir un haut fonctionnaire comme mon père et le droit était, pour cette carrière, indispensable... Mais j'ai quitté le pays définitivement et je vais au Pérou.

Nous étions près de la gare. Je pris mon billet de retour et le présentai au receveur. Georges revint avec un ticket de quai. Je lui ai tendu la main :

— Au revoir, et bon voyage...

— Merci, dit-il, et il resta debout dans la pluie. Je le regardai de la fenêtre du train.

Je fus très triste ce soir-là à Kufstein. Mon père savait quelle était la famille de ce garçon ; il dit que son père était un homme connu. Avant de m'endormir, j'ai pensé que, s'il ne partait pas au Pérou, je pourrais l'aimer.

J'avais vu tant de jeunes morts pendant le siège, sur le pavé de Budapest ; je gardais si fort dans mes souvenirs ces visages étonnés au regard vitreux, ces bouches larges ouvertes, figées dans l'ultime effort de respirer encore une fois, qu'il m'eût été difficile de rester insensible au charme vivant de Georges. Il avait comme alliée l'époque même. Sa jeunesse n'était pas un détail, mais un mérite. Le col roulé de son pull-over ajoutait la fantaisie indispensable, et son projet de départ pour le Pérou lui prêtait l'auréole du courage inébranlable. Sa tête blonde et découverte dans la pluie, et le geste d'adieu sur le quai avaient une certaine élégance romantique et discrète.

Je lui avais dit mon nom avant le départ du train. Ainsi, il put m'écrire. Sa première lettre arriva, une semaine plus tard, de Paris. J'eus un frisson et la sensation d'un malaise quand je vis son écriture. La lettre, insignifiante en elle-même, prit l'importance d'un message d'outre-tombe. L'écriture de Georges ressemblait tout à fait à l'écriture de mon oncle. Combien de fois avais-je vu, sur son bureau de la rue Notre-Dame, de telles lignes merveilleusement équilibrées, presque gravées sur le papier blanc avec une encre noire, cette écriture pleine de sagesse et de bonhomie, ces lettres rondes reliées entre elles par de minuscules courbes savantes ! Ces petits signes esclaves, porteurs de pensées calmes et de rappels historiques, diminuaient toujours vers la fin de la page et reprenaient leur grandeur normale au début d'une autre. Mon oncle m'écrivait souvent. J'étais heureuse et fière quand je recevais ses cartes annonciatrices de cadeaux et de bonnes surprises.

L'écriture surannée de ce jeune homme presque

inconnu me parla de Paris, de son départ proche. Il m'arriva alors de dessiner son profil doré par un soleil exotique ; je le dessinais sans papier et sans crayon ; j'en traçais partout les contours invisibles : dans la nuit noire, sur les feuilles vertes d'un printemps tardif, et, devant mes pieds, sur le chemin même, quand j'allais à la bibliothèque de prêt.

Cette lettre inattendue, qui eut comme passeport la ressemblance de deux écritures, fit une sensation considérable à mes parents. « Comment ?... Tu lies conversation avec un inconnu et il ose t'écrire ! Quelle audace et quelle époque !... Oui, le père est un homme de qualité, mais qui prouve que le fils le soit aussi ? Tout de même, son honnêteté ne peut guère être mise en question, parce que, c'est vrai, l'écriture est bonne, très bonne... Une analogie extraordinaire... »

J'écoutais tout cela avec une négligence non feinte, un peu par-dessus l'épaule, et, selon mon humeur voltigeuse, je haïssais ou j'aimais mes parents. Ma vie fermentée et sans issue m'avait ôté les sourires de politesse, les mots gratuits de bienveillance, j'étais sur mes gardes, l'âme en veilleuse, et je savais que le fait d'être rescapée d'un drame mondial ne signifiait point un bonheur personnel. Le temps passait ; j'écrivais de petites nouvelles, et Georges qui, dans mon esprit, était déjà loin, devint mon unique souvenir vivant.

Je ne supportais plus la présence de mes parents. Je voyais en eux l'obstacle à un avenir que je pourrais bâtir et, pour les effrayer, pour leur montrer que j'étais consciente de mes vingt ans, je revenais chaque jour à un autre projet.

« Je partirai pour l'Australie et je vais fonder une maison d'édition à Melbourne... » Ou bien : « J'ai une occasion unique : l'Angleterre accepte deux infirmières de Kufstein ; je pourrai être là-bas dans trois semaines... »

— Es-tu folle ? demanda ma mère, comme si la question était utile.

— Non, répondis-je, mais je vais les voir de près, les fous. Il paraît que, dans les cas graves, ils font pipi dans leur lit... J'écrirai là-bas le roman d'une maison de santé... et, naturellement, en anglais...

Quand mon père me dit que je devais faire attention dans les petites ruelles du camp après le crépuscule, je fus envahie par un sentiment de désespoir. Je ne les vaincrais donc jamais. J'étais enfermée dans le cercle vicieux de l'amour insensé de parents qui n'avaient plus autre chose à faire que de m'aimer. Et je voulais être aimée autrement. Je détestais les détails de mon enfance. Je savais par cœur que j'avais été adorable, que j'étais l'obéissance et l'intelligence mêmes, que j'avais appris à lire tandis que les collègues, les autres bébés chéris, commençaient seulement à marcher. Ma haine pour le piano était devenue un caprice du destin qui avait empêché l'« enfant génial » de devenir une grande pianiste. J'entendais aussi souvent combien était rare une jeune fille aussi pure que moi, et que je devais faire attention, très attention, de ne pas perdre cette pureté si bien sauvegardée ! J'avais envie de crier de colère quand mon père faisait une citation latine, et je tournais en rond dans la chambre étroite. Par désespoir, je m'étais inscrite à un cours de coupe. Mais, au lieu de voir fil et aiguille, je vis une planche géométrique sur le tableau noir. Le professeur, une femme charmante, avait expliqué que ce trapèze n'était autre chose que le dessin d'un patron. Je m'évadai très vite ; je n'avais jamais eu qu'un dégoût profond et insurmontable pour l'arithmétique !

Le miracle vint, comme toujours, inattendu, simple et sans bruit. J'avais une vague amie au camp ; je me réfugiais quelquefois chez elle. Professeur de langue française à Budapest, elle évoquait souvent ses années de jeunesse à Paris et les amis qui lui étaient restés fidèles. Elle préparait son voyage pour l'Amérique du Sud ; elle avait quitté la Hongrie en même temps que nous, vers la fin du mois de novembre, en 1948. À ma demande, elle correspondit avec une de ses amies françaises, qui habitait à Versailles, et qui cherchait, depuis longtemps, une gouvernante pour sa charmante fillette de sept ans.

La lettre d'engagement arriva un soir de la fin de mai. Je la présentai à mes parents avec l'air victorieux d'un jeune Indien qui montre le premier scalp à ses aînés. Mes parents trouvèrent la chose impossible, dramatique, irréfléchie.

— Tu veux aller travailler chez des gens inconnus ? Qui sait quel piège t'attend ! Il faut que tu demandes une bourse d'études et que tu ailles à la Sorbonne.

— Je pourrai faire ça là-bas... Je ne veux plus rester ici... Et puis, pourquoi inconnus ? Elle les connaît très bien... Non, mais vraiment, je préfère mourir que de continuer ainsi... Je veux une chambre dont la porte soit fermée par moi, où je serai seule, une armoire avec les affaires que j'achèterai de mon salaire ; je veux me perfectionner dans la langue... J'aime les enfants... Une petite fille de sept ans, c'est facile... Vous me tuerez en me gardant ici... Chaque génération... Les droits de la jeunesse... Ceux qui font la traite des blanches ont d'autres chats à fouetter que de m'attendre... Mais, naturellement, je ferai attention... Reconnaissez enfin que vous n'avez pas raison... Une jeune fille convenable ne peut pas être seule à Paris ? D'abord, je ne serai pas seule, je serai la nurse d'une enfant. Et depuis quand les jeunes filles convenables passent-elles les frontières en fraude ? sans passeport ? Je trouve ça plus choquant, de marcher à quatre pattes, d'avoir peur de la lune, d'être poursuivie par les chiens, de pleurer le visage caché dans les feuilles pourries... Est-ce qu'une jeune fille convenable peut marcher sur le bras détaché d'un cadavre ? Détaché par la décomposition... Une jeune fille convenable et la viande des chevaux déchiquetés par les obus... Quand j'ai passé mon bachot à Budapest et que j'ai senti quelqu'un marcher derrière moi, j'ai tremblé de peur ; je ne savais pas ce qu'on regardait : ma cheville fine ou mon origine bourgeoise... Qu'est-ce que vous voulez encore de moi ? Et si cette époque n'est que danger et souffrance, allons-y quand même... Mais voyons, j'ai vingt ans et demi... Oui, même les mois comptent, Dieu sait depuis combien de temps je suis adulte, mais vous le savez bien aussi !... Une fillette de sept ans, c'est comme si elle était ma petite sœur. En effet, pourquoi n'ai-je pas une petite sœur ?

J'ai fêté ma libération en prenant le train pour Paris. Mais j'étais empoisonnée par les conseils et par toutes ces conversations fatigantes, improductives. J'avais usé ma salive pendant de longues soirées, et ici, dans le train, il ne me restait pas d'autre désir que de quitter le plus tôt possible tout ce que j'avais vu et senti jusqu'alors. Mon père m'avait accompagnée jusqu'au compartiment ; il mit la valise de Vienne dans le filet aux bagages et m'embrassa. Après, il rejoignit ma mère sur le quai. J'avais encore cinq minutes à passer. Je tremblais d'une impatience fébrile et je regardais l'horloge de la gare de Kufstein. Mais, avant que l'aiguille atteigne son but sur le cadran, une minute avant, mon regard rencontra le regard de mes parents. Et moi, envahie par une immense peur et une tendresse déchaînée, je voulus descendre, me jeter dans leurs bras et exprimer tout, vingt ans et demi d'amour pour eux, en un seul geste. Dans cet instant précis, le visage de ma mère fut éclairé par un sourire éploré. Je crois qu'elle aurait voulu me dire en soixante secondes tout ce qu'une mère peut dire à sa fille qui part pour conquérir un minuscule coin du monde. Je n'avais pas une nature à faire des confidences. J'étais plutôt silencieuse. C'est auprès de ma mère que j'ai fait la connaissance de la mort à Budapest, mais nous ne parlions jamais naissance, douleur, amour ou femme. Une telle pudeur était bien rassurante et, dans l'abri ouaté de cette indifférence feinte, j'ai pu tranquillement avoir les crises et les questions sans réponse qui parsèment le passage d'un âge à l'autre. Cette tendre hostilité formait mon refuge, et quand je lus dans un des livres de Pearl Buck la description d'un accouchement, la souffrance d'une Chinoise sur la terre féconde, lorsque je frôlai pour la première fois cette atmosphère chaude de sang et de larmes, ce fut ma revanche d'avoir franchi cette étape seule, sans aide.

... Mais maintenant que le train se met en marche lentement, ma mère avance aussi : « Fais attention, ma petite », dit-elle et, sur son visage, je vois qu'elle pourrait me parler pendant des heures. Mon père s'approche aussi : « Fais très attention », me dit-il à son tour, et le train marche de plus en plus vite. Je me penche au-dessus de la vitre. Ils sont loin et je crie :

— Je vous aime énormément, je reviendrai vite... Je vous aime énormément...

Englouti par un tunnel, le train râle, et je pleure.

Il était convenu que Mme Bruller m'attendrait à la gare de l'Est. Je lui avais envoyé ma photo, de Kufstein, pour qu'elle me reconnaisse facilement. Mais je crois que, même sans photo, elle ne se serait pas trompée. Je m'étais préparé une tête de nurse consciencieuse, grave, et pleine d'attention pour son entourage, mais oui, une petite personne très bien qui ne se laisse pas embobiner par sa propre jeunesse. Fripée de cette nuit blanche, les mains moites de trac, je regardais approcher Paris. La gare était grouillante de porteurs ; c'est à peine si l'on pouvait les éviter ; et je m'attardais devant mon compartiment avec le manteau d'hiver de Budapest sur le bras et la valise en carton-pâte à mes pieds. Mon cœur battait à me rompre la poitrine, et j'étais persuadée que j'avais une ligne noire sur le front, car j'avais été assise près de la fenêtre dont le bord, au matin, était garni d'une épaisse couche de suie. Je regardais passer les gens, et j'étais tellement tendue par cette attente que je n'aperçus pas la jeune femme qui me toucha le bras :

— Mademoiselle ?

Je dis bonjour en sursautant.

— Ma voiture est devant la gare ; venez... Pas trop fatiguée ?

Je répondis avec un soupir :

— Terriblement ; le voyage est toujours...

J'ai certainement une tache de suie quelque part, pensai-je, et cette tache me rend suspecte ; autrement, elle n'aurait pas fait cette remarque inutile. J'essayai de m'apercevoir dans le rétroviseur, mais sans succès.

— Où est la petite Monique ? dis-je en me hasardant sur un terrain inconnu, tâtonnante. Elle est à l'école ?

— Non. Dans son lit. Elle est malade... Vous avez déjà eu la varicelle ?

J'avalai une exclamation : « Elle est malade aussi ! » et je dis :

— Oui, madame, j'ai eu la varicelle, encore à Budapest.

Elle me regarda soudain ; elle pouvait le faire, nous étions sur l'autoroute.

— À Budapest ?...

Elle dit cela avec tant d'incrédulité que je touchai

machinalement le petit trou, invisible pour les autres, près de mon oreille, que la varicelle m'a laissé.

— À Budapest...

Après quelques instants de silence, elle continua :

— Vous aurez pas mal de choses à faire dans les premiers jours. Il faut empêcher la petite de se gratter... Ça chatouille très fort.

Elle me parlait du ton d'un professeur fatigué qui répète d'innombrables fois la même chose à un crétin. J'aurais voulu dire que la varicelle chatouille aussi à Budapest, mais je jugeai préférable de me taire.

— J'ai tenu ses petites mains toute la nuit ; mon mari a veillé il y a deux jours...

Et la bonne, c'était quand ? Mais je n'ai pas posé la question.

— J'ai eu des gants quand j'avais la varicelle...

Elle haussa les épaules :

— C'est plus sûr quand on la tient...

J'ai vu apparaître les maisons de Versailles, mais, avant d'arriver dans la ville même, elle prit une route secondaire et nous nous arrêtâmes bientôt devant une vieille maison à un étage, couverte de lierre, avec un jardin envahi de mauvaises herbes, dont la grille en fer forgé, rouillée par les pluies, était à demi ouverte. Plus tard, j'ai su qu'on ne pouvait pas la fermer.

Elle ouvrit la porte de la maison. L'entrée était étonnamment petite, avec deux portes à droite, une à gauche, et l'escalier montant au premier. J'ai déposé mon manteau et la valise, et je l'ai suivie. Au premier, il y avait quatre chambres, dont une était occupée par la petite malade et sa garde qui était une des voisines, une bonne femme aux cheveux gris.

— Merci, chère amie, dit Mme Bruller, en se penchant vers l'enfant.

Je m'approchai et je vis une tache gonflée, rouge et déformée complètement par les boutons en pleine floraison.

— Voici Monique, la petite Monique.

La voix de la mère déclencha chez l'enfant un hurlement.

Je me penche sur elle et je sens le regard des deux femmes qui m'épient. Ni un geste ni ma respiration pleine d'angoisse ne leur échappent. Je me sens maladroite et lourde comme si elles avaient attaché des poids invisibles à mes membres avant que je pénètre dans la pièce. Je cherche les yeux de l'enfant. Je veux sentir le premier contact, même hostile, mais qui nous appartiendra exclusivement. Et si je peux la faire taire par un sourire, ce sera déjà le succès. Je ne l'aime pas encore. Impossible d'aimer par devoir, mais la bonne volonté me remplit et, réprimant un frisson de dégoût, j'effleure une des petites mains, rouge et humide de salive. Dans le visage déformé, les yeux sont remplacés par deux fentes remplies d'un regard noir, inondé de larmes, et l'odeur de cette peau torturée, brûlante de fièvre, m'emplit les narines et descend en moi jusqu'au fond de la gorge.

La voisine chuchote avec Mme Bruller. Je me tiens maladroite près du lit. Je devrais faire quelque chose pour les contenter. Je cherche en vain un verre d'eau que je pourrais offrir avec le geste classique des infirmières. La couverture est bien mise, inutile de la toucher. L'enfant ne cesse de gémir ; elle a posé sa voix comme une actrice qui doit tenir pendant les cinq actes qui viennent. Elle gémit avec rythme ; j'espère qu'on peut s'y habituer comme au tic-tac d'un réveil agressif. Je m'assieds au bord du lit ; l'enfant se tait d'étonnement, et les deux femmes sortent vite, silencieuses, comme sort la fumée en cercles muets d'une bouche habile. Elles attendaient seulement que je sois assise, captive pour un temps indéterminé. Quand Monique veut toucher son visage, je lui saisis les mains, je les attrape au vol ; je ne puis la quitter du regard ; ses gestes sont inattendus ; c'est le cache-cache des réflexes, et je suis toujours plus rapide qu'elle. La fenêtre de cette pièce est soigneusement fermée. Le rideau laisse filtrer une pâle lumière. Je n'ai pas de montre ; j'ai vu l'heure pour la dernière fois à la gare. J'essaie de définir les bruits lointains de la maison ; on ferme et on ouvre les portes d'en bas. Une voix de femme, peut-être Mme Bruller, parle au téléphone ; j'entends quelques « bien sûr » et « naturellement ». Je flotte dans cette pénombre étouffante. Monique se fatigue plus vite que moi ; je la vois lutter avec un rai de lumière, comme un moucheron sur un papier tue-mouches qui veut détacher un par un ses membres fragiles. Monique se colle enfin contre un sommeil bienfaisant ; elle ne gémit plus et, derrière le masque de cette maladie enfantine, j'aperçois le visage souffrant qui n'a même pas l'avantage de séduire ou d'émouvoir par sa pâleur. Je me lève et je regarde enfin la chambre, comme le somnambule qu'on réveille en pleine crise, sans le ménager, et qui se retrouve en chemise de nuit sur le toit d'une maison de cinq étages. Cette chambre est assez grande. À côté de l'armoire, il y a un divan ; puis, ce sont quelques jouets éparpillés sur une étagère, une commode dont les deux derniers tiroirs sont ouverts, une porte fermée à clef, un tapis miteux, et, partout, les rayons dorés d'un soleil expulsé, et, dans ces rayons, le ballet continuel de la poussière ; le rideau n'est pas suffisamment bien tiré. Je vais sur la pointe des pieds auprès de la fenêtre. Le jardin est calme en bas. Une poule blanche, muette, marche et cherche les vers en picotant de son bec. Elle plonge sa petite tête menue dans l'herbe comme une étrange baigneuse qui aimerait l'eau jusqu'aux épaules.

— Elle dort ?

La voix murmurante de Mme Bruller m'atteint dans le dos et me coupe la respiration.

— Oui, elle dort...

— Mais qu'est-ce que vous attendez ? Venez déjeuner ; vous devez avoir faim.

Je descends avec elle au rez-de-chaussée. L'odeur de l'huile chauffée et de la viande fraîchement rôtie envahit la maison.

— J'aimerais me laver les mains.

Elle trouve cela naturel et m'indique une porte d'un geste impatient. Enfin, je me vois dans une glace. Je frotte mes mains avec un morceau de savon et je me regarde. Il n'y a pas de tache noire sur mon front, mais mes yeux sont cernés par la fatigue. Les nuits pleines d'attente de Kufstein et le voyage pendant lequel j'ai passé seize heures sans sommeil me tirent sur le visage. Je jette un coup d'œil furtif sur la salle de bains. Comme j'en connaîtrai plus tard chaque recoin ! Il y a deux peignoirs accrochés sur un portemanteau. Ils sont usés, fatigués par trop d'usage ; l'émail de la baignoire est écaillé, et le chauffe-bain porte les traces noires de flammes trop avides ou irrégulières. Sur l'étagère : une pâte dentifrice en tube, des brosses frustes, un verre rose en plastique qui porte l'empreinte des lèvres. Mais, ici aussi, il y a une fenêtre qui donne sur le jardin. Je remarque également deux paires de pantoufles. Les pantoufles d'homme évoquent la pensée de M. Bruller. Il doit vraiment exister et, d'après ses pantoufles, il est grand, lourd ; cent kilos de méchanceté enroulés dans un veston rayé ; je l'imagine gros et envahissant. Je sors de la salle de bains, et Mme Bruller me conduit dans la salle à manger où un homme mince et fragile lit son journal posé sur l'assiette.

— Voici Christine, dit Madame, et je sens une certaine angoisse parce qu'elle n'ajoute pas la définition exacte : Christine, la nurse. Réduite à n'être que Christine, l'horizon des travaux divers devient pour moi vaste, sans limites.

— Vous avez fait un bon voyage ?

Monsieur, en posant cette question, me tend sa main

molle et petite. Mais il n'attend pas ma réponse et se replonge dans le journal.

Mme Bruller désigne ma place, comme si elle montrait une ville qu'elle veut m'offrir.

— Vous allez manger avec nous, comme un membre de la famille...

— Voudrais-tu déposer ton journal, mon chéri ?

L'homme ne bronche pas. Le ton nouveau qu'elle prend à cause de moi est si inattendu que son mari ne s'aperçoit même pas qu'elle lui parle.

— Ton journal...

La vraie voix le touche comme l'éclat d'un obus. Il le dépose près de son assiette et nous nous attaquons à un ragoût, accompagné par des pommes de terre cuites à l'eau.

— Voulez-vous apporter le sel, Christine ?

Je me lève :

— Où est la cuisine ?

— La porte à gauche ; vous le trouverez sur la table.

La cuisine est dans un état désastreux. Un régiment de casseroles s'amoncelle posé par terre, avec les assiettes, les couverts, les verres, toute une dot y compris les cadeaux de mariage ! L'ombre fugitive de la bonne me fait une grimace magistrale ; elle a l'impertinence des êtres qui n'ont jamais existé. Je trouve le sel. Ils me regardent. Ils veulent voir sur mon visage cette vision que j'ai eue. Ils m'entourent comme les parents pauvres entourent le médecin qui suit l'agonie de la tante riche. Je fais semblant de n'avoir rien vu.

— Vous avez quitté la Hongrie quand ?

— Il y a sept mois...

Mme Bruller s'enquiert :

— Si tard ? Pourquoi avez-vous attendu jusqu'en 48 ?

M. Bruller veut participer à l'action :

— Tout cela ne doit pas être rigolo là-bas...

— Oh ! non...

— Vous étiez toujours à Budapest ?

— Jusqu'au moment de mon bachot.

— C'est triste, très triste, continue Mme Bruller, et elle ajoute :

— Vous m'aiderez à laver la vaisselle après le déjeuner, n'est-ce pas ?

— Mais avec plaisir, madame.

M. Bruller me dit gentiment :

— Je ne croyais pas les Hongroises blondes... Je les imaginais avec de grandes tresses noires tombant quelquefois jusqu'aux chevilles.

— C'est plutôt rare, répondis-je, évasive.

Ils quittèrent la table très vite. Mme Bruller m'avait expliqué qu'elle profiterait du sommeil de l'enfant pour se reposer un peu...

— Mon mari retourne à son bureau à Paris... Je vous laisse... Vous trouverez les choses nécessaires pour le nettoyage... Après, je vous montrerai votre chambre... Mais, pendant les journées difficiles qui viennent, vous dormirez sur le divan dans la chambre de l'enfant...

J'ai entendu démarrer la voiture de Monsieur et je suis restée désemparée sur ce radeau, jeté au milieu d'un gazon mal soigné. Comme Paris était loin ! « Écris-nous tout de suite, avait dit ma mère... Le jour même de ton arrivée ! »

Dans la maison silencieuse, abandonnée au milieu des montagnes de vaisselle, j'avais l'impression de vivre dans un rêve dont je me réveillerais quand je le voudrais. Mais toute réflexion était inutile. Je dus commencer à rassembler les éléments du nettoyage. Je chauffai l'eau dans une lessiveuse. Je trouvai une brosse, mais elle était usagée et perdait ses poils comme un chien malade. Je dus chauffer de l'eau trois fois pour vaincre la vaisselle. Quand tout fut étincelant, au moment même où j'avais une envie irrésistible de m'asseoir, Mme Bruller m'appela :

— Christine, venez vite...

Je courus ; elle me parla du premier :

— Voulez-vous me préparer un thé très léger et le lait chaud pour Monïque ?

Après ce nettoyage monstre, je savais déjà où trouver le thé, le lait et le désespoir.

Jusqu'au soir ce fut le tourbillon des ordres :

— Christine, voulez-vous bien aérer la chambre à coucher ; j'ai tiré la couverture du lit, vous pourriez le refaire carrément... Si vous avez une minute, lavez donc les petites affaires de Monique que j'ai entassées dans la salle de bains ; en général, je donne tout à la blanchisserie, mais les chemises de la petite sont trop fragiles... Vous ne trouvez pas qu'il y a beaucoup de poussière dans le living ?... Si vous avez l'habitude de goûter, ne vous gênez pas...

Je commence par le lit de Madame et Monsieur. C'est la première fois que je vois un immense lit français, et Madame me recommande de soigneusement serrer les couvertures. D'abord j'enlève tout ; je chasse l'empreinte de ces deux corps, le maigre et le mol, unis par les liens sacrés du mariage. Madame trouve que les draps sont déjà sales ; elle m'en donne des propres. Je m'aperçois qu'elle a décidé de recommencer sa vie et de mettre « enfin tout en ordre ». Monique gémit de nouveau, sa voix est fraîche, pleine de vigueur et d'expression. L'énorme matelas me fait face comme un guerrier, lourd quand je le soulève, et il devient détestablement souple quand je voudrais le dominer. Impossible de le retourner ; il reste plié en deux au milieu du lit comme un géant qui a mal au ventre. Mais enfin, je réussis, et la chambre est bientôt en ordre. Pendant une minute d'inattention de Madame, je jette un coup d'œil sur le jardin et je vois la poule juste devant la fenêtre ; elle fixe un point invisible avec sa tête penchée à droite ; ses plumes blanches sont jaunies par le crépuscule ; elle porte sa fine crête rouge comme un diadème. Elle lève sa tête vers moi, ses yeux ont l'air pleins d'une curiosité bienveillante et, pour m'accorder sa grâce, elle clignote de l'œil gauche en montant sa paupière de bas en haut. Nous nous regardons ; nous sommes déjà complices et je décide que je l'appellerai Ondine. Elle est comme une fée sur l'herbe vert foncé, dans son silence savant.

— Christine, qu'est-ce que vous faites ?

Au fond, qu'est-ce que je fais ? Rien. Et je répète comme mon propre écho :

— Rien, madame.

— Vous êtes fatiguée ?

— Un peu, madame.

— Venez, nous allons préparer le dîner. Mon mari arrive dans une demi-heure.

Avant de descendre au rez-de-chaussée, je vais dans la chambre de Monique. Les oreillers entassés derrière son dos, elle lit un album d'enfant :

— Tu veux me raconter une histoire ?

Je resterais volontiers, mais Madame est déjà impatiente.

— Christine, vous ne venez pas ?

— Reste ici, pleurniche Monique ; raconte-moi une histoire.

Monique hurle ; je descends et Madame dit :

— Il ne faut pas faire pleurer un enfant dans cet état.

— Je ne voulais pas la faire pleurer ; elle m'a appelée, et je suis allée dans sa chambre. Elle voulait que je lui raconte une histoire.

Mme Bruller devient sévère :

— Il ne faut pas la gâter, surtout pas la gâter...

Je mets la table. J'épluche des légumes inconnus, de

grandes racines noires, menaçantes. Madame me donne une occasion d'évasion :

— En sortant de la maison, tournez à droite et derrière, vous trouverez une cage. Nous avons une poule qui pond un œuf chaque jour ; c'est l'œuf de Monique.

Je suis ravie et je sors de la maison avec un grand soupir. La petite rue devant est déserte ; les ombres grandissent déjà sous les arbres ; l'air tiède me caresse le visage. Je trouve la cage près de deux buissons couverts de bourgeons. La petite porte est ouverte. Je m'approche et je vois sur la paille jaune un œuf éclatant de blancheur ; je le touche, il est chaud, Ondine ne doit pas être loin. Elle apparaît en se balançant sur ses pattes avec son diadème mal mis. Dans la main, je tends vers elle des miettes ; elle les regarde attentivement, mais, encore trop incertaine, y renonce et rentre dans sa cage comme dans une chaise à porteurs. Je referme la petite porte et je retourne à la maison avec l'œuf.

Le dîner n'est pas calme. Je dois monter deux fois voir Monique, et après, j'avale vite ce qui a refroidi dans mon assiette. Madame me donne des draps et, avec beaucoup de tristesse, je fais mon lit sur le divan dans la chambre de Monique. Comme j'aurais voulu une chambre pour moi ! Mais peut-être dans quelques jours j'aurai celle de la bonne. D'ailleurs on ne parle plus du tout d'elle.

Je n'ai pas de robe de chambre et je dois me rhabiller complètement dans la salle de bains pour franchir les quelques pas jusqu'à la chambre de Monique.

Avec un calmant, celle-ci s'endort de nouveau et Madame dit que j'ai une très grande chance d'être venue pour la fin de cette désagréable maladie.

Monsieur arrive très tard. J'entends les freins de sa voiture dans un demi-sommeil tourmenté. Ma couverture est trop courte ; je dois me plier en deux pour être au chaud et, de l'oreiller, se dégage une odeur faible, presque imperceptible, de moisi. D'où a-t-elle tiré cet oreiller pour moi ? Je m'endors les genoux pliés. J'ai trop sommeil pour pleurer.

C'est terrible, l'intimité des autres. Je suis ici depuis quatre semaines et je connais leurs visages, les mots qu'ils emploient, le secret de leur démarche qui déforme les pantoufles, l'humeur maussade qui règne le matin et le goût fade de la cuisine. Monique, convalescente, me montre son visage redevenu pâle, ses grands yeux me fixent avec insistance pendant les repas, et elle exprime tout ce que les parents n'osent pas dire : elle a toute sa liberté puisqu'elle n'est qu'une enfant. Je ne dis pas qu'elle me déteste ; son sentiment à mon égard est plus raffiné, plus subtil. Elle me contemple avec froideur ; elle déclenche les cris et les pleurs, et puis se tait soudain et attend.

— Pourquoi as-tu un accent ? La Hongrie, c'est comme la Chine ? Pourquoi tu déjeunes avec nous ? Les bonnes mangeaient toujours à la cuisine...

Le père intervient comme diplomate et humaniste :

— Mais, Monique, tu sais bien que Christine n'est pas une bonne chez nous ; elle est ta nurse.

Monique ne se gêne pas.

— Jusqu'ici je n'avais pas une nurse, mais seulement une bonne... Pourquoi tu l'appelles autrement ?

— Tu parles trop, ma petite, dit la mère. Mange gentiment et, après, Christine te mettra au lit.

La mettre au lit. C'est la lutte pour chaque chose qu'elle porte sur elle. Les grandes manœuvres pour déboutonner ses pull-overs innombrables et défaire le lacet de ses souliers. Pour ce travail, je m'agenouille devant elle. Je raconte aussi des histoires ; je raconte très mal ; je bâille dès que je commence une histoire. Ce n'est pas ma faute, mais les histoires pour les enfants m'ennuient à mourir. Si je pouvais parler de Wanda !... Wanda aura un amant nègre...

« Est-ce que c'est agréable d'avoir un amant ? » Mais le visage menaçant de ma mère chasse le mot « amant » ; je purifie mes pensées et me repose la question : « Est-ce que c'est agréable un mari ? »

— Mais raconte enfin, me dit Monique.

— Il était une fois...

J'imagine Georges dans sa mine d'argent. Je le vois marcher jusqu'aux chevilles dans l'argent liquide qui coule comme une rivière souterraine.

— Si tu ne racontes pas, je vais le dire à maman.

— Qu'est-ce que tu vas dire à maman, mon trésor ? demande Mme Bruller qui apparaît dans la porte, le visage enduit d'une crème épaisse, les cheveux serrés par un foulard. Son visage est tellement luisant qu'il en perd ses contours ; le nez, les sourcils et la bouche fondent sous ce masque huileux. Son peignoir s'ouvre légèrement sur sa poitrine ; elle porte déjà sa chemise de nuit. J'entends aussi le va-et-vient de M. Bruller. J'aurais presque pitié pour lui en voyant sa femme. L'embrasser, c'est embrasser un morceau de lard !

— Mais, Christine, vous n'avez aucune imagination ? Cette pauvre petite aime tellement les contes de fées...

Enfin, tout le monde se couche. Demain, c'est la grasse matinée pour eux, et pour moi, la liberté. Demain, dimanche, je vais aller à Paris. Il paraît qu'il y a une messe pour les Hongrois. Depuis que je suis là, je n'ai pas eu de dimanche pour moi, et demain, j'aurai toute une journée. Je partirai dès neuf heures, afin d'arriver à temps pour la messe de onze heures.

Je me réveillai très tôt et dus attendre, immobile, que les heures passent. Le soir, sur l'ordre de Mme Bruller, les fenêtres étaient hermétiquement fermées ; elle avait une peur presque hystérique des voleurs et des courants d'air, et toujours, vers l'aube, la maison sentait l'odeur des sommeils profonds. Je me levai vers sept heures et demie ; j'allai à la salle de bains sur la pointe des pieds, et j'eus un frisson quand le gargouillement du robinet devint très fort. Je laissai couler l'eau par un mince filet et je fermai les portes avec une précaution infinie. Enfin, je laissai tout derrière moi et j'allai porter à boire à Ondine. Elle se balançait, la tête cachée sous son aile, sur une de ses pattes jaunes ; en me voyant, elle se secoua et picora avidement les miettes de ma paume. J'avais l'impression que ses coups de bec étaient de petits baisers aigres et affectueux, une manifestation de sympathie primitive, un signe de ce monde qui se trouve au-delà des humains. Ce matin-là, tout tendait vers un épanouissement attendu. Les bourgeons, tous ces petits nœuds serrés et verts, s'étaient dépliés durant la nuit, et les jeunes feuilles fragiles étaient parsemées de gouttes de rosée.

Je m'engageai dans la direction de la gare. J'avais une petite robe en lainage bleu ; mes cheveux tombaient sur mes épaules, et le missel de Kufstein était si gros que je n'avais pas pu fermer mon sac. Le soleil de fin juin était déjà fort, et les dormeurs de Versailles rejetaient leurs couvertures dans leur demi-sommeil fébrile. J'imaginais les familles derrière les jalousies fermées. Mais personne n'avait le visage de M. ou de Mme Bruller. Je voulais sauver, avec une ténacité logique et consciente, l'image que je m'étais faite de la France depuis des années. Je savais que Monsieur et Madame n'étaient qu'un détail désagréable. La veille, j'avais envoyé une lettre à mes parents, une lettre disciplinée, économe dans ses expressions : « Je vais très bien et je suis contente d'être en France. »

Et puis, j'étais toujours émue quand, en me désignant comme « expéditeur », je pouvais mettre Versailles, sur le dos de l'enveloppe. Pour une fortune, je n'aurais pas avoué que le rythme insensé de mon travail m'avait empêchée jusqu'ici d'aller voir le palais, les jardins, l'ombre de Marie-Antoinette que j'aimais à cause de Fersen. Même quand on est républicaine, on pardonne tout à une reine qui a su aimer. C'est Stefan Zweig qui m'avait renseignée sur elle, avec l'art infini de l'indiscrétion et de la pitié. Le livre de Stefan Zweig sur Marie-Antoinette avait été pour moi la plaidoirie littéraire d'un avocat qui est amoureux de sa protégée et qui n'est plus lié par le secret professionnel.

En ce matin, les rues mortes de Versailles étaient embaumées par un soleil jeune et radieux. Je marchai dans le silence et dans l'or. Je pris le train à la dernière minute et, blottie contre un dossier en bois rude, je fus envahie par une peur inexplicable. J'allais voir Paris. Que j'eusse aimé le voir autrement ! Avec un passeport en règle dans ma poche, un béret bleu sur mes cheveux, la machine à écrire portative à la main, le carnet de « traveller-checks » dans mon sac. Quand je bâtissais mes projets à Budapest, je m'imaginais telle, arrivant à Paris.

Lorsque je donnai mon ticket à la sortie du quai, je réalisai dans l'instant même que mes mains étaient rugueuses et que mes ongles cassaient. Je lavais trop la cuisine de Madame, et avec des produits qui mordaient la peau. Dans la salle des pas perdus, j'aperçus l'indication du métro. J'y descendis aussitôt, sans sortir dans la rue, comme un nageur qui va plus vite sous l'eau. Les receveuses, gentilles, m'aidèrent à découvrir l'endroit de la rive gauche où l'église se trouvait. Je quittai le métro devant le bâtiment et, en franchissant une cour, j'entrai dans une chapelle encore vide.

Je m'agenouillai sur un prie-Dieu, et, le menton

posé sur mes deux mains pieusement nouées, j'observai les gens qui venaient en petits groupes et se dispersaient dans la nef. Une odeur d'encens refroidi flottait, et je sentis que, dans quelques minutes, j'aurais très faim ; j'étais partie de Versailles sans avoir pris le petit déjeuner.

Je fus très distraite pendant le service religieux ; je ne saisis que certains mots du sermon fait en hongrois : « Soyons bons, laborieux, aimables. » Et, ensuite, je me replongeai dans mes pensées comme celle qui tombe inanimée. Vers la fin, je sortis dans la petite cour où mes compatriotes bavardaient déjà. Plus tard, j'ai su que c'était le lieu de rendez-vous où ils se voyaient une fois par semaine. Je ne connaissais personne. J'attendis dans un coin, sans but, pour passer un peu de temps et, soudain, une surprise me saisit avec violence, telle que la douleur d'une maladie qui s'annonce pour la première fois. J'aperçus Georges avec un autre jeune homme. Dans le soleil qui inondait la cour, il était transparent de pâleur, mince et élégant, mais l'expression de son visage trahissait une grande fatigue. Ce visage blond n'était plus doré par la chaleur du Pérou. Je le regardais depuis trois ou quatre minutes quand il m'aperçut. Avec un sourire incrédule, cherchant mon nom dans sa mémoire, frappé par la présence d'un être qui, censé oublié, ressuscite, il s'approcha et me tendit la main :

— Bonjour...

Un peu de silence et il ajouta, incertain : « Christine... »

— Bonjour, Georges... Vous n'êtes pas parti pour le Pérou ? Qu'est-ce qu'elle devient, la mine d'argent ?

Il eut une petite grimace gênée.

— Elle est inondée, la mine.

Soudain, les détails, bonheurs et drames qui entouraient Georges m'étaient devenus si familiers, si proches, que je m'exclamai :

— Oh ! Pauvre Georges...

— Ce n'est pas si grave, répliqua-t-il, et il enchaîna vite : Je peux vous accompagner quelque part ?... Et, au fond, comment êtes-vous à Paris ? Vous aviez des difficultés à Innsbruck...

Nous partîmes de la cour de l'église. La rue était déjà animée, mais j'aperçus un café. Voyant, à travers la vitre, un appareil à faire l'espresso italien, il me sembla que, si j'arrivais jusqu'à l'une des petites tables, je serais sauvée.

— Vous marchez vite, me dit Georges en souriant, et je traversai la chaussée sans regarder.

— J'aimerais boire un café, mais très vite...

Il me guidait en me tenant le coude, et ce geste amena une réaction curieuse : la partie gauche de mon corps, près de lui, devint brûlante, l'autre partie à droite était froide, objective et pleine de méfiance. Enfin, assise à une minuscule table, grignotant un croissant, je le regardai dans les yeux. Ses yeux changeaient de couleur souvent ; son iris devenait bleu, gris ou vert, d'après le jeu de la lumière. Je bus alors mon café tant souhaité, avec beaucoup de difficulté ; j'aurais préféré cacher mes mains abîmées...

— Oui, toute seule.

J'entendais ma voix : « Et vous aussi ? »

— Tout à fait seul ; mes parents sont restés en Hongrie.

— Et maintenant que vous ne partez plus pour le Pérou, quels sont vos projets ?

— Je me suis inscrit pour le droit international... et plus tard...

Il prit une cigarette et j'aperçus à sa main gauche sa bague chevalière.

Il sentit mon regard sur la bague, et il s'excusa :

— Oh ! vous savez, je ne la porte pas toujours. Je ne l'aime pas... Et vous ? Qu'est-ce que vous voulez faire à Paris ?

— Écrire.

J'étais vraiment étonnée par mon aveu, comme si j'avais pris la parole en une langue jusqu'ici inconnue pour moi.

— Qu'est-ce que vous voulez écrire ?

— Des romans, beaucoup de romans, des nouvelles.

Il but la dernière gorgée de son café :

— Vous connaissez des éditeurs parisiens ?

— Moi ? Des éditeurs parisiens ? Je ne connais personne à Paris et je travaille à Versailles ; je suis la nurse d'une petite fille...

Après une longue promenade, nous arrivâmes au bord de la Seine.

— Je vous montrerai Paris, me dit-il.

Mais je secouai la tête :

— Pas encore, plus tard...

Comment aurais-je pu lui raconter mes rancunes, mes sourds chagrins, cette petite révolte fébrile qui me rendait désagréable et injuste envers Paris ? Comment expliquer cette vie qu'il me faut mener, ce travail du matin au soir ? Comment lui dire qu'il aurait été préférable qu'il fût parti pour le Pérou, parce que j'étais déjà attachée à lui ? Ma solitude était trop grande pour ne pas aimer tout de suite ; il y avait une place vide et avide dans mon cœur que je préparais avec le soin d'une maîtresse de maison qui attend un invité...

— Mais je vous montrerai quand même Paris, insista-t-il gentiment.

Je regardai la Seine ; je jouai à celle qui est perdue dans ses pensées, mais rien n'était plus faux ; je le guettais et je me guettais moi-même. Que tout cela est facile pour le destin : deux solitudes et deux jeunesses effrayées qui se rencontrent à Paris ; le quai d'où un pêcheur jette son hameçon dans l'eau ; sur les escaliers, un couple d'amoureux qui s'embrasse et chacun goûte la lèvre de l'autre, comme s'ils étaient des dégustateurs, et nous des rois, et qu'ils veuillent nous montrer que cette nourriture n'est pas empoisonnée. Non, mon ami, je ne veux pas de tout cela ; ce sera un amour trop scientifiquement préparé ; le ciel est trop bleu ; l'air est trop chargé du printemps déjà mûr !...

— Vous ne m'écoutez pas... Je disais qu'Octave Aubry avait raison quand...

... Et, de nouveau, pour la dernière fois, je fais l'ultime effort afin de me dégager. J'énumère tout ce que j'ai entendu de l'amour. Et puis, une blonde ne devrait jamais aimer un blond.

Je me tourne vers lui pour lui dire adieu et, soudain, j'ai la gorge serrée d'émotion. Il est inquiet et beau, tendu et grave.

Je réponds :

— Oui... Oui, nous pouvons nous revoir dimanche prochain...

J'ai l'impression que cette journée durera éternellement. Il n'y a plus de Versailles, ni de Monique, ni de train de banlieue. Il n'y a qu'un vague et timide amour...

Ma vie, à Versailles, avait le rythme imperturbable d'un sablier. Les heures perlaient du matin au soir sans le moindre repos. Je n'aimais pas les ordres aigus et pressants de Mme Bruller ; je me hâtais de les devancer. C'était une course affolante ; j'avais la maison entière sur le dos. Le matin, je me levais la première ; je préparais le petit déjeuner, et j'allais réveiller une Monique toujours boudeuse, toujours prête à inventer des agacements, avec une citerne de larmes derrière ses yeux noirs. Mme Bruller descendait à la salle à manger, titubant de sommeil, courbatue de rêves. M. Bruller palpait, nerveux, son visage taillé par le rasoir, et regardait son mouchoir taché de sang avec l'intérêt lent d'un écolier. Pendant que Mme Bruller faisait des emplettes, je nettoyais la maison en surveillant Monique qui, grâce aux vacances scolaires, passait ses journées dans le jardin. Les cris désespérés d'Ondine me firent descendre souvent, un balai à la main. Un jour, Monique me tint tête :

— Laisse-moi tranquille ; la poule est à moi.

— Mais, je ne te permets pas de la torturer, répondis-je, assez violente.

Elle me siffla presque la menace :

— Maman a dit qu'elle allait la faire bouillir, la poule. Elle ne pond plus.

C'était bien vrai qu'Ondine était lasse, fatiguée. Depuis une semaine, j'allais en vain chercher son œuf. Elle gloussait, désemparée, tournait sa tête à droite, me regardait perplexe, et montrait sa paupière rouge comme une minuscule persienne. Mais je n'aurais jamais pensé que ses jours fussent en péril. Pendant ma conversation animée avec Monique, elle s'était sauvée et avait disparu derrière un buisson.

Je remontai au premier et repris les gestes perpétuels. Le lit avec sa tiédeur fade, les fenêtres que j'ouvre brusquement, les objets que j'anime dans mon imagination, je décide qu'ils ont une âme. Et voici que le peigne bourré des cheveux noirs de Mme Bruller gémit : « Que c'est dégoûtant... », et les pantoufles aux semelles éculées pleurnichent : « On dirait que ce sont des chameaux ou des éléphants... » Dans la maison bien aérée, Mme Bruller frissonne : « Quel courant d'air ! » « Nous sommes au mois de juillet, madame. » « Mais la petite va attraper une otite... » Je ne dis plus un mot ; je ferme les fenêtres en chantonnant une mélodie intérieure : « Que c'est bête, je me libérerai. »

Madame prend l'unique transatlantique de la maison et s'allonge au soleil, le visage enduit de graisse ; elle laisse pendre ses bras inertes ; je suis presque certaine que jamais elle ne s'est donnée à son mari avec une volupté pareille.

Je termine le déjeuner vers une heure et Monsieur arrive. Il fait grincer les freins de sa voiture, et j'ai envie, moi, de grincer les dents. Je sers à table et, quand je peux m'asseoir, je picore dans mon assiette ; je suis trop fatiguée pour avoir faim. Je porte le café dans le jardin, maintenant ils se retirent vers l'ombre : « Vous savez, le soleil et l'estomac plein, quel danger ! » Je retourne laver la vaisselle, et les bribes de conversation arrivent vers moi par la fenêtre ouverte de la cuisine. Sans qu'ils me le disent directement, je sais que la villa au bord de la mer est louée à partir du 1er août.

— Le vrai repos... Un repos idéal...

La voix de Monsieur promet des merveilles, elle bâtit des châteaux en Espagne.

— Tu ne regarderas même pas la cuisine, mais, naturellement, Christine, elle, sera contente, l'air est si bon là-bas...

Demain, je leur dirai ma décision. Aujourd'hui, je suis encore l'esclave, mais, demain, ils sauront que l'oiseau est prêt à s'envoler.

Si j'avais le temps de me coucher une minute, je m'endormirais tout de suite. Je souhaite un sommeil long, sans rêves, une mort apparente. Je tremble de fatigue et je sursaute quand j'entends la voix de Madame. Après avoir lavé la vaisselle, je prépare le goûter ; après le goûter, je pars avec Monique : « La pauvre petite était enfermée toute la journée. » Elle adore courir et disparaître dans les coins ; je cours après elle, haletante. J'ai appris à pleurer sans larmes. J'avale mes larmes ; elles me brûlent la gorge et laissent un goût amer au palais. J'attrape Monique ; je serre sa main dans la mienne. « Aïe ! tu me fais mal », dit-elle. Mais je ne réponds rien ; je marche et mes genoux tremblent.

Quand nous rentrons, je commence à préparer le dîner. Mme Bruller vient à la cuisine ; elle s'assied sur une chaise et me regarde :

— Nous irons bientôt à la mer, Christine. Vous serez moins pâle là-bas... Au fond, pourquoi êtes-vous si pâle ? J'espère que vous n'avez rien. C'est à cause de la petite que je m'inquiète.

J'épluche les vieilles pommes de terre ; elles sont bleuâtres et flétries, couvertes de germes. Mme Bruller s'accoude sur la table et me jette une phrase qui est comme l'ouverture de la curée pour les chiens.

— Demain dimanche, je vais faire bouillir la poule ; elle est bien grasse ; nous aurons un bouillon épais ; mon mari adore ça.

Je continue à éplucher sans regarder sa tête de bourreau. Je m'en irai pour toujours dimanche matin.

Le soir, après le dîner, j'ai eu la permission de prendre un bain. Je me suis enfermée dans la salle de bains et, une fois nue, j'ai regardé mon dos. Il était étroit, maigre, et les omoplates saillantes donnaient l'impression de poids accrochés sur les épaules.

Depuis deux mois, je vis pareille à une monstrueuse maîtresse de maison qui adore le monde autour d'elle, et invite toute une famille dans sa chaumière. Mes invités étaient M. et Mme Bruller avec leur fille Monique. Je les ai bien soignés, mais c'est fini ; je m'en irai demain matin. Avec deux mois de salaire dans la poche, je louerai une minuscule chambre et je chercherai un autre travail.

On frappe à la porte.

— Vous n'êtes pas encore prête ?

— Mais si, madame.

Dans mon lit, je me plie comme chaque nuit, Monique me fait lever encore une fois pour un verre d'eau.

Quand ils dorment, je réfléchis. Je ne peux pas retourner à Kufstein. Je veux, je dois rester à Paris. Je trouverai bien un autre travail. Mon corps est douloureux de fatigue et le sommeil me fuit. Mes pensées sont éclairées par une lucidité effrayante, par une aurore boréale intellectuelle. Impossible de garder un seul coin obscur dans mon âme. À quoi bon mentir aux autres ou à soi-même ? Georges m'attendra demain à la gare Saint-Lazare, comme d'habitude, et notre rencontre de demain sera décisive.

La chaleur de cette maison m'étouffe. Je me sens étourdie, je flotte entre rêve et réalité. Je rejette la couverture comme je chasserais une vieille chienne couchée sur mes pieds. L'odeur moisie de mon oreiller m'asphyxie sournoisement. Immobile, léthargique, je sens couler la sueur sur mon dos, la solitude me travaille comme une douleur tenace.

J'attends l'aube, les yeux brûlants, et, dans la lumière naissante, je m'habille. Je m'assieds, habillée, au bord de mon lit et, vers sept heures, je prends la valise en carton-pâte. Elle m'a servi d'armoire pendant deux mois. Je quitte la maison en fermant soigneusement la porte. Je me dirige vers la cage d'Ondine. Elle est couchée sur sa paille ; je la réveille ; elle rebrousse ses plumes défraîchies et veut protéger ses œufs invisibles ; elle couve. Je la chasse de sa cage, mais elle ne comprend rien et se couche tous les cinq pas avec un gloussement indigné. Je chuchote :

— Tu es bête ; elle te tuera si tu restes là...

Mais Ondine, prise par un instinct maternel tenace, se couche devant moi ; elle veut couver. Je la saisis, la chaleur maladive de son corps brûle mon bras. Je laisse la porte en fer forgé grande ouverte. Près de la gare, dans une petite rue, j'avais vu plusieurs fois une vieille dame qui nettoyait la cage de son canari, à sa fenêtre. Elle ne rôtira certainement pas son oiseau quand il cessera de chanter. Ondine installée sur mon bras, je marche vite et je la dépose devant la porte fermée de la vieille dame.

Une demi-heure plus tard, je prends le train pour Paris.

Il aurait mieux valu que j'eusse le courage, dès le début, d'avouer l'échec que fut mon mariage. Mais la première année qui suivit notre union ne me laissa guère le temps d'une analyse. Maintenant que je possède le recul, si important pour bien juger, je reconstitue en moi-même le rythme de ce chagrin dépassé, le premier baiser et la première gifle, le premier sourire faux et les longs silences qui ont souvent troublé nos regards.

Je me vois encore arriver à la gare Saint-Lazare. Il m'attendait sur le quai, un bouquet à la main. Il prit ma valise, et nous allâmes dans son petit hôtel tranquille à Passy. Je l'avais revêtu de tant de qualités, que je fus pareille à une décoratrice déchaînée qui habille tellement sa poupée de cire et avec tant d'enthousiasme chaleureux que la poupée fond à la fin et qu'elle reste avec les mains vides. Je n'avais cessé d'interpréter ses mots et ses gestes et, avec un égoïsme monstrueux, j'avais tout déformé. Je voulais vivre avec un héros et j'avais décidé que le père de mes enfants serait une célébrité mondiale ; par exemple, un avocat dont les plaidoiries feraient sensation. Je fus désemparée quand il me dit une fois que le droit ne l'intéressait pas du tout ; ce ne fut pourtant qu'un moment de répit pour ma volonté brûlante.

— Mais qu'est-ce que tu aimerais faire ?

Avant de s'expliquer, il alluma une cigarette, et son visage devint pur et presque enfantin derrière la fumée :

— J'ai toujours voulu être ingénieur.

— Mais c'est merveilleux, m'exclamai-je, et je vis déjà sa main sur le bouton qui déclencherait la mise en marche d'un barrage d'où naîtrait la prospérité de toute une contrée.

— Mais non, se défendit-il. Être ingénieur, ce n'était qu'un rêve d'adolescent... Je voudrais devenir architecte...

Et je l'admirais déjà comme s'il était Le Corbusier.

J'aurais dû être plus indulgente, plus sincère, et quitter l'atmosphère euphorique que j'avais moi-même créée.

Ma solitude demeura donc et, quand je me réveillai près de lui pour la première fois, je sentis que tout avait changé, sauf moi. Je sortis de cette nuit avec une lucidité âpre et une stupéfaction totale. Je ne comprenais plus Mme Bovary. Était-elle vraiment allée pour cela deux fois par semaine à Rouen ?

Ce matin-là, Georges m'emmena à la tour Eiffel. Il voulait que j'aie une vision complète de Paris. Pour notre budget bien maigre, l'ascenseur était trop cher et Georges me dit que nous allions monter à pied par l'escalier. Je levai la tête et contemplai la tour gigantesque avec un désespoir total. J'avais terriblement soif et je sentais une douleur cuisante à chaque pas.

Je ne voulais pas le décevoir, nous nous connaissions si peu. Il regarda la Tour plein d'enthousiasme, les yeux brillants, et il ajouta :

— Je n'aime que les femmes sportives...

— J'ai très soif...

Est-ce que Mme Bovary avait soif aussi ?

— Tu vas boire en haut ; sur la plate-forme du troisième, tu auras une bonne bouteille de Coca-Cola... Allons, courage...

Mes hauts talons aigus frappaient les marches comme le bec d'un pic qui veut faire sortir les larves. Je tenais la rampe de fer et je devais garder sans désemparer le même rythme, parce que Georges me suivait sans me laisser un moment de répit. Comme le Champ-de-Mars devenait de plus en plus petit, je m'efforçais de ne regarder ni à gauche ni à droite, mais cet énorme animal écorché qu'est la Tour ne m'offrait que ses veines, ses artères, ses muscles de fer, et, des deux côtés, en haut et en bas, ce n'était que l'abîme. Le ciel qui couva cette folie et les toits de tuiles ou d'ardoises vacillaient ; les cheminées semblaient se balancer dans le vent ; je ne voyais plus la Tour que sous la forme d'une détestable girafe tendant son cou interminable et raide jusqu'aux nues et tenant dans sa bouche assoiffée une bouteille de Coca-Cola ! Nous arrivâmes enfin à une plate-forme, la quatrième ou la cinquième, que sais-je ? J'avais l'impression que je tournais depuis ma naissance et que j'allais tourner dans mon cercueil comme une toupie sans cervelle qu'on lance de nouveau d'un tour de main dès qu'elle veut s'arrêter en chancelant. Je ne savais pas que je tournerais ainsi pendant les six ans à venir, que j'allais tourner toujours sur moi-même, et en chantant la même musique, la même mélodie monotone...

Sur une des plates-formes, il m'emmena vers le bord.

La Tour elle-même commençait à trembler. J'ai cru que le vent allait nous entraîner. En bas, affreusement loin, dans un autre monde, est-ce que c'était la terre lointaine ou la lune proche ? Je ne savais plus. Je voyais les files de voitures qui coulaient vers les grandes artères, des ponts minuscules sur un fleuve miniature et des maisons qui n'étaient pas plus grandes que les épis sur un champ de blé.

J'entendis la voix de Georges qui m'expliquait :

— Tu vois là Notre-Dame, le Panthéon, l'île Saint-Louis et le Palais de Chaillot...

Une rancune grave me fit fermer les yeux.

Je ne voulais pas voir ce Paris inaccessible, ce Paris si parfaitement clair, dessiné et conçu pour les étrangers. Gagnée par un vertige qui me soulevait l'estomac, tenant le bras de Georges d'une main crispée, j'imaginai quelqu'un dans une de ces maisons – jouets fabriqués pour un énorme bazar –, j'imaginai un homme solitaire dans sa chambre, se récitant un poème à mi-voix pour s'accompagner de ses propres paroles.

Fascinée, je me tournai vers Georges, et je criai dans le vent :

— Aimes-tu les poèmes ?

— Pas trop, répondit-il... Mais regarde plutôt Paris !...

Enfin, nous pûmes descendre et, d'en bas, je jetai encore un coup d'œil malveillant sur la Tour, comme la malade à qui on montre, après une opération difficile, enfermé dans un bocal à conserves, le méchant appendice.

Nous bûmes une bouteille de Coca-Cola en bas ; le bar, en haut, était fermé ; mes jambes molles tremblaient sous la table. Georges, gai, heureux, se pencha vers moi et me posa une question :

— Es-tu fatiguée, chérie ?

J'aurais voulu m'emporter dans une réponse vigoureuse, sportive, pleine d'un entrain inusable, mais je perçus dans sa voix une miette d'orgueil, la chaleur d'un exploit accompli qui laisse un bon souvenir intime ; sa voix était teintée d'une fierté de mâle surprenante. Il pensait à notre nuit et je n'avais dans l'esprit que les escaliers.

— Oui, je suis très fatiguée, avouai-je, faible, et je

retirai mon pied droit de mon soulier sans qu'il s'en aperçût. Je m'enfermai derrière mes paupières bordées de longs cils complices et je calai mes épaules flasques contre le dossier de la petite chaise incommode. C'était un mensonge désinvolte, bienveillant, un mensonge qui n'a pas de conséquence apparente. Un mensonge gratuit que je lançai comme une balle de ping-pong vers les hauteurs de cette Tour et dont je savais qu'il ne retomberait pas avec un bruit sec sur ma tête. Et puis, je ne devais pas oublier que Georges était le compagnon de ma vie ; mon corps et mon âme lui appartenaient. Il ne fallait pas compliquer tout l'avenir en réfléchissant. Je m'endormis, ce soir-là, les pieds brûlants, le corps douloureux et l'âme tranquille.

Nous nous aimions profondément à travers des souvenirs évoqués de la Hongrie. Il m'avait dessiné sa chambre de jeune garçon ; il y avait un rideau fleuri et les murs clairs étaient toujours ensoleillés. Je parlai de notre bibliothèque, de mon école sur la colline de Rozsadomb, de mes parents que j'aimais encore plus qu'avant, de mon oncle qui avait la même écriture que lui. Nos projets furent établis pour la vie entière, et il répondait évasivement aux lettres de ses parents qui le pressaient de partir pour l'Australie. Ce début d'automne était éblouissant de chaleur et de lumière. Nous flânions quelquefois, la main dans la main, dans ce vieux Passy. Ses parents, inquiets de notre avenir, nous auraient voulus déjà partis le plus loin possible de l'Europe. Les miens, surtout ma mère, réclamaient le mariage religieux.

Avant d'occuper ma nouvelle place de gouvernante, qui m'était procurée par une organisation chrétienne, je consultai la liste des éditeurs parisiens que Georges m'avait copiée dans un bottin professionnel à la poste. Par mes compatriotes, j'avais su que, chez un des grands éditeurs, il y avait aussi un lecteur hongrois qui conseillait ou déconseillait les manuscrits présentés.

J'allai à cette adresse, par un après-midi tranquille, dans un Paris encore calme, somnolent. La maison que je cherchais se trouvait dans une impasse sans soleil. Je sonnai longtemps à une grande, vieille porte. La maison avait l'air abandonnée. Avec mon cœur qui battait et mes douze nouvelles dans une chemise verte, j'attendais. Enfin, des pas... Un homme ouvrit la porte.

— Vous désirez, mademoiselle ?

— Bonjour, monsieur... Est-ce que je pourrais parler avec le lecteur hongrois ?

Il me regarda sans curiosité.

— Vous êtes Hongroise ?

— Oui... Est-ce qu'il est là ?

Ses yeux glissaient de mon visage à la chemise verte.

— Vous apportez un manuscrit ?

— Oui. Est-ce qu'il est là, le lecteur ?

— La maison est fermée encore, mademoiselle, mais vous pouvez entrer un instant ; la secrétaire du directeur littéraire est là, par hasard... Montez au premier, c'est la deuxième porte à gauche.

Le rez-de-chaussée où il me fit entrer baignait dans

une obscurité opaque, et je vis, entassées sur un immense comptoir, de grandes piles de livres. Tout sentait le moisi comme mon oreiller à Versailles ; c'était une odeur de vieux papiers jaunis, couverts de poussière fine comme chez nous à Budapest, au grenier. L'huissier me suivit, fidèle et silencieux, comme un grand chien qui a l'habitude d'accompagner son maître au cimetière. Je me tournai vers lui, mais je n'osai pas lui demander s'ils avaient aussi des auteurs vivants, ou si c'était seulement un musée Grévin de la fragile pensée humaine.

Je frappai à la porte indiquée par lui.

— Entrez ! me répondit une voix étonnée.

Une femme aux cheveux grisonnants, au sourire fugitif, derrière un grand bureau, leva son regard plein de points d'interrogation sur moi.

— Qui êtes-vous, mademoiselle, et comment avez-vous pu entrer ici ?

Elle était surprise, mais non hostile.

— Bonjour, madame. C'est l'huissier qui m'a indiqué que vous étiez là. J'ai entendu dire que vous aviez ici un lecteur hongrois et j'ai apporté un manuscrit.

Je lui ai tendu le manuscrit au-dessus de son bureau, mais elle ne l'a pas touché, comme si elle ne voulait pas s'engager par un geste imprudent.

— Qu'est-ce que c'est ?

J'ai repris le dossier sous mon bras.

— Des nouvelles... douze nouvelles...

Elle n'était pas du tout impressionnée par le nombre et me fit asseoir.

Dans le premier moment de silence, pendant qu'elle m'observait, j'attendis les questions concernant ma nationalité, la date exacte de mon départ de la Hongrie, et peut-être même mes empreintes digitales.

— Nous n'avons pas de lecteur hongrois, mademoiselle. C'est une erreur. Qui vous a renseignée si mal ?

Comment lui expliquer la cour de l'église et les renseignements qu'on échange après la messe ?

Déjà debout, je lui ai posé la question :

— Vous ne savez pas où je pourrais faire lire mes nouvelles ?

Elle eut un gentil sourire ; on regarde ainsi le nourrisson qui veut absolument marcher mais tombe à chaque pas, parce que ses jambes ne supportent pas le poids de son corps :

— Vous savez, les nouvelles, c'est difficile... On ne peut pas vendre les nouvelles, ou il faut un auteur comme Maupassant... Ce qui peut être intéressant, c'est le roman court, dense, moderne, plein de vie.

J'ai presque crié :

— Vous voulez un roman ?

Et je vis l'ombre délicieusement impertinente de Wanda apparaître devant mes yeux et s'asseoir dans le fauteuil à côté du bureau.

Elle était bienveillante :

— Mais oui, mademoiselle, écrivez un roman et quand vous aurez fini, vous nous l'apporterez...

J'ai lu sur son visage qu'elle avait la certitude de m'envoyer promener pour toujours. Elle ne savait pas qu'avec Wanda invisible, nous étions trois dans son bureau.

Je lui ai dit au revoir et, sur le seuil, me tournant vers elle, j'ai ajouté :

— Je reviendrai dans trois mois avec mon roman ; est-ce que cela vous convient ?

Patiente, jusqu'à la fin de cette scène qu'elle considérait assurément comme une plaisanterie qu'on peut se permettre dans les derniers jours des vacances, elle répondit :

— Il ne faut pas vous presser trop ; vous viendrez quand vous voudrez...

Je redescendis par le petit escalier. L'homme m'attendait en bas, placide. Je jetai un coup d'œil pudique sur les livres ; ils n'étaient pas coupés, ils avaient vieilli en gardant leur secret, comme les lèvres fermées pour toujours.

— Pourquoi y a-t-il tant de livres ici ?

Le portier haussa les épaules et répondit en un mot :

— C'est l'inventaire.

J'ai insisté :

— Et après l'inventaire, ils seront envoyés dans les librairies ; vous allez quand même les vendre, non ?

— Les vendre ?

Ce mot sacrilège éclata comme une bombe lacrymogène. L'homme se moucha soigneusement et, au lieu de me répondre, il éternua plusieurs fois.

Il m'accompagna jusqu'à la porte et, en guise d'adieu, il me dit :

— C'est très dur de vendre des livres, très dur...

Je me suis retrouvée dans le soleil couchant, dans la tiédeur de cette fin d'août, comme dans un autre monde. J'étais émue et heureuse de mon premier contact avec la vie littéraire.

Je passai devant une petite terrasse qui envahissait une partie du trottoir et je m'assis sur une petite chaise près d'une table grande comme une assiette. Le garçon fatigué m'apporta un café avec une moue imperceptiblement dédaigneuse ; autour de moi, c'était l'orgie des jus d'ananas et des bières. Je contemplais les passants avec un bonheur timide et profond. Je cherchais les premiers mots de mon roman, la phrase qui accrocherait les lecteurs. Je voulais éviter paysages, ciels, analyses ; j'aurais voulu jeter sur le papier une action brutale, inattendue. Je sirotais le café, paresseuse, et j'étais triste parce que je devais recommencer à travailler chez les autres. Mais rien ne pouvait empêcher le flot des idées, Wanda était présente, je la voyais déjà dans une tempête de neige sur une route, abandonnée avec un enfant sur les bras, près d'une frontière qu'elle devait franchir en fraude. Si j'avais trois mois de liberté, j'écrirais mon roman... Mais qu'importe, chez les autres, je l'écrirai aussi, pendant la nuit... ou à l'aube...

Dans le métro, la vision de ce cimetière de livres m'est revenue, mais je me suis consolée : « Même la pensée la plus pauvre ne doit-elle pas s'anoblir pendant une si longue attente ! »

Quand j'ai revu Georges et que je lui ai raconté mon après-midi, je lui ai posé la question :

— Tu crois qu'un écrivain peut vivre de ses livres ?

— Mais naturellement, répondit-il... Par exemple, Margaret Mitchell...

Quand je vis pour la première fois la maison de Garches, j'oubliai mon chagrin de quitter Paris. Georges, en quête d'un travail, resta dans le petit hôtel. Il découpait chaque jour les annonces qui offraient des travaux divers. J'arrivai un lundi à Garches et je savais que je ne le reverrais pas avant le dimanche.

Par un enchantement indéfinissable, j'avançais sans peur sur le chemin qui menait vers la maison au travers d'un jardin dont la beauté fragile était à la merci du premier vent un peu plus brusque. L'automne s'installait derrière les roses épanouies ; je n'ai fait que les effleurer du regard ; je voulais sauvegarder les pétales dont les bords étaient déjà jaunis. Les tiges encore souples portaient les corolles avec la force pudique des jeunes corps qui n'ont pas honte de leurs têtes vieillies.

La grande porte donnant sur l'entrée pavée de dalles blanches était ouverte ; j'en franchis le seuil avec timidité, mais, quand je me trouvai en face d'une commode ancienne surmontée d'une glace, j'aperçus que je souriais. Je déposai avec précaution la valise en carton-pâte sur un tapis d'Orient pâli sous un soleil venu fidèlement chaque jour jouer sur les mêmes dessins depuis de longues années, et je humai l'odeur de la maison. Instinctivement, je cherchai du regard les pommes qui devaient être sur une armoire, déjà rangées en plusieurs lignes droites, la fumée d'une cigarette qui s'était consumée, oubliée dans un cendrier, et un parfum que le flottement d'une robe avait semé comme une rosée dans l'air, avant de quitter la maison.

— Mademoiselle ?

Une femme au visage rond, armée d'un tablier qui la couvrait des épaules aux chevilles, s'avançait vers moi.

— Vous êtes la nurse de Sibylle ?

— Bonjour, madame. Oui, je suis la nurse...

Je ne prononçai pas le nom de Sibylle, je ne voulais pas parler d'elle ; j'avais peur de briser trop vite l'enchantement.

— Je suis la cuisinière... Je vais vous montrer votre chambre, me dit-elle en me tendant la main.

Nos mains avaient trouvé une solidité inattendue par ce contact rugueux. Le premier étage me montra ses grandes portes qui donnaient sur le couloir couvert de tapis ; le deuxième me présenta « la surprise ».

La cuisinière me fit entrer dans une chambre charmante, aux rideaux et au couvre-lit roses ; sur une table, il y avait un encrier et du papier à lettres. La vue de ces objets m'avait remplie d'espoir. Dans cette maison, j'allais écrire souvent à mes parents.

La cuisinière s'adossa contre le mur.

— Avez-vous besoin de quelque chose ? La salle de bains de cet étage est près de la chambre de Sibylle, la troisième porte à droite quand vous sortez d'ici... Je descends maintenant. Je dois préparer le dîner...

Je mis ma valise, étonnée, sur une chaise.

— Madame et les enfants, ils reviennent quand ?

Elle eut un bon sourire.

— Madame est partie avec Monsieur et les enfants tout de suite après le déjeuner. Ils reviendront juste avant le dîner. Madame m'a prévenue que vous arriviez aujourd'hui... Vous ne voulez pas manger ? Avez-vous goûté ?

— Je boirai volontiers un verre de lait.

La grande cuisine claire avait deux fenêtres ouvertes sur le jardin. La cuisinière mit une tartine de beurre et un verre de lait devant moi sur la table et s'assit en face de moi.

— Je m'appelle Rose ; vous pouvez m'appeler Rose... Et quel est votre nom, mademoiselle ?

— Christine.

— Tiens, j'ai une nièce qui s'appelle Christine, mais

elle n'est pas blonde. Vous, vous êtes blonde comme Sibylle. Je vous coupe encore une tartine ?

Je n'avais plus du tout faim, mais j'espérais qu'elle me parlerait encore de cette petite fille et j'acceptai.

— Je crois qu'il y a quatre enfants ici et que la plus petite a six ans.

Elle croisa ses mains sur la table et m'expliqua :

— Sibylle n'a que cinq ans et demi... Elle est jolie comme un cœur.

Je m'aventurai sur un terrain plus dangereux :

— Elle est sage ?

— Sage ? C'est un ange... J'ai dit plusieurs fois à Madame que Sibylle n'avait pas besoin d'une nurse...

Avec ces mots, elle venait de menacer cruellement ma place, mon travail. J'ai pris un air sérieux, comme si j'arrivais précisément d'une école suisse avec un diplôme de nurse spécialiste.

— Vous savez, un enfant a toujours besoin de beaucoup de soins, et puis, il y a ses frères et sœurs...

— Quatre, répondit Rose, fière comme si elle était la grand-mère ; deux garçons et deux filles. Mais vous n'aurez que Sibylle...

Soudain, elle se tut ; j'avais l'impression de voir sa pensée derrière son front luisant et ridé.

— De quel pays êtes-vous ?

— De Hongrie.

Le mot Hongrie se heurta contre les murs revêtus de carreaux de faïence et tomba brisé en mille morceaux sur le sol. Je fus inondée par une immense tristesse ; les dents serrées, je luttai désespérément contre mes larmes et, humiliée par leur chaleur humide, je laissai tomber ma tête sur la table.

— Je ne voulais pas vous faire pleurer ; excusez-moi, mademoiselle...

Comment lui expliquer que je n'étais pas fâchée, que le mot Hongrie a lâché les écluses. Toutes ces douleurs sournoises que je domine se révoltent ; je pleure la vie dont j'avais rêvé ; mes parents me manquent ; Georges est loin, et moi, écorchée par la fatigue et par l'éternelle question : « De quel pays êtes-vous ? », moi, j'aimerais redevenir l'enfant que j'étais ; c'est trop dur, l'indépendance et la solitude.

Je sentis sa main lourde sur mes cheveux ; je levai la tête ; elle pleurait aussi. Elle tira sa chaise près de la mienne :

— Ça ne va pas durer toujours...

Je cherchai mon mouchoir.

— Je ne voudrais pas retourner là-bas, mais j'aimerais un « chez moi ».

Avec son tablier frais et amidonné, avec ses cheveux blancs, elle était pareille à une vieille nourrice pour qui la vie et la mort n'ont plus de secret. Si je pouvais poser ma tête sur cette épaule, comme j'y retrouverais volontiers passé, paix, campagne, enfance !

Elle me dit presque dans l'oreille :

— Vous allez voir comme vous serez bien ici. Madame est si gentille, et ses enfants ne sont pas méchants comme les autres enfants.

Je voulais protester qu'il n'y a pas de méchants

enfants, mais j'étais trop épuisée pour défendre qui que ce fût.

Je remontai dans ma chambre ; je fermai la porte derrière moi et je m'assis sur le bord de mon lit étroit. Avec un geste las, je retirai la couverture et je me laissai tomber les yeux fermés, le visage contre l'oreiller.

Le bruit d'une voiture me fit sursauter. Titubant de ce sommeil court et violent, j'allai au lavabo et me lavai le visage avec de l'eau froide. Quand je descendis, l'entrée était déjà pleine. Je cherchai un point d'appui ; ce fut le visage de Madame. Je l'avais vue une fois dans le bureau de l'organisation qui m'avait recommandée, mais ce n'avait été que quelques minutes. Ici, elle venait radieuse vers moi :

— Bonjour, Christine... Vous êtes là depuis longtemps ?

— Je suis arrivée vers quatre heures.

Les enfants se tenaient près d'elle en petite foule ; elle les présenta un par un :

— C'est Sibylle...

La petite fille, avec ses grands yeux bleu pervenche, me tendit la main. Madame insista :

— Dis bonjour, Sibylle.

J'entendis à peine la voix frêle :

— Bonsoir...

Madame ajouta :

— Christine.

Et Sibylle répéta : « Christine. »

Madame continua :

— Et voici Bruno, Gabriel, Odette et Mireille.

Tous ces visages jeunes étaient tournés vers moi. Les regards graves et réfléchis me scrutaient, mais Madame chassa vite ce minuscule silence incommode :

— Mes enfants, voici Christine. J'ai suffisamment parlé d'elle pour que vous la receviez avec toute votre gentillesse, et faites un effort afin d'être un peu plus agréables que vous ne l'êtes d'habitude.

La porte d'entrée s'ouvrit. C'était Monsieur.

— Ah ! dit-il, vous êtes là. Bonsoir, mademoiselle ; vous avez fait bon voyage ?

Après quelques minutes de bavardage, Madame monta avec moi et les enfants pour me montrer leurs chambres et mon travail.

— Vous n'avez rien à faire avec Gabriel, Odette et Mireille. Vous vous occuperez de Sibylle et, rarement, de Bruno... Mais nous sommes en retard ce soir ; il faut que les enfants prennent leur bain.

Cette soirée passa dans un tourbillon agréable. Je savonnai vigoureusement le corps frêle de Sibylle ; elle ne m'avait pas encore demandé d'où je venais. Elle était douce, et moi, méfiante. Cette sagesse me mit sur mes gardes. Bruno jouait au sous-marin dans le bain et il ne voulait pas sortir de l'eau.

Enfin, à huit heures, nous étions tous assis autour de la grande table de la salle à manger que je voyais pour la première fois. J'étais près de Sibylle et je la surveillais pour qu'elle mange suffisamment. En entrant, j'avais vu un tableau, mais, actuellement, il était derrière moi, et il m'intriguait beaucoup. J'étais secouée par la beauté sobre, par la lumière étouffée ; j'attendais avec impatience la fin du dîner. Rose nous servait ; j'étais gênée quand elle m'offrait le plat ; j'avais pleuré sur son épaule ; je ne devrais pas accepter qu'elle me serve. Mais elle trouvait cela naturel.

Madame avait de très beaux cheveux, de grandes tresses nouées autour de sa tête comme une couronne. Monsieur avait des regards admiratifs pour sa femme, un sourire distrait pour nous, et un régime pour lui-même.

Le rythme agréablement lent de ce dîner, le bavardage discret des enfants, la lumière chaude de la table, le jardin enveloppé dans l'obscurité de cette douce soirée, et la présence de ce tableau extraordinaire que j'avais aperçu en entrant dans la pièce, soutenaient la personnalité de Madame. Elle anima la conversation sans effort ; elle eut un mot pour chaque enfant comme dans un équitable partage de bonbons ; elle eut un geste intime en posant sa main sur celle de son mari et, dans un instant, leurs regards se croisèrent ; elle s'enquit de la santé de Rose et parla d'une amie à qui elle avait rendu visite dans l'après-midi. Sa beauté régulière et intelligente n'était ni écrasée ni soulignée par la couronne de ses cheveux ; elle était bien l'une des rares femmes qui pût porter le poids de longs cheveux sans être acerbe ou méchante. Elle avait le front dégagé. Son regard gris clair, avec une miette de vert dans l'iris, se posait quelquefois sur le plateau d'argent chargé de fruits qui occupait le milieu de la table. Dans ces instants fugitifs d'absence, elle était rêveuse, presque sans défense, en rendez-vous intime avec une pensée qui n'appartenait qu'à elle. Mais les voix d'enfants la rappelaient tout de suite à la réalité, et elle revenait à la conversation, sûre d'elle-même et de son secret.

Quand nous quittâmes la table, je me trouvai enfin face à face avec le tableau. Il représentait un homme grave au profil ombragé par un grand chapeau.

J'aventurai une supposition :

— École de Rembrandt ?

— C'est un Rembrandt répondit Monsieur, d'une voix gentille et sans émotion.

Je pris Sibylle par la main et, me dirigeant vers l'escalier, je me sentis heureuse pour la première fois depuis très longtemps.

— Christine...

La voix de Madame me fit me retourner vers elle ; nous nous arrêtâmes avec la petite sur une des marches.

— Oui, madame.

— Je regrette, mais je dois vous dire que, ce matin, j'ai reçu une lettre de la nurse que nous avions depuis quatre ans. Elle a dû partir pour la Hollande à cause de sa mère malade. Et elle m'écrit dans la lettre d'aujourd'hui qu'elle confiera la garde de sa mère à l'une de ses sœurs, afin de pouvoir revenir chez nous. Je ne pourrai donc pas vous garder plus d'un mois, mais soyez tranquille, avec mon mari nous vous trouverons autre chose. Vous me comprenez, n'est-ce pas ?

— Mais naturellement, je vous comprends, madame.

La tête levée vers moi, elle sourit.

— N'ayez pas peur, nous arrangerons tout cela.

Je continuai à monter l'escalier avec Sibylle. Sa petite main devint chaude et amicale dans ma main. Elle me parla pour la première fois :

— C'est dommage que tu dois partir... L'autre nurse est gentille, mais tu pourrais quand même rester...

Dans sa petite chambre, j'ai ôté sa robe de chambre et je l'ai mise dans son lit.

— Tu veux me raconter une histoire ? Apporte un de mes livres ; ils sont sur l'étagère.

Je lui ai raconté une longue histoire et, après l'avoir bien bordée dans sa couverture, je suis allée dans ma chambre.

Le papier à lettres était devenu inutile sur la table. Ce mois passera si vite. Mais qu'est-ce que je ferai après ?

Le lendemain, quand je conduisis Sibylle et Bruno près de Madame, je vis qu'elle écrivait à la machine.

— Je traduis des livres, m'expliqua-t-elle.

J'ajoutai presque instinctivement en m'adressant aux enfants :

— Venez avec moi ; il ne faut pas déranger votre mère.

Elle eut un regard étonné :

— C'est bien la première fois que j'entends une telle phrase dans cette maison !

En voyant sa machine à écrire, ses papiers éparpillés sur la table, un crayon tombé sur le tapis, et tout cela dans les rayons d'un soleil d'automne, j'eus alors une envie irrésistible de lui dire que j'imaginais ma vie exactement comme la sienne, avec un travail et avec des enfants qui viendraient me saluer le matin. Mais je me tus sagement et j'emmenai Sibylle faire une promenade.

Ce fut un mois inoubliable, imprégné de sourires et de tristesses. Je comptais les journées comme la prisonnière volontaire enfermée dans son bonheur de tranquillité provisoire. J'écrivais des lettres optimistes à mes parents et je voyais Georges chaque dimanche. Lui, il avait trouvé une place de chauffeur chez l'un de ces nombreux princes russes blancs qui ont survécu à la révolution de 1918. Ce prince vivait seul à Paris dans un appartement somptueux, servi par une cuisinière fidèle. Georges, qui, en Hongrie, avait de ses parents reçu comme cadeau d'anniversaire une petite voiture, avait accepté sans crainte l'emploi qui faisait de lui le chauffeur d'une énorme voiture de luxe, noire et brillante comme les voitures des pompes funèbres. C'était une voiture de grande réputation, telle qu'on en fait sur commande pour les millionnaires et, à cause de la forme classique de la carrosserie, personne ne soupçonnait qu'elle datait de 1927. D'après les renseignements de la cuisinière, Georges apprit qu'il y avait longtemps, le prince jovial, toujours souriant avec son visage couperosé, avait épousé une richissime Américaine, et qu'ils vivaient séparés, elle avec son titre de princesse en Amérique, et lui, avec l'argent qu'elle lui envoyait chaque mois.

Nos dimanches furent remplis de nos histoires réciproques sur la gentillesse de Sibylle et les caprices du prince. Georges le conduisait presque tous les soirs dans une boîte de nuit vers Pigalle, et il étudiait son droit international à la lueur de la petite lampe qui éclairait la voiture. Mais cette voiture tombait volontiers en panne au moment où le feu rouge passait au vert. Georges était hanté par les klaxons impatients qui grondaient soudain autour d'eux et le prince tirait la vitre qui le séparait de son chauffeur afin que celui-ci entende bien ses jurons. « Il faudrait avoir une vie indépendante... », nous répétions sans cesse ces mots magiques.

À la fin de la troisième semaine, Madame m'envoya chez une famille de leur voisinage ; elle croyait qu'ils cherchaient une nurse pour leur enfant. Je fus reçue et examinée soigneusement. Ma force physique ne parut pas satisfaisante pour la tâche à remplir. « Vous êtes fragile et la maison est grande », m'avaient-ils dit.

Madame était désemparée ; elle aurait voulu garder deux nurses pour ne pas me lancer dans le vide. Jamais ils ne parlaient de la Hongrie perdue, ni de ma vie de réfugiée. Ils écoutaient mes paroles chargées d'accent ; nous parlions de Balzac et de Roger Martin du Gard. Ils étaient étonnés de ce qu'en Hongrie nous connaissions bien la littérature française, mais cet étonnement n'était pas exprimé, je l'apercevais seulement dans leurs regards. Pendant mes longues promenades avec Sibylle, j'apprenais la langue française inconnue, celle des mots de la vie quotidienne et les expressions aimées par les enfants. Sibylle me corrigeait avec une sûreté joyeuse et, une fois, comme je lui posai la question :

— Mais dis-moi, qu'est-ce que c'est rêver ?

Elle me répondit sans hésitation :

— Penser en dormant...

Avec la définition d'un mot, je voulais la désarmer ; j'espérais que ce serait moi qui le lui expliquerais ; je voulais avoir cette supériorité à bon marché des adultes qui posent un problème avec la certitude que l'enfant ne pourra pas répondre. Mais cette petite fée de cinq ans et demi me joua le tour de l'intelligence et de la présence d'esprit.

Quand je partis de Garches en quittant mon bonheur provisoire pour les soucis certains, Madame me donna dans une enveloppe deux mois de gages au lieu d'un, et m'embrassa, émue. Et ses enfants qui étaient nés avec des chaussettes blanches, qui n'avaient jamais le genou écorché, ses enfants, avec le regard qui caractérise leur âge, un regard plein de curiosité mais sans passion et sans parti pris, m'embrassèrent tour à tour, et Sibylle me dit d'une petite voix étouffée :

— Est-ce que tu reviendras me voir ?

— Oui, mais bien sûr que Christine reviendra, répondit Madame.

Rose m'avait donné une boîte de bonbons et regrettait beaucoup que je n'aie pas eu l'occasion de faire la connaissance de sa nièce, qui s'appelle aussi Christine.

C'est Monsieur qui me reconduisit à Paris. Il me déposa devant le petit hôtel :

— Au revoir, mademoiselle.

— Au revoir, monsieur.

Peut-être les reverrais-je encore ?

Avec mes deux mois de gages dans mon sac, je décidai de louer une machine à écrire et de me lancer dans la grande aventure, faire mon premier roman : *Wanda.* Depuis que j'étais à Paris, Georges venait souvent me dire bonjour et la petite rue était bouleversée à la vue d'une voiture si somptueuse. Mais un jour, elle tomba en panne devant la porte et Georges, au milieu d'une foule moqueuse, ne put réussir à démarrer !

Le prince avait des ennuis ; l'argent d'Amérique était en retard et c'est la cuisinière qui payait Georges, c'est elle qui prêtait l'argent à son patron pour qu'il ne manque pas son programme du soir.

La petite table de ma chambre supportait à peine le poids de l'énorme machine à écrire. C'était une

Remington à deux étages. Le clavier branlant gémissait quand je frappais les touches et, à la fin de chaque ligne, une sonnerie retentissait si fort que la voisine, une Anglaise, me demanda plusieurs fois de changer de machine. Je devais expliquer que c'était impossible. J'écrivais au milieu de ces bruits aigus. Je faisais la cuisine sur le lavabo couvert d'une planchette et le réchaud à essence pétaradait comme la première locomotive à vapeur.

Comment on écrit un roman ? J'avais mes personnages, le rythme accéléré d'une action dont je ne voyais pas encore la fin, le visage d'une femme et l'atmosphère de Vienne. Je marchais de long en large dans la minuscule chambre et, un matin, je trouvai le début : *Le militaire empoigna Wanda brutalement...* Je ne savais pas encore lequel des militaires – j'en prévoyais cinq – ferait ce geste plein de dureté, mais, avec ces mots, je fus lancée sur mon premier chapitre. Je tapais à la machine sept ou huit heures par jour, et, quand je sortais au cours de l'après-midi, j'avais, dans un vertige, le sentiment de bien-être et de merveilleuse tranquillité que mes pages elles-mêmes me donnaient.

Le temps changea et la pluie m'enferma dans la petite chambre d'hôtel. Georges venait, dès qu'il pouvait avoir un moment libre, et nous parlions de notre avenir. Il m'expliquait que la réussite n'était qu'une question de chance soutenue par une idée ingénieuse. C'est vers ce moment qu'il mit une annonce dans un journal du soir ; le texte était ainsi rédigé : « Jeune homme cherche capital d'un million (peut-être plus) pour lancer campagne publicitaire d'une invention sensationnelle. Gros gain pour prêteur. Je négocie l'emprunt en 24 heures. Prière répondre au journal. Urgent. »

Il eût aimé que je fusse plus optimiste, mais, quand il me raconta les principes de son invention, son enthousiasme me remplit de peur. Il voulait fabriquer un réfrigérateur sans glace. Ses projets étaient étourdissants et, à la fin, il décida de monter l'appareil pièce par pièce dans la chambre.

— Comment auras-tu le courant ? questionnai-je timidement.

Il fut désemparé et presque hostile quand je l'eus rappelé à la réalité évidente de l'hôtel. J'avais voulu changer l'ampoule de ma lampe pour une plus forte, et nous avions eu un court-circuit. L'hôtelier défendait bien son budget.

Il partit de mauvaise humeur et, retrouvant ma solitude, j'évoquai notre conversation. Ce fut seulement après son départ que je réalisai la portée de certains mots. « Il n'y a que deux ans d'écart entre nous. Quand tu auras trente ans, je serai un homme de trente-deux ans. Tu imagines la différence. Un homme de trente ans commence sa vie, tandis qu'une femme... » Son silence avait été éloquent. J'entendais mieux maintenant son silence que ses paroles.

Ce soir-là, j'eus les yeux trop fatigués ; couverte par l'obscurité, me cachant derrière mes paupières brûlantes, je pensai que j'avais encore neuf ans à être jeune.

M. Szabo apparut dans notre vie pareil à une étoile filante qui promet l'accomplissement de tous les espoirs secrets. Son nom le destinait apparemment à être un Hongrois comme les autres, mais il fut totalement différent de ceux que j'avais connus jusqu'à ce jour. Sa tête ronde à la calvitie luisante et amicale, ses gestes généreux – il donnait cinq cents francs de pourboire après la consommation d'un café de cinquante francs –, avaient fait sa réputation dans une pâtisserie élégante, non loin des Champs-Elysées. Nous sûmes qu'il était déjà homme d'affaires en Hongrie, d'après les potins respectueux qui tourbillonnaient autour de lui ; avant la guerre, il vendait le blé par wagons et les moutons par troupeaux. Il vivait dans une villa luxueuse près de Paris et ne se déplaçait qu'avec un vieux Polonais qui était à la fois son chauffeur et l'interprète indispensable. M. Szabo ne parlait pas un mot de français et disait ses bonjours amicaux en hongrois aux serveuses souriantes. Il avait quitté la Hongrie dans les derniers jours de la guerre et, paraît-il, avait réussi à faire passer tout un train plein de marchandises à travers une Allemagne en déconfiture. La Suisse avait accepté M. Szabo et son train, et lui, quelques années plus tard, était arrivé à Paris avec le reste de sa fortune, muni d'une épouse suisse sévère, qui lui avait donné quatre enfants en cinq ans.

Sa nuque rouge veillait sur deux oreilles petites et soigneusement collées par la nature contre son crâne, et ses yeux lestes se posaient avec le même intérêt sur les objets et sur les êtres.

Georges eut le premier l'idée de demander à M. Szabo de lui avancer un capital, mais le réfrigérateur n'était plus en question, nous voulûmes avoir la gérance d'un bistrot et faire fortune grâce à une cuisine saine et populaire.

J'aurais préféré rester dans ma petite chambre et écrire sans penser au monde qui m'entourait, mais la somme que je possédais après mon départ de Garches diminuait très vite et je regardais tous les jours les annonces pour trouver une autre place de nurse. Georges voulait aussi quitter le prince et sa voiture dans laquelle il veillait chaque nuit devant la fameuse boîte de nuit de Pigalle. Par une agence, nous trouvâmes un bistrot que la gérante actuelle voulait abandonner. L'agent nous avait expliqué que le restaurant se trouvait dans un quartier populaire et, à cause de sa situation, son avenir était assuré avec un minimum de travail.

— Je servirai au bar et tu feras la cuisine, me dit Georges, et ses yeux brillaient d'enthousiasme. Je travaillerai jusqu'à l'aube derrière le bar, mais tu iras te coucher le plus vite possible parce que tu achèteras les provisions aux Halles et tu seras obligée de te lever très tôt.

M. Szabo écouta nos projets avec l'attention légèrement distraite des grands hommes d'affaires qui doivent résoudre plusieurs problèmes à la fois. Le Polonais ne le quitta point et lui, bloqué derrière une table roulante couverte de pâtisseries que la serveuse laissait continuellement à sa portée, posa les questions.

Après de longues conversations compliquées, il fut convenu qu'il nous donnerait la somme nécessaire pour les débuts et qu'il aurait pendant plusieurs années un pourcentage sur les recettes.

Il me regarda très inquiet :

— Est-ce que vous savez faire la cuisine pour quarante ou cinquante personnes ?

J'affirmai que oui, mais j'étais paralysée par la peur.

Il fallait prévoir un homme de paille français qui aurait la gérance à son nom ; nous, réfugiés, nous ne pouvions pas avoir les permis nécessaires.

Un jour, nous fûmes invités chez Szabo et nous fîmes la connaissance de sa femme. C'était une grande blonde osseuse aux yeux froids, avec des hanches obèses. Elle nous dédaigna ouvertement et la conversation languissante en allemand incorrect me donna sommeil et peur. Pendant le déjeuner, je sentis le regard de Mme Szabo, un regard aigu qui survolait ma tête, frôlait mes cheveux et se posait sur mon assiette comme une guêpe tenace qui ne veut pas disparaître avant de piquer.

— Vos enfants vont bien, madame ?

— Très, très bien, me répondit-elle, et elle roulait les « r » si fort que j'imaginai soudain que ces « r » bruyants étaient des patins à roulettes qu'elle attachait à sa langue au début des phrases.

— Ils sont à Bâle, chez ma mère, pour deux semaines...

M. Szabo reprit un grand morceau de viande déjà

refroidie dans sa sauce, car la servante avait oublié le plat au milieu de la table.

Mme Szabo s'exclama :

— Ton estomac !... Ne te rends pas malade ; pense à tes enfants !...

Elle enchaîna, animée d'une violence rare chez les grandes femmes blondes :

— Il faudrait aussi que tu fasses attention avec ce bistrot. Perdre l'argent est infiniment plus facile que de le gagner. Pense à l'avenir de tes enfants...

Son mari haussa les épaules, impassible, et nettoya son assiette avec un morceau de mie de pain.

— N'aie pas peur, Hilda ; l'affaire n'est pas mauvaise et ils sont courageux. Pense également aux trois mille machines à écrire que j'attends.

Jusqu'ici, réfugiée dans une indifférence feinte, j'avais laissé tourbillonner les mots autour de moi. J'étais aussi fatiguée moralement que physiquement, et la présence de Georges était devenue une énigme au lieu d'une solution. Est-ce qu'il croit vraiment que je saurai faire face à un travail pareil ? Il m'avait promis une petite bonne qui laverait la vaisselle et, pour plus tard, une serveuse. Il avait tant de confiance dans ma force et me croyait si courageuse que je n'avais pas osé le désillusionner. Je voulais être la femme de ses rêves. Le mot « machine à écrire » me surprit agréablement. Soudain éveillée, je me tournai vers M. Szabo :

— Vous parlez de machines à écrire ?

Je regardai ses lèvres brillantes de graisse et une

minuscule goutte audacieuse qui s'engageait dans la direction du menton.

— J'attends trois mille machines des États-Unis. Je briserai le marché européen avec cette invasion de machines bon marché. J'en commanderai après par dizaines de milliers.

— Est-ce que je pourrai en acheter une ? J'aimerais tellement...

Son large sourire fit descendre la goutte vers le cou, je ne la voyais plus.

— Rien n'est plus facile, me répondit-il. Vous pourrez en avoir deux si vous voulez...

La servante apporta des fruits. Mme Szabo s'attaqua à une pomme et M. Szabo prit une banane.

Georges lança sa question comme une balle par-dessus la table :

— Nous allons demain visiter le restaurant ?

— Vers trois heures ?... réfléchissait M. Szabo.

J'intervins, enthousiasmée par la pensée de ma future machine :

— Il vaudrait mieux y aller dans la soirée. Aux heures d'affluence, l'agent dit qu'il y a beaucoup de monde...

Il était d'accord :

— Venez me trouver à la pâtisserie à six heures ; nous irons en voiture ensemble...

Mme Szabo s'adressa de nouveau à son mari comme si nous n'étions pas présents :

— As-tu vraiment confiance en eux ?

— Mais naturellement que oui : ce sont de braves petits bien courageux...

— Mais c'est notre argent qui est en question, insistait-elle. Les enfants...

Oh ! ces enfants, je les voyais comme des monstres affamés, qui prenaient pour le petit déjeuner une tasse d'argent liquide et faisaient leurs tartines avec des billets de mille francs croustillants.

Nous partîmes de la villa surchauffée vers quatre heures de l'après-midi. Le vent froid glissa dans l'encolure de mon vieux manteau d'hiver et coula tout au long de mon dos. J'évitai soigneusement les flaques d'eau ; mes souliers n'étaient plus bons que pour le temps sec et radieux. Je frissonnai, et Georges, qui me tenait par le bras, me demanda :

— Il y a quelque chose qui ne va pas ? Pourquoi es-tu triste ?

Son visage d'adolescent était plein de franche curiosité. Il ne se moquait pas de moi. Il voulait vraiment savoir la chose. Mais comment lui expliquer notre propre situation ? Je détestai son chapeau d'homme, ce chapeau qui le rajeunissait si fort. Il avait quand même vingt-trois ans, bientôt vingt-quatre...

Je répondis seulement dans le métro, enveloppée par la bienfaisante chaleur souterraine.

— Je n'ai rien, absolument rien.

Il ajouta, précis :

— Il ne faut pas que tu sois malade maintenant que nous aurons notre bistrot.

Sans commentaire, silencieuse, j'attachai mes yeux

aux murs noirs de ces couloirs extraordinaires au long desquels le métro filait à toute vitesse. Il prit ma main immobile dans sa main. Nous nous aimions ?

J'eus dès le premier moment une antipathie profonde pour l'interprète de M. Szabo, et il me rendait, sans déguiser ses sentiments, la même hostilité. Sa tête de vieux viveur râpé reposait sur un cou maigre et ridé ; de sa main quasi squelettique, nerveusement, il effleurait sans cesse le revers de son manteau luisant comme le fond d'un vieux pantalon. Appuyé sur sa canne, son chapeau posé sur la table près de sa tasse vide, il nous observait comme un oiseau de proie dont l'âge diminue la vue aiguë et qui doit descendre de plus en plus bas pour ne pas rater sa victime. Il parlait le français et le hongrois suffisamment pour traduire les phrases de M. Szabo et, en notre présence, il précipitait les mots encore plus vite afin de montrer ses qualités d'interprète.

Avant notre départ, M. Szabo le congédia avec un « nous nous retrouverons plus tard, au cercle » et, installés dans la voiture de notre ami, nous partîmes vers le restaurant. M. Szabo conduisait très mal, faisant grincer les freins devant les feux rouges qui s'allumaient à notre passage, vifs et brûlants comme un brasier capable de résister à cette pluie glaciale.

— Tu as le trac ? demanda Georges à mi-voix et j'avais l'impression qu'avec cette question chuchotée au creux de mon oreille, il mettait tout le fardeau de l'entreprise sur moi.

— Oui, j'ai le trac, répondis-je, agressive comme quelqu'un qui avoue sa peur avec fierté.

Après de minutieuses recherches sur une carte fort usagée, nous nous trouvâmes dans une longue et étroite rue de Levallois. M. Szabo avança avec précaution ; un énorme camion étalé au milieu de la chaussée bouchait la vue. Des ombres ruisselantes de pluie déchargeaient le camion et, dans la lumière jaune de cette rue, nous vîmes, posés sur leurs larges épaules, des demi-bœufs sanglants.

Le boucher se tenait sur le seuil de sa boutique, commentant le va-et-vient de ces ombres tachées de sang et, quand il vit M. Szabo baisser la vitre de la voiture et se pencher au-dehors en signe de protestation contre l'embouteillage, il cria vers lui quelques mots inconnus.

— Qu'est-ce qu'il dit ? demanda M. Szabo en se tournant vers Georges qui répondit vite :

— Oh ! rien d'important ; il veut que vous soyez encore patient...

Mais ce n'était pas vrai. Derrière le dos de M. Szabo, je questionnai Georges du regard, mais il mit son index devant ses lèvres.

Enfin, nous pûmes continuer en cherchant le numéro. J'essayai d'apercevoir le restaurant à travers une vitre embuée. Alors que M. Szabo allait perdre patience, nous trouvâmes enfin notre bistrot. De la rue, nous ne voyions qu'une porte vitrée avec un rideau à carreaux et des fenêtres couvertes par le même tissu. Par miracle, une camionnette venait de démarrer et M. Szabo occupa sa place.

M. Szabo entra le premier et nous le suivîmes, dociles et tremblants. Le restaurant était vide et, dans l'obscurité de l'arrière-salle, nous aperçûmes les chaises entassées sur les tables. Le premier plan était dominé par un zinc de bar et par un meuble à étagères. Figés et immobiles dans l'éclairage vif du bar lui-même, nous nous sentions comme enfermés dans le cercle lumineux dessiné par un magicien.

Et soudain, se détachant d'un coin profond, apparut une femme d'une beauté envahissante, d'une beauté que les blondes appellent vulgaire et que les hommes respectent par prudence. Les grands cheveux noirs, les boucles pleines de lumière et de brillantine, les épaules rondes, voluptueuses et amicales, créées tout spécialement pour que des hommes y reposent leur tête, coussin merveilleux bourré de chair et de battements de cœur, offrirent un spectacle étonnant pour nous et vertigineux pour M. Szabo.

— Vous êtes venus pour la gérance ?

J'avais l'impression qu'elle commençait une chanson dont le refrain serait cette petite phrase intime, presque sensuelle :

— Vous êtes venus pour la gérance ?

M. Szabo se tourna vers moi, agité et ravi :

— Qu'est-ce qu'elle dit ?

La jeune femme avança vers nous et j'aperçus la forme de ses longues cuisses serrées en étau par sa jupe.

M. Szabo oublia que le restaurant était vide. Il s'installa devant le bar et la femme lui versa à boire. Je regardai, silencieuse, et nous sûmes qu'elle était Espagnole, gérante ici depuis deux ans, mais, à cause d'une grave dispute avec son mari, elle voulait retourner à Barcelone.

Georges traduisit fidèlement ses mots précieux et M. Szabo bercé par un alcool fort, appuyé sur le comptoir, ne cessa plus d'observer avec une admiration éperdue la gérante capiteuse. Elle n'était pas du tout gênée que le restaurant fût vide.

— Je ne m'en occupe plus du tout depuis mon malheur, dit-elle, et ses seins pointus soulevèrent avec une candeur impudique son pull-over jaune. D'un geste machinal, elle essuya des verres secs ; en secouant la tête, elle fit vaciller les grands anneaux qu'elle avait aux oreilles.

J'aperçus un appareil à musique dans un coin. Je glissai une pièce dans la fente indiquée par une flèche ; je voulais meubler le vide. Georges se tenait près de moi, attentif :

— Tu viens ? me dit-il. La femme parle un peu l'allemand et j'ai laissé Szabo avec elle. Nous pouvons regarder maintenant le restaurant... Tu crois que Szabo marchera ?

Ma réponse fut inondée par une vague de musique déchaînée et la valse fit tournoyer ombres, poussière et tristesse. *Le Beau Danube bleu,* fixé sur un disque plein d'égratignures, les rideaux aux plis consolidés par une saleté épaisse, les tables avec les chaises sur leur dos, M. Szabo et son regard titubant qui cherchait l'espoir de posséder ce corps, au moins dans ses rêves, l'odeur de la bière tournée à l'aigre, et sur les bouteilles, d'épaisses capes de poussière, ce fut trop pour moi.

— Mais viens donc, insista Georges.

J'allai voir la cuisine sinistre avec ses énormes casseroles suspendues au-dessus d'un fourneau à charbon.

— C'est un peu vieux, avoua Georges ; mais, ajouta-t-il, nous remettrons l'affaire en état.

Par une trappe ouverte, nous descendîmes à la cave éclairée par une petite ampoule. L'odeur de moisi nous prit à la gorge et les énormes toiles d'araignées, drapées dans leur immobilité, veillaient sur un tonneau entièrement pourri.

— Tu sais ce que nous allons faire ici, chérie, me dit Georges, un bar... un bar très chic... Les Français aiment les caves, pourvu qu'elles soient romantiques ou originales. On va repeindre les murs et, après, nous placerons des toiles d'araignées artificielles, peut-être un squelette savamment éclairé, suspendu dans un coin... Et, pour te faire plaisir, nous soulignerons le caractère intellectuel de ce bar ; ce sera une boîte de nuit littéraire... Plus tard, naturellement, nous prendrons un orchestre. Ça va, mon chéri !

Je me tus, hostile, et j'eus peur même de sourire. En remontant, nous vîmes M. Szabo complètement parti.

— Je vous donne l'argent pour la gérance, bredouilla-t-il. Même plus que ce que vous avez voulu... Que c'est beau, la jeunesse...

L'Espagnole sourit et posa son regard noir sur nous. Elle s'étira derrière le bar ; le pull-over tendu sur ses seins était prêt à craquer.

— Comme je serai contente d'être de nouveau à Barcelone, soupira-t-elle.

Cela ne m'étonna pas. J'aurais été aussi plus contente d'être à Barcelone qu'ici.

Quand nous quittâmes M. Szabo devant son cercle, il nous dit merci pour l'excursion presque avec des larmes dans les yeux et il nous promit l'argent nécessaire à la signature des papiers pour le début de la semaine suivante. Nous l'accompagnâmes jusqu'à la porte de ce bâtiment élégant.

Quand il fut dans la cage de l'escalier, Georges demanda au portier :

— Quel est le cercle de ce monsieur qui vient de monter l'escalier ?

Le portier répondit, plein de mépris :

— C'est un cercle de jeu : baccarat et roulette... Mais uniquement pour les membres du club.

J'étouffai vite un espoir méchant : « S'il perdait son argent, il n'y aurait plus de restaurant !... » Je n'osai rien dire. Georges était trop inquiet.

Nous n'avons revu M. Szabo que dans le salon d'attente de son club. Il nous promettait l'argent d'un jour à l'autre, et c'était toujours vers six heures du soir que nous arrivions dans ce petit salon richement meublé et tapissé d'angoisse. Je ne me souciais guère de la présence d'une autre femme qui attendait quelqu'un et j'appuyais mes souliers trempés contre le radiateur.

Un Georges désemparé me posait chaque fois la même question :

— Tu crois qu'il va signer le chèque aujourd'hui ?

Je haussai les épaules en cachant le mieux possible ma lassitude, et, blottie dans un fauteuil moelleux, je me taisais.

Quand il arrivait, nous étions figés, presque hypnotisés devant lui. Il franchissait le seuil et tendait ses mains, tous les jours avec le même empressement excessif :

— Mes chers amis, mes jeunes amis, comme j'ai honte de vous faire attendre, mais je n'ai pas pu quitter la table...

Son visage congestionné, ses yeux tissés de capillaires rouges, son doigt épais qu'il enfonçait entre le col et son cou gonflé pour mieux respirer, la barbe de la veille qui fleurissait sur son menton comme l'empreinte bleuâtre d'une maladie étrange nous inspiraient une sorte de peur.

— L'agent immobilier nous a donné encore une semaine, expliquait Georges et, dans ce salon étouffé et jamais aéré, sa voix résonnait anormalement haute.

— Mais, avec une semaine, nous avons l'éternité devant nous, se réjouissait M. Szabo, et il ajoutait :

— Il faut que je rattrape la chance ; mon interprète gagne tout le temps en jouant avec mon argent, et moi, je perds ; ça n'a aucun sens...

Déjà son regard chavirait vers la porte :

— Je dois retourner, mes chers enfants...

Un jour, je captai ce regard et, fixant les pupilles contractées, je cherchai la lueur de l'esprit, la preuve qu'il réfléchissait encore :

— Monsieur Szabo, pourquoi ne retourneriez-vous pas à la pâtisserie ? Vos affaires vous attendent là-bas... Et les machines à écrire... Qu'est-ce qu'elles sont devenues ?

Il mordit dans sa lèvre inférieure, et cette chair épaisse garda la trace aiguë de la dent :

— Elles sont à la douane ; actuellement, je ne peux pas payer la taxe.

J'insistai cruellement, me donnant à moi-même l'impression de gifler un homme évanoui :

— Et vos enfants, monsieur Szabo, ils vont bien ?

De minuscules gouttes de sueur perlèrent sur ses pores dilatés. Comme si une étrange rosée avait couvert son visage.

— J'ai envoyé ma femme chez ses parents en Suisse ; la villa était trop chère, mais elle reviendra dès que j'aurai acheté un appartement.

La femme, qui écoutait notre conversation, baissa ses paupières lourdes, comme si elle entendait cette phrase pour la centième fois. Soudain, l'inconnue devint une alliée ; j'eus envie de me tourner vers elle et de lui dire du ton le plus naturel :

— Vous attendez aussi un fou, chère amie ?

La porte s'ouvrit et nous vîmes deux hommes sur le seuil. L'interprète et un petit maigre qui se jeta vers la femme en bredouillant :

— Tout va très bien, mon amour.

— Rentre avec moi, dit la femme d'une voix terne et sans passion.

Le maigriot débordait d'une humeur joviale :

— Pars, mon amour, et je te rejoins.

La femme leva des yeux lucides et brillants de haine, puis elle chuchota avec une impassibilité qui nous donna la chair de poule :

— Crétin...

Le petit homme vint tout près d'elle et s'expliqua nerveusement, les lèvres collées à son oreille.

L'interprète, toujours dans la porte entrebâillée, lança vers M. Szabo le mot d'ordre :

— Reviens.

— Il vous tutoie, maintenant ?

La réflexion m'échappa bien malgré moi.

M. Szabo, déjà debout, nous tendit sa main moite :

— C'est un ami, un brave ami intime... et il connaît le jeu ; c'est lui qui m'a introduit ici.

Pour montrer son impatience, le Polonais tambourinait sur la porte :

— Dépêche-toi, mon vieux...

Il était animé par le sentiment d'une vengeance bien facilement accomplie. Il prit M. Szabo par le bras, comme l'infirmier d'asile qui, après la visite, reconduit son malade dans la salle commune des fous.

Dans la rue froide et revêche, Georges se tourna vers moi :

— Crois-tu qu'il va cesser de jouer ? Sinon, c'est un

homme perdu. Mais, au fond, c'est toujours comme ça dans la vie... Qui a bu, boira...

Une révolte, jusqu'ici inconnue, me fit me rebiffer contre les banalités. Je me secouai comme le chien qui veut se débarrasser de son collier :

— Comment veux-tu que je sache ? Il faut que nous trouvions un travail dans les cinq jours qui viennent...

— Nous aurions pu être si heureux avec le bistrot, continua Georges, sans apercevoir ma colère désespérée.

C'était une de ses plus grandes qualités ; il savait rêver et avançait dans la vie avec la sérénité effrayante d'un somnambule qui se promène sur les toits, inconsciemment rassuré parce que son entourage veille et a suffisamment de tact pour ne pas le réveiller brusquement...

Je n'y comprenais plus rien. Qu'avais-je à faire de son corps près du mien, et de ses pensées grises ? J'écrivais des lettres enthousiastes à mes parents ; j'étais si habituée à mes mensonges sur une vie agréable, pleine de travail, mais éclairée de diverses possibilités, qu'après avoir terminé une lettre j'étais presque heureuse. Je me berçais avec mes propres mots et je me répétais que c'était merveilleux d'être à Paris, d'avoir vingt-deux ans et de vivre un grand amour. Mais la vérité était ailleurs. Le sens de ma vie, décorée par les éléments que j'aurais voulu croire authentiques, le sens de mes journées était caché dans les pages de mon roman. Je savais déjà que j'étais née pour écrire, mais je sentais aussi qu'avant d'être publiée je devais me taire. Être publiée... Je regardais aux vitrines des librairies les noms des éditeurs, et j'entrais quelquefois dans le magasin sans avoir la possibilité d'y rien acheter. Timide, je demandais un renseignement et je humais l'odeur des livres, je touchais à leurs couvertures. J'avais cent pages de *Wanda* ; elle consommait son troisième amant et, quand j'avais très faim en travaillant, je la gavais de foie gras arrosé de champagne. J'écrivais avec des couvertures enroulées autour de mes hanches et mon vieux manteau sur les épaules, mais elle, elle était gâtée, et son appartement à Vienne était si fort chauffé qu'elle marchait pieds nus sur ses tapis épais. Alors que je restais distraite et triste dans les bras de Georges, je venais de la faire s'évanouir de plaisir à la fin du chapitre. J'enviais Wanda...

Madame Saulner, notre patronne actuelle, est grande, sans être épaisse ; elle aime la cuisine saine, termine son repas avec un yogourt, porte un sourire bien dompté sur son visage et des cols amidonnés autour de son cou. Ici, le monde est fait à ses mesures. Un immense appartement de douze pièces, huit enfants de grande taille, dont six garçons portant les yeux ronds de leur mère, une cuisine parfaitement équipée pour le service de tous ces appétits féroces. La table de la salle à manger me pose toujours le même problème de nettoyage. Couverte d'une nappe en matière artificielle, cette table est aussi étendue qu'une patinoire ; je dois grimper sur une chaise pour essuyer les taches de vin en son milieu. Les enfants peuvent boire un verre de vin par repas. Il paraît que c'est bon pour leur santé, tandis que nous, à la cuisine, nous sommes condamnés au robinet. Madame est très économe, mais aussi, elle a un sens des responsabilités fort développé. Elle ne veut pas exposer son personnel à ce vice éventuel de l'ivrognerie.

Quand nous sommes venus pour la première fois dans cet immeuble cossu, guidés par une petite annonce, la concierge a bondi de sa loge ; c'était une femme acariâtre qui tenait un air faussement distingué d'une robe noire qu'une de ses locataires avait dû lui donner. Elle a posé la question :

— Où allez-vous ?

— Chez Mme Saulner...

Son regard est devenu évasif et elle a répété, gourmande :

— Vous allez chez Mme Saulner ?... C'est pour l'annonce ou c'est personnel ?

— L'annonce...

Victorieuse, elle nous a indiqué l'escalier de service qui partait de la rue, à gauche de la porte principale.

Ainsi, comme il convenait, nous sommes arrivés chez Mme Saulner par la cuisine. La cuisinière nous a fait entrer dans le salon.

— Qu'est-ce que tu en penses ? a questionné Georges.

Il voulait savoir mon opinion afin d'en avoir une.

Je ne pus répondre, parce que Mme Saulner entrait et, en nous serrant la main avec une force qui fit jaillir la douleur autour de l'alliance, elle dit :

— Je vous engage ; les références sont bonnes.

La cuisinière apporta un plateau avec trois tasses, une boîte de café en poudre et l'eau chaude dans un pot.

Mme Saulner nous versa le café et, d'un geste brusque, tendit le sucrier vers moi :

— Sucre ? Combien ?

Comme si elle avait dit : « Arsenic ? Combien ? »

Elle ajouta en me regardant :

— Vous êtes aussi une intellectuelle ?

Ce petit « aussi » me gifla, mais je n'avais pas de souliers et je désirais garder ma machine en location ; je répondis avec douceur :

— Je ne sais pas, madame.

— Parce que vous, poursuivit-elle en se penchant vers Georges, vous avez voulu continuer à étudier, n'est-ce pas ?

Georges fut étonnamment ferme :

— Je continue à étudier, madame.

Elle frémit et une petite grimace fit glisser son sourire vers le menton :

— Je ne sais pas si ça va aller ici ; il y a beaucoup de travail...

Georges répliqua, tenace :

— Je trouverai un peu de temps, madame.

Elle poussa un petit rire nerveux :

— Vous savez ce que vous voulez...

Elle me reprit comme le chien qui a deux os et qui grignote tantôt l'un, tantôt l'autre :

— Quand avez-vous quitté votre pays ?

— En 1948, madame.

— Vos études ?

— Baccalauréat ; huit ans de latin au lycée...

— Ah ! tiens, tiens...

Surprise, pendant quelques instants, elle cessa de mâchonner.

— Vous pourriez aider ma fille aînée, Patricia ; elle n'aime pas trop le latin...

Poussée instinctivement vers un duel qui me tentait, je lui dis :

— J'ai six ans de conservatoire ; j'ai failli être pianiste...

Mme Saulner tomba dans une torpeur dangereuse ; elle répéta à mi-voix :

— Conservatoire... Patricia joue aussi du piano ; vous pourriez remplacer son professeur.

Georges, ne se doutant pas du tout qu'un combat singulier venait de commencer, ajouta, candide :

— Christine écrit un livre ; elle a beaucoup de talent.

La mèche brûlait déjà très près de la poudre. Mme Saulner s'exclama :

— Je veux une femme de chambre... Une bonne femme de chambre ! Le dimanche après-midi, vous pourrez faire n'importe quoi, même écrire, mais, pendant la semaine, je vous avertis, je n'accepte aucune déviation... Vous reprisez bien, Christine ?

Je n'aimai pas mon nom sur ses lèvres. J'aurais aimé inventer un autre nom et le lui présenter sur ma paume comme on montre une pièce d'argent trouvée derrière une armoire. J'aurais aimé dire que je m'appelais Catherine ou Rose ; pourquoi pas Antigone ?

Mais elle sautait déjà sur ce moment d'absence :

— Vous rêvez, Christine ?

Ce fut sa déclaration de guerre : « Vous rêvez, Christine ? »

Nous passâmes le mois de novembre comme des naufragés qui tiennent la tête hors de la mer en attendant un bateau. Mais il n'y avait ni bateau ni canot de sauvetage pour nous. Il n'y avait que Mme Saulner et sa voix, sa voix qui galopait devant elle, comme un messager, sa voix qui me faisait trembler, sa voix doucereuse, si sûre d'elle :

— Qu'est-ce que vous faites, Christine ? Vous rêvez ?

Georges a un tablier vert, moi j'ai un tablier blanc. Hélène, la cuisinière, ne bouge pas de sa cuisine. C'est Mme Saulner qui fait les courses ; elle ne voudrait pas qu'Hélène s'enrichisse trop vite à son service. Nous sommes debout à sept heures, et nous nous couchons, le soir, à onze heures, après avoir lavé une montagne de vaisselle. Georges est pâle comme un revenant ; moi, je ne sais comment je suis, j'évite les glaces. La bonne Hélène, qui a déjà perdu quelques années de sa vie au service de Madame, est une philosophe. Elle m'aide tant qu'elle peut, me soutient moralement et physiquement ; sa tendresse est inépuisable ; elle n'a ni mari ni vie privée ; son destin, c'est d'être esclave, mais son cœur est merveilleux. Comment aurais-je pu résister à cette vie, sans elle ?

Georges repasse les innombrables pantalons de Monsieur. Monsieur est très insignifiant. On ne constate sa présence que par ses pantalons. Pendant les repas, je sers à table. Je pense souvent à une femme de chambre que nous avons eue à Budapest pendant quelques mois. Elle ne souriait jamais. Était-elle aussi malheureuse ? Mme Saulner me fait toujours attendre quand je lui présente le lourd plateau.

Elle fait semblant de ne pas savoir que je suis derrière elle ; elle me déteste et éprouve le besoin de l'exprimer dès qu'elle en a l'occasion. Quand elle daigne prendre de la viande, elle rejette aussitôt les couverts sur le plateau :

— Mais c'est froid... Vous, à la cuisine, vous êtes incapable de nous servir chaud ?

Je repars avec la viande. Hélène est rouge d'indignation :

— Mais c'était brûlant ! s'écrie-t-elle.

Et le manège recommence.

Nous entamons notre déjeuner quand ils se sont levés de table. Les pas impatients de Madame résonnent dans le couloir, et nous mangeons vite, les muscles contractés.

Un jour, elle entre, rageuse, dans la cuisine :

— Je trouve que vous perdez beaucoup de temps avec les repas. Vous mettez plus de temps à manger que nous, la famille !

Je ne veux pas la regarder ; je fixe des yeux le bord de mon assiette ; mais je sens que mes jambes tremblent. Je cale mes pieds sur les dalles ; je veux cesser de trembler, mais le frisson gagne mon corps tout entier, et, moi qui n'ai pas prié depuis longtemps, je dis en moi-même :

« Mon Dieu, fais qu'elle parte, qu'elle disparaisse ; mon Dieu, fais qu'elle soit moins méchante !... »

Mme Saulner invente pour me les confier de petites tâches en apparence délicates. Elle a une chemise de nuit en soie naturelle, plissée de l'épaule jusqu'à la cheville. Elle la porte une nuit et me la donne à repasser dès le lendemain matin. Pendant une semaine, je fais ce repassage inutile ; elle me regarde du coin de l'œil, satisfaite de l'idée. Pendant cette période de repassage, je prends certaines notes pour mon roman *Wanda*, et j'écris les phrases clefs sur de petits papiers. « Les femmes frigides adorent les chemises de nuit luxueuses. Pour elles, la soie naturelle est une sorte de satisfaction sexuelle. L'amie de Wanda était forte et grande comme un cheval ; pour la nuit, elle enveloppait son grand corps dans une couverture de dentelle fine et repoussait son mari avec dégoût. »

Mais, parce que ma chambre n'avait pas de clef, je devais cacher chaque jour mon manuscrit dans ma valise et pousser celle-ci sous mon lit.

Dans leur salon, il y a une bibliothèque. En essuyant la poussière, je regarde les titres. Henry Bordeaux domine, suivi par Duvernois et Pierre Benoit. La comtesse de Ségur envahit toute une étagère ; je ne la supporte pas et je laisse toujours une couche de poussière sur les malheurs de cette détestable et perverse Sophie. Je n'aime pas ce mariage blanc de l'âme russe et d'un nom français. J'ai un désir très vif de relire Cholokhov, Gogol, et surtout Tchékov, mais je me console ; même si on me présentait mes livres préférés sur un plateau d'argent, je ne pourrais pas lire ; à onze heures du soir, je tombe dans mon lit, morte de fatigue.

Mme Saulner a un grand faible pour Georges. Elle essaie de bavarder avec lui pour montrer qu'elle aussi a une âme qui n'est pas étrangère aux problèmes sociaux. Georges a des nerfs d'une solidité bien supérieure aux miens, et, avec une politesse impeccable, il bavarde, si Madame le veut bien.

Pour les vacances d'hiver, nous partons dans leur maison de campagne que je dois entièrement nettoyer avec Georges en une matinée. Hélène nous raconte que chaque fois qu'ils viennent ici, dans cette maison, ils invitent un Anglais, parce que c'est très chic d'avoir un jeune Anglais pour les vacances !

Comme Madame est heureuse dans cette maison de campagne ! Elle court, monte et descend l'escalier intérieur ; elle regrette que nous ne voyions pas sa maison avec les fleurs du printemps, et elle assure, comme une menace, qu'on va y revenir souvent. À Paris, nous avions notre dimanche, à partir de trois heures. Ici, la situation est sans espoir ; il n'y a pas de village à proximité ; nous sommes entièrement livrés à Madame. Elle nous envoie quand même pour une heure en promenade le dimanche : « Profitez de l'air, mes amis ; respirez profondément... »

L'Anglais arrive le lundi. C'est un adolescent de dix-sept ans ; son visage transparent n'est pas abîmé par les boutons de la croissance ; il est blond, élancé, et ne parle pas un mot de français. Il m'évoque Dickens, l'inoubliable David Copperfield, et je lui offre le plateau avec la tendresse d'une lectrice fidèle qui rencontre enfin son héros préféré. De la cuisine, d'où je vois le jardin, je le suis du regard en faisant la vaisselle, et je pense à mon oncle et à ma tante ; ils parlaient de littérature toujours en anglais et ils se disputaient en italien parce que mon oncle avait vécu pendant longtemps à Fiume. Ciel ! comme ils sont loin ! Pas à cause de la mort, à cause de ma vie actuelle.

Hélène met sa main lourde sur mon épaule :

— Ça ne va pas, mon petit ?

— Je suis si fatiguée, Hélène.

— Vous n'êtes pas faite pour ce travail, dit-elle. Vous allez abîmer votre santé... Vous ne pourriez pas trouver autre chose ?

Je réponds, léthargique :

— Je ne sais pas : je ne sais plus rien...

Deux jours plus tard, en entrant dans la chambre de ce petit Anglais, j'ai senti une odeur étrange. J'ai ouvert la fenêtre, j'ai balayé et fait son lit, mais l'odeur persistait, tenace. J'ai cru que c'était seulement mon imagination. Pourtant, le lendemain, j'ai retrouvé la même odeur, mais plus épaisse, épanouie et définitivement établie.

D'abord j'ai appelé Hélène ; elle renifla avec moi et dit, en haussant les épaules :

— Madame a été très désagréable avec les maçons quand on a refait la maison. Peut-être ont-ils caché quelque chose parmi les briques, pour se venger. Une souris crevée...

— Vous croyez qu'une petite souris charmante peut provoquer une odeur pareille ?

Hélène était incertaine :

— Je ne sais pas, mais la décomposition, vous savez, ça pue...

Avec beaucoup de regret, j'ai dû mettre Madame dans la confidence. Elle vint pendant que le jeune Anglais participait à une excursion organisée par Monsieur.

Elle se planta au milieu de la pièce et, les narines frémissantes, elle essaya de définir l'odeur. Après, sans nous dire un mot, elle se jeta littéralement sur les affaires de l'Anglais. Elle ouvrit l'armoire et la vida d'un geste ; il n'y avait rien. Elle enleva la valise qui était posée sur l'armoire et, la mettant à ses pieds, elle l'ouvrit. Avec un cri victorieux, elle retira une boîte ronde ornée d'un dessin rouge : un camembert ! Nous rîmes ensemble, Madame, Hélène et moi. Nous rîmes de tout cœur, les larmes coulant sur nos visages, et quand nous redevenions sérieuses, il suffisait de regarder la boîte et nous éclations de nouveau. Madame était presque sympathique en riant. Je me trompais peut-être ou j'étais maladivement sensible ; dans ce fou rire, j'étais prête à devenir son alliée ; la servir souriante, sans rancune. Ce rire béni rendait possible la naissance d'une amitié... Mais elle reprit haleine et dit en bredouillant :

— Oh ! tous ces étrangers... C'est fou comme ils sont bêtes...

Je redevins de glace, attendant l'allusion à mon accent. Madame est quelquefois énervée par mon accent. Mais elle ne dit plus rien et partit avec le fromage.

Le lendemain, pendant le déjeuner, l'Anglais avoua qu'il voulait rapporter un camembert à sa famille ; il était tout désemparé devant cette hilarité générale.

Je n'avais presque plus l'occasion de parler avec Georges. Le travail nous submergeait. Il cirait toute la journée et les enfants déchaînés couraient avec leurs pieds couverts de neige sur le parquet brillant. Madame ne voulait pas que je reprise les chaussettes dans la pièce où Georges nettoyait l'argenterie.

— En bavardant, ça va aller plus lentement, pour vous deux. Enfin, vous avez toute la soirée pour vous...

Ayant dit, elle disparaissait de la pièce.

Est-ce qu'elle n'allait pas disparaître aussi de notre vie ?

Après les vacances de fin d'année, nous sommes rentrés à Paris. Il y avait eu aussi une fête de Noël, dont je veux oublier le souvenir. Je retrouve ma grande machine à écrire couverte de poussière ; je paie sa location avec une ténacité sans borne et, dès que je peux, j'ajoute quelques mots à mon manuscrit.

C'est le lendemain de notre retour, quand je sers la salade, que le vertige me prend. La nuque de Madame devient énorme ; la table vacille, elle ressemble maintenant à une grande plaque de glace qui fond dans le soleil. Je dépose le saladier et je cours à l'office ; je tombe dans les bras d'Hélène :

— Je suis malade, Hélène ; j'ai envie de vomir...

Elle me donne un grand verre d'eau, et Georges apparaît aussi, étonné :

— Tu es malade ? questionne-t-il, incrédule.

— Va, dis-je, continue à servir la salade ; j'ai laissé le saladier là-bas.

Assise sur la chaise, appuyée contre le dossier en osier, les jambes molles, indépendantes de mon corps, j'écoute le battement désordonné de mon cœur. C'est la première fois que je vois la tête d'Hélène d'aussi près ; elle se tient à côté de moi, et sa main pourtant abîmée par l'eau de vaisselle est légère sur mon front.

— Crise de foie, dit-elle, mais je ne réponds pas.

Engloutie par la torpeur physique, dans une immobilité merveilleuse, je flotte, je ferme mes paupières et j'aimerais accrocher une pancarte sur mon nez avec l'inscription : « Ne pas déranger, s.v.p. »

Mais Georges revient avec le saladier vide et prend le plateau de fromage.

— Elle a demandé ce que tu as, dit-il en passant. Qu'est-ce que je dois lui dire ?

— *Nothing.*

C'est un des rares mots qui subsistent de mes études, comme si j'avais appris l'anglais, pendant huit ans, uniquement pour ce terme que je prononce avec désinvolture. « Dis-lui : *nothing.* »

Georges repart avec les fromages et, quand Hélène apprend la signification du mot, elle est désappointée ; elle espérait vaguement que c'était un petit juron.

Après le déjeuner, je lave la vaisselle, et j'imagine que je suis mousse sur un bateau secoué par les vagues.

Vers quatre heures, je rencontre Mme Saulner dans le couloir :

— Mais vous êtes affreusement pâle ! s'exclame-t-elle. Qu'est-ce que vous avez ?

Je répète fidèlement le diagnostic d'Hélène :

— Crise de foie, madame...

Elle est presque heureuse :

— Vous voyez comme vous mangez bien chez moi ; c'est une cuisine trop riche pour vous... Freinez-vous à l'avenir... Il faut savoir dire non quand on aime trop manger... Et maintenant, allez dans votre chambre pour une demi-heure ; couchez-vous ; votre visage fait peur...

Dans ma chambre, je suis seule avec moi-même et, couchée sur le lit, les yeux fermés, je forme pour la première fois cette phrase magique : je crois que j'aurai un enfant...

Je ne voulais pas que ma pensée s'exprime dans la cuisine, en bas. Je voulais, pour elle, au moins, une semi-liberté. J'avais peur que cette atmosphère d'esclavage contamine l'enfant comme une rougeole morale... Soudain, Georges entre. Il s'assied au bord de mon lit, prend ma main dans sa main. Je garde un petit silence ; je ne cherche aucun effet, mais mon hypothèse est tellement à moi que c'est à peine si j'ose la partager.

Je regarde Georges, comme si je ne l'avais encore jamais vu. Il porte son tablier vert comme l'écolier qui est puni ; il n'essaie pas de briser mon silence ; il a toujours aimé la sécurité de l'incertitude.

— Ôte ton tablier, lui dis-je, et, quand je lève la tête, la nausée revient.

— Je dois redescendre...

— Ôte ton tablier ; il faut que nous parlions comme si nous étions libres.

Il me regarde, et je dis :

— Je crois que nous aurons un enfant...

— Non, dit-il, à la fois fier et tremblant. Ce n'est pas possible !

Et il ajoute, fiévreux :

— Es-tu sûre ?

Il faudrait un oreiller de plus pour que je voie bien son visage sans avoir besoin de soulever mon cou crispé par l'effort :

— Oui, je suis à peu près sûre.

Il est en face de moi comme un grand garçon qui avoue sa première faute à sa mère :

— Qu'est-ce que nous allons faire maintenant ?...

La question a pour prolongement des mots que je ne puis accepter d'entendre. Je me jette vers lui, et je colle ma paume sur ses lèvres. Je sens ses lèvres jeunes et inconscientes comme une blessure ; je ne veux pas qu'il continue à parler.

— Tais-toi ; je t'en supplie, tais-toi ; ou bien dis une seule fois les mots que j'attends...

Il se dégage, hostile :

— Tu voudrais que je te dise toujours les mots que tu attends, mais tu n'as qu'à dicter... Qu'est-ce que je dois dire ? Qu'est-ce que tu me permets d'exprimer ?

Je me tourne vers le mur et j'ai honte de mes

larmes ; je les fais disparaître dans l'oreiller. Curieux, les larmes que Georges provoque m'humilient, comme si c'était un étranger qui me faisait pleurer.

— Je t'aime, dit-il de loin ; tu sais bien que je t'aime.

Sa voix transparente devient plus proche ; elle est à nouveau teintée d'une fierté que je ne comprendrai jamais ; cette voix veut avoir une précision ; elle voudrait savoir les dates antérieures et futures.

Mais je ne réponds pas ; je porte mon chagrin comme l'escargot porte sa maison.

Plus tard, quand il est déjà parti, je m'assieds. Je mets mes mains sur mon ventre. Il est plat, presque creux. J'effleure mes hanches étroites ; dans la petite robe de service, je suis anormalement maigre. Je sors. Cet étage est réservé aux bonnes ; elles travaillent tard dans la soirée et, maintenant, à cinq heures de l'après-midi, le silence est total. En allant vers l'escalier, mes pas résonnent ; je continue sur la pointe des pieds ; je ne veux pas être dérangée par le bruit de mes propres pas. L'escalier en colimaçon me semble plus étroit que d'habitude. Je regarde les marches soigneusement et je serre la rampe dont je ne me suis jusqu'ici jamais servie. Je descends ; je tourne sans cesse ; je n'ai plus peur. C'est un autre sentiment qui m'envahit : je suis responsable.

Quel triomphe pour Mme Saulner, que je la quitte ! Elle n'évoque même pas notre engagement ; l'occasion est trop belle, elle déverse sur moi son opinion.

— Je vous comprends, Christine ; vous êtes trop fragile pour ce travail...

Mais elle regrette tout de suite le mot fragile trop élégant pour l'emploi ; elle hésite un peu, cherche un autre adjectif qualificatif et prononce avec dégoût :

— Vous êtes anémique... Je me demande comment vous vous débrouillerez dans l'avenir. Vous n'avez même pas une nationalité, et les Français n'aiment pas les gouvernantes étrangères auprès de leurs enfants.

— J'ai entendu le contraire, madame, dis-je. Il y a ici des Anglaises, des Suissesses, des Hollandaises, des Suédoises...

Elle fit un petit geste pour montrer son impuissance ; je vois sur son visage qu'il lui sera très difficile de m'expliquer sa conception :

— Une gouvernante qui vient d'un pays connu par tout le monde, c'est autre chose. On peut demander des références, on a un minimum de sécurité pour les enfants... Mais vous, Hongroise... avec votre langue slave impossible...

Je dis machinalement, comme toujours dans ce cas-là :

— Le hongrois n'est pas une langue slave, madame... C'est une langue de même origine que le finnois...

Elle n'aime pas mon audace ; elle n'aime pas être interrompue et puis, je la gêne trop avec la Finlande. Dans son esprit, rien ne distingue les pays nordiques, et elle vient d'évoquer la Suède...

Je la vois s'approcher du but de notre conversation.

Elle mijote ses phrases ; elle se précipite comme la vapeur qui soulève de plus en plus le couvercle :

— Et votre idée extraordinaire... Écrire !...

Sous son petit rire nerveux, je sens une jalousie qu'elle n'avouera jamais à elle-même.

— Écrire... et quoi encore ! Bâtir des châteaux en Espagne, non ?

Elle est violente comme si elle devinait mes pensées. Elle reprend le mot écrire : avide et passionnée, elle le savoure, elle voudrait m'anéantir, mais je suis totalement calme. Elle est si loin de la réalité... Elle ne connaît pas mon manuscrit actuel, ni l'un des prochains où je lui réserverai quelques pages ! Et surtout, elle ne soupçonne pas que j'aurai un enfant. Je supporte tout, mais je n'aurais pas pu endurer son regard sur mon corps. Son regard qui descend de la poitrine vers le ventre et qui s'arrête sur les hanches. Je n'aurais pas accepté qu'elle joue aux devinettes avec ma vie : quand, comment, pourquoi ? Passion ou maladresse ?

Je l'écoute et je lui sais gré de cette violence même. Elle s'agite, se tortille sur le fauteuil ; sa lutte est si dure pour voir mes larmes que j'ai presque pitié d'elle. Quelle vie vide, la sienne, où le monde se partage en deux parties, l'une où il n'y a que la victoire des vainqueurs et l'autre, l'obéissance des vaincus.

La voilà debout, plus grande que jamais ; elle me montre la bibliothèque avec le geste du pauvre Néron, déjà fou, sur les ruines flamboyantes de Rome :

— Je vous permets de choisir un livre, comme souvenir...

Elle dépasse la limite, renverse l'équilibre des forces, et, soudain, c'est moi qui domine ; grâce à elle, je peux répondre d'une voix calme :

— Je ne veux pas de souvenir, madame ; j'aimerais vous oublier, madame.

Nous n'avions pu nous faire beaucoup de relations. Pourtant, le miracle s'est produit. Une de nos rares amies m'a prêté la petite chambre de bonne qui lui servait de refuge. Belle-mère en fleur, au lieu de persécuter sa famille, elle se croyait persécutée par elle. J'ai connu son fils, un homme gentil et plein d'esprit, et sa belle-fille, docile et patiente. En eux, je n'ai jamais capté le moindre signe d'hostilité contre elle, mais, d'après mon amie, sa vie n'était que souffrance.

— Je vous prête ma chambre, me dit-elle, mais sous une condition : dès que j'en aurai besoin, vous partirez dans la journée. Parce que, vous savez, je suis maintenant très bien avec eux, mais ce calme couve l'orage et, si on me blesse dans ma fierté, aussitôt je me retire ici, et j'attends qu'ils viennent me supplier de rentrer. Au fond, ils ne peuvent pas vivre sans moi, mais seule mon absence leur fait sentir combien ils ont besoin de ma présence.

J'approuvai entièrement mon amie. Chaque jour était un cadeau. J'aurais mieux aimé savoir qu'à telle date il faudrait partir que de rester dans cette incertitude absolue. J'avais pris l'habitude de respirer profondément ; je retenais l'air dans ma poitrine pour dompter l'éternelle envie de vomir. La charmante amie ne savait pas que j'étais enceinte et elle avançait dans le couloir qui menait vers la chambre avec la sécurité de ceux qui ont des narines insensibles. Mais moi...

Ce rez-de-chaussée se trouvait dans un des énormes buildings de Passy qui longent la Seine grise et indifférente. Par le caprice d'un architecte fantaisiste, il y avait là quelques chambres de bonne. La face élégante de la maison était tournée vers un carrefour animé ; la partie utile et rigide se cachait dans une petite rue dominée par des portes portant des inscriptions : « Service. Escalier de service. Livraisons. » J'avais suivi mon amie qui était entrée par une de ces portes de service ; nous avions frôlé quelques poubelles solennelles et bien fermées, et elle avait attiré mon attention sur la minuterie placée, bien en évidence, à droite de la porte d'entrée. Ici, il faisait noir, même le jour, et les odeurs variées m'assaillaient. J'avais mis mon mouchoir devant la bouche.

Elle se tourna vers moi :

— Vous êtes enrhumée ?

J'ai fait oui de la tête.

Nous rentrâmes dans la chambre obscure, qui donnait sur une minuscule cour carrée, entourée de murs hargneux.

— En été, j'ai beaucoup de soleil ici, affirmait-elle avec autant de conviction que si elle avait voulu me vendre sa chambre.

Elle toucha la fenêtre avec douceur :

— Vous voyez, ma chère ; en été, la fenêtre est toujours large ouverte et je mets mes plantes en plein air. Je ne suis jamais triste ici.

Elle ouvrit entièrement et je me précipitai pour me pencher au-dehors. Il n'y avait même pas moyen d'entrevoir un pan de ciel, ni gris ni bleu.

— Et puis, continua-t-elle, c'est tranquille ; je peux bien pleurer, ici ; on ne me persécute pas...

Il y avait un divan couvert d'une housse bleue, une petite table, deux chaises et une armoire. Et elle, mon amie, au milieu, se tenait ravie, avec ses cheveux gris en désordre, avec son petit chapeau ivre encore d'un soleil d'été qu'il avait gardé dans son feutre jaune. La scène était un peu ridicule ; je souhaitais tant être seule et n'avoir plus à prononcer le mot merci. Et puis aussi, j'aurais aimé savoir où se trouvaient les w.-c. et l'eau pour se laver.

Elle devina ma pensée :

— L'eau, oui, l'eau, il n'y a pas l'eau dans la pièce ; mais vous avez le robinet au fond d'un autre couloir que je vous montrerai... et le petit endroit est là-bas aussi...

Soudain, je me sentis très mal et je m'assis au bord du divan. Elle, heureuse, se préparant pour une longue conversation intime, prit une chaise, enleva son manteau. Mais, emballée par une idée, elle se mit debout et chercha quelque chose dans l'armoire. Elle trouva un réchaud à alcool. Je commençai à avoir peur de l'odeur.

— Avant de bavarder, je vous préparerai un bon café.

Elle prit une bouteille cachée dans l'un des coins obscurs de la pièce et versa un peu d'alcool dans le petit récipient.

Mon estomac tourna d'un bond et, mouchoir devant la bouche, je fonçai dans le couloir sombre pour trouver le petit endroit sinistre et mal éclairé.

Je revins vidée de toute ma force, tremblante, avec le goût amer de la bile sur ma langue.

La petite flamme bleue jouait au-dessous d'une casserole ébréchée. Mon amie me regarda, étonnée :

— Vous êtes partie vite ; vous l'avez trouvé ?

Réchauffée par le café, blottie contre un coussin, je l'écoutai sans entendre. Mais, en faisant un effort pour revenir à la réalité, je dis :

— Georges va venir bientôt...

Elle devint livide :

— Oh ! non, je ne veux pas qu'un homme entre dans ma chambre !

Je protestai faiblement :

— Un mari, c'est autre chose...

Elle amortit sa voix pour m'expliquer :

— Les voisins, à gauche et à droite, ne savent pas que vous habitez là ; ils sont habitués à me voir... Je ne veux pas qu'ils aient des idées déplacées à mon sujet : il ne faut pas qu'ils entendent une voix d'homme dans ma chambre... Ma réputation...

Elle ajouta généreusement :

— Mais il peut vous aider pour vous apporter la valise et la machine à écrire...

Elle venait de trouver le mot clef de mon existence.

Elle continuait sans apercevoir mon émotion reconnaissante :

— Parce que votre roman peut être bon... Les parties que vous m'avez lues m'ont plu ; vous avez du talent... Et puis, le thème est intéressant...

Je tremblais de bonheur en l'écoutant. C'était la première fois dans ma vie que quelqu'un prenait au sérieux mon travail. Entendre les mots magiques : votre roman ; voir son regard convaincu... Elle ne se moquait pas de moi.

Je me levai et j'allai l'embrasser. Elle me repoussa :

— Attention à mon chapeau.

Mais je l'aimais définitivement, pour une vie ; je l'aimais comme elle était, et je ne l'enviais plus pour son âge et je n'étais plus triste d'être jeune. Peut-être, me disais-je, le monde est-il ouvert devant moi ? Elle a parlé de mon roman... mon roman...

Elle partit très tard, mais je supportai cette soirée. Ma solitude fut allégée par l'espoir.

Après son départ, seule, j'attendis Georges. Il arriva vers neuf heures avec une permission spéciale de

Mme Saulner. La valise en carton-pâte prit place sur une chaise comme une vieille chienne bien dressée qui revient toujours de ses vagabondages.

— Tu seras bien ici, me dit Georges, et il regarda la chambre avec autant d'intérêt que s'il était dans un musée.

— Oui...

Persévérante, j'attendais un peu de douceur. J'aurais voulu le voir à mes pieds, fiévreux et enthousiaste. Mais, au lieu de me bercer, il posa la question précise :

— Es-tu sûre ?

— Oui, je suis sûre ; j'ai vomi trois fois...

— C'est incroyable, dit-il, mais je ne vis pas sur son visage d'étonnement provoqué par la situation.

— Ton lit est bon ?

— Je ne sais pas ; je vais y dormir aujourd'hui pour la première fois.

— C'est vrai, me répondit-il, et il ajouta en réfléchissant :

— Tu n'auras pas peur, seule ?

J'avais envie de pleurer de colère. Pourquoi parlait-il de la peur ?

Je tremblais depuis le départ de mon amie, mais je ne l'aurais jamais avoué.

— Qu'est-ce qu'elle fait ?

Elle, c'est Mme Saulner.

Georges répondit avec modestie, comme s'il était apparenté avec elle :

— Rien de spécial, comme toujours...

— Et Hélène ?

— De mauvaise humeur. Elle a dû laver la vaisselle toute seule ; j'ai repassé les pantalons...

Je fus envahie par une tendresse soudaine, par une tendresse acide. Ce garçon parlant cinq langues, qui était destiné à faire une carrière diplomatique bien réglée – trente ans : secrétaire, cinquante ans : conseiller –, il doit repasser les pantalons de quelqu'un !

Je m'exclamai :

— C'est terrible, cet esclavage ; tu mérites vraiment mieux. Quel travail bête !

Mais lui, philosophe, ajouta :

— Il n'y a pas de sot métier...

Nous bavardâmes encore un peu, et il partit. Je restai seule, couchée, avec la petite lampe de chevet et *Eugénie Grandet* que je relisais en français.

Bientôt, j'éteignis et me décidai à dormir enfin. Dans la chambre totalement noire, j'entendis alors un bruit étrange, celui que feraient des oiseaux qui gazouillent, des oiseaux pleins de vivacité. Quelquefois, j'entendais aussi un choc, comme si quelqu'un se jetait contre la porte. Je me levai, glacée de peur ; je vérifiai la porte ; elle était bien fermée. Maintenant, je situai bien le bruit ; les oiseaux gazouillaient dans le couloir. Quelquefois, après le déclic de la minuterie, les oiseaux se taisaient. J'imaginai mille choses effrayantes. Je n'osai plus bouger ; les perles de sueur coulaient sur mon cou. J'avais l'impression qu'un visage étrange me regardait par la fenêtre ; son nez était aplati. Était-ce le docteur Jekill ou Mister Hyde ? Lequel était le monstre ?

Je m'endormis péniblement et, le matin, quand je sortis, je vis une petite femme en tablier bleu, qui était en train de fermer la porte. Son regard me questionna et je lui répondis avec un « bonjour, madame ».

— Vous habitez là ? me dit-elle.

— Oui, pour quelques jours... Madame, pourriez-vous me renseigner : qu'est-ce que c'était, ce bruit toute la nuit, comme des oiseaux ?

Elle sourit et me dit :

— Des rats, mademoiselle. Nous en avons beaucoup...

Le matin même, je décidai de quitter dans le plus bref délai le rez-de-chaussée et ses rats, et j'entrepris l'une des tâches les plus difficiles qui soient, celle qui consiste à trouver une chambre de bonne. Autour de moi, le monde avait changé de contours ; je marchais avec précaution ; j'hésitais plus longtemps avant de m'engager sur un passage clouté, et je devais me forcer à manger malgré le dégoût profond que j'avais pour toute nourriture. Je voulais aussi terminer mon livre. Je considérais la naissance comme la frontière d'une nouvelle vie que je devais franchir avec un manuscrit. J'étais prête à aimer Georges avec un nouvel amour alimenté par ce miracle que je portais dans mon corps. Je voulais oublier tous les petits et grands chagrins qu'il avait provoqués. Je considérais l'amour comme un devoir sublime envers l'inconnu, envers mon enfant. Il était convenu que Georges resterait chez Mme Saulner et que je chercherais un travail plus facile. Nous n'avions même pas effleuré le mot « appartement », ce désir aurait été insensé, mais nous parlions tout le temps d'une petite chambre où je pourrais faire la cuisine sans être poursuivie par un hôtelier querelleur, où, surtout, j'aurais un coin pour le berceau. Je regardais les annonces ; j'attendais le bonheur en ces quelques lignes : quelqu'un cherche un jeune ménage ; le mari serait employé comme secrétaire et la femme taperait à la machine.

Dans cette petite chambre obscure de Passy, je travaillais avec ferveur, mais le chant des rats avait sur moi un effet très démoralisant. Je rentrais toujours vers cinq heures, quand il faisait encore clair ; je poussais le bouton de la minuterie, et je marchais en claquant mes talons sur le béton. Un dimanche soir – j'habitais depuis une semaine dans ce beau building –, nous sommes arrivés avec Georges devant la porte d'entrée. Il était dix heures ; nous avions été dans un petit cinéma du quartier, et j'aurais voulu lui montrer les pages que j'avais écrites au cours de la semaine. Mais la minuterie ne marchait plus. Je poussai, désespérée, sur le petit bouton, mais sans résultat. Le couloir noyé dans une obscurité totale était devant nous, aussi menaçant qu'un de ces marais qui engloutissent leur homme avant le troisième pas.

— Je n'oserai jamais aller jusqu'à la chambre, chuchotai-je, comme si j'avais peur d'être entendue des rats.

Georges eut une idée ingénieuse :

— Si nous avions un journal, nous pourrions faire une torche...

Mais où trouver un journal ? Dès huit heures, tous les kiosques des environs étaient fermés. Nous attendîmes que quelque autre habitant du rez-de-chaussée rentrât à son tour, afin de constituer avec lui une caravane un peu plus forte. Mais, un dimanche soir, ils étaient tous absents. Nous reprîmes le métro, et nous avons fini par trouver un marchand de journaux à la gare Saint-Lazare. Une heure plus tard, nous étions de nouveau là, et Georges alluma sa torche. Malades de dégoût, enfin, nous arrivâmes jusqu'à ma porte.

Le lendemain, je partis à la recherche d'une autre chambre. J'avais décidé de questionner les concierges dans les grands immeubles riches, ceux dans lesquels, avec un seul appartement, les locataires heureux ont deux ou trois chambres de bonne. Ce matin de février brumeux était saturé de l'odeur d'essence. Je me dirigeai vers le Trocadéro et je comptai sur ma route au moins six stations où les employés, avec leurs grands tuyaux et leurs compteurs, versaient l'essence dans le flanc avide des voitures. Je passai devant eux un mouchoir serré contre mon nez, la respiration retenue, mais, quand je ne sentais pas l'odeur, je l'imaginais, et la nausée me reprit avec violence.

Je traversai la place du Trocadéro et je pénétrai dans un grand immeuble. J'étais soudain très impressionnée par les dalles en marbre blanc, et je frappai avec douceur sur la porte vitrée, couverte d'un rideau de soie jaune, froncé comme le jupon d'une dame du XVIIIe siècle. Une voix stridente, contrastant avec le cadre somptueux, cria :

— Qu'est-ce que c'est ?

Comment répondre en un mot, à travers une vitre voilée ?

— C'est pour un renseignement, madame...

La voix se déplaça derrière le rideau ; j'entendis grogner ; des mots incompréhensibles arrivaient en petit flot et se brisaient à l'intérieur de la loge.

Enfin, avec un bruit sec, une femme ouvrit la porte et je vis qu'elle était en train de s'essuyer. Elle tenait devant elle une serviette éponge, à la fois pour se couvrir et pour tamponner, de sa main droite, le creux de son aisselle gauche.

Je balbutiai :

— Est-ce qu'il n'y a pas par hasard, madame, dans cette maison, une chambre de bonne inoccupée ?

Son visage exprima une telle incrédulité, le choc fut si grand, qu'elle répondit en bégayant :

— Quoi... quoi... une chambre de bonne ?

Elle faillit s'évanouir :

— Et vous me dérangez pour une folie pareille ? C'est une honte, mademoiselle !

Elle claqua la porte, et les vitres frileuses habillées de jaune tintèrent nerveusement. J'entendis encore une remarque aigre :

— Ces Anglaises, elles sont toutes cinglées...

J'eus un sourire en comparant mentalement ma feuille de route aux autorisations prolongées tous les trois mois, avec un passeport anglais sur la couverture duquel il y avait certainement une couronne. Au moins, j'espérais qu'il y en avait une !

J'eus pourtant le courage de continuer, parce qu'on m'avait crue Anglaise. La deuxième maison était aussi grande, mais la loge était parfaitement visible par la vitre sans rideau. C'était comme un petit théâtre. Une table ronde et vernie au milieu de la pièce, entourée par trois chaises. Un journal ouvert et, sur le mur en face, la photo agrandie d'un garçon souriant en uniforme. Je frappai, et un homme apparut, venant d'une autre pièce ; il me regarda à travers la vitre et ouvrit avec un geste lent :

— Mademoiselle ?

Il venait de boire son café ! je reculai en sentant son haleine chargée.

— Bonjour, monsieur... Je suis venue pour un renseignement. N'y aurait-il pas à louer une chambre de bonne dans cette maison ?... Je suis étudiante et...

Il secoua la tête ; la porte était déjà fermée. Il disparut dans sa cuisine en secouant la tête... Peut-être était-il muet ?

En entrant dans la troisième maison, je me heurtai contre une femme sévère qui s'apprêtait à sortir avec un filet à provisions. Je ne voyais pas la loge et je sautai sur l'occasion en me tournant vers la femme.

— Vous ne savez pas, madame, où je pourrais trouver la concierge ?

Elle répondit, méfiante :

— Vous désirez ? C'est moi, la concierge.

J'étais ravie. Enfin, une concierge hors de sa cage ; elle serait certainement plus gentille, plus près des êtres humains. J'enchaînai sur un ton mondain :

— Je ne veux pas vous retenir, madame ; je vois que vous sortez... Par hasard, vous ne connaissez pas une chambre de bonne non occupée dans la maison ?

Sa réponse fut courte :

— Non. Du tout.

Elle ouvrit la grande porte élégante et attendit que je passe devant elle. Je m'éloignai vite, sentant son regard planté au milieu de mon dos.

Vers midi, j'étais déjà pleine d'amertume. Marchant dans la rue, je contemplais parfois les grandes maisons, avec toutes leurs fenêtres, et je pensais qu'à Paris il fallait naître dans un appartement pour l'avoir. Mais mon pauvre enfant que j'attendais aurait bien voulu naître dans un appartement convenablement chauffé... Pour le moment, c'était sans espoir. En guise de déjeuner, je bus un verre d'eau gazeuse et mangeai deux croissants. Après, je repris mes recherches. Je vis beaucoup de concierges jusqu'au soir. Des concierges nerveux, résignés, étonnés ou agacés. Une femme me dit une fois, près de l'Étoile, dans une petite rue modeste : « Elle est bien bonne, la petite. Une rigolote... Avoir une chambre de bonne... comme si c'était facile ! »

Découragée et mortellement fatiguée, je revenais vers la place du Trocadéro et, soudain, je me trouvai devant un cimetière très élégant. Poussée par une curiosité triste, j'y entrai. Un gardien consciencieux m'avertit :

— On ferme dans une demi-heure, mademoiselle...

Je fis oui de la tête ; je trouvais parfaitement raisonnable de fermer un cimetière. L'odeur fade de la brume d'hiver remplissait mes narines. Je respirais difficilement. Je m'assis devant un mausolée bien entretenu. Je n'avais aucune pensée, ni morbide, ni indifférente. J'étais vidée par cette journée cruelle et sans résultat.

Je me levai lentement ; je quittai le cimetière et je longeai une petite rue tranquille. Je vais essayer encore une fois, pensai-je, et, en serrant les dents, j'avisai une grande maison. Je frappai à la porte de la loge éclairée ; personne ne répondit ; j'entrai, timide. Une femme souriante apparut sur le seuil d'une autre pièce, voisine de celle où j'étais :

— Vous désirez, mademoiselle ?

Je lui dis d'une voix terne, sans enthousiasme et sans trop de politesse, que je cherchais une chambre.

— Prenez place, me dit-elle, et elle épousseta la chaise avec sa main.

Je crus que j'entendais mal.

— Prenez place, répéta-t-elle, et elle ajouta : Il y a une chambre vide, au huitième étage, une très jolie chambre, avec des rideaux en velours, avec un couvre-lit en soie, une grande armoire décorée en bois sculpté, bien chauffée, parce que nous avons le mazout dans toute la maison, on vient de l'installer... et puis une belle vue, avec une vraie fenêtre sur la tour Eiffel.

Désemparée de mon silence, elle me regardait :

— Cela vous conviendrait-il ?

— Oui, oh ! oui !

J'entendais ma voix de très loin.

Elle devint plus amicale :

— Montez tranquillement au premier ; les propriétaires habitent juste en face de l'ascenseur. Ils sont très gentils, surtout Madame, mais Monsieur aussi – je n'ai rien contre lui...

— Je crois que c'est trop tard aujourd'hui, ai-je dit. Sept heures et quart...

Elle fit une moue.

— La chambre est vide depuis deux jours ; vous feriez mieux d'arranger ça tout de suite. Vous savez, c'est assez difficile de trouver une si jolie chambre à Paris...

Je montai au premier et je sonnai. Une gouvernante au visage doux et un peu fatigué m'ouvrit la porte.

— J'aimerais parler à Madame.

Après un instant d'hésitation, elle me fit entrer dans un salon meublé avec goût et richesse, éclairé par de douces lumières discrètes cachées derrière des abat-jour de soie.

Je devins lucide dans ce salon que baignait cet éclairage ivoire irréel. Ici, les objets avaient leur propre vie ; rien n'était neuf et rien n'était usé ; c'était un salon où la famille prenait le café après déjeuner, où l'on remettait en place la gravure de travers avec un petit geste machinal, où parfois un adolescent de quatorze ans se retirait et rêvait...

— Mademoiselle ?

— Madame...

Elle avait la beauté d'une porcelaine de Sèvres. Élancée, habillée de gris avec un jabot de dentelle blanche vaporeuse, elle avançait vers moi. Le travail sournois et tenace du temps qui passe si vite était caché derrière la pénombre veloutée, voilée par les lampadaires complices. Elle tendit sa main aux longs doigts fins, et son sourire incertain ne brisa pas l'harmonie de son visage ; sa beauté immatérielle devint au contraire amicale, humaine et accessible par ce sourire.

— Mademoiselle, prenez place... Qu'est-ce que vous désirez ?

J'étais gênée par une très lointaine odeur de rôti qui s'était faufilée jusqu'au salon par une porte de cuisine qu'on avait laissée un moment entrouverte. Instinctivement, je voulais définir l'odeur, comme on cherche avec impatience le nom d'une mélodie connue. D'une voix douce, je commençai à expliquer le but de ma visite. Mes mots, presque chuchotés, dessinaient de petits cercles dans l'immobilité du salon, comme font les cailloux qu'on jette dans un lac calme.

Elle avait dû beaucoup entendre parler de la misère humaine. Je me sentais transformée dans ses yeux en illustration vivante d'une théorie qu'elle avait dû étudier avec beaucoup de conscience. J'étais la réfugiée intellectuelle dont on voit tout de suite qu'elle est issue d'une excellente famille. Mon accent devint un accessoire presque charmant. L'heure insolite de ma visite inattendue fut pardonnée aussitôt qu'elle se fût rappelée en elle-même que la misère peut se présenter à n'importe quel moment de la journée. Elle me questionna avec beaucoup de tact. Je racontai mon départ de Hongrie, mes parents qui sont à Kufstein, mes projets, mais je n'osai pas parler de l'enfant et je crois bien que j'oubliai Georges.

Assise dans une tache de lumière rose, elle en face de moi, je ne voulais regarder ni à droite ni à gauche. Mais je sentais la présence des autres. Un coup d'œil furtif me fit apercevoir un grand garçon aux cheveux noirs appuyé contre la porte du salon, et le visage anxieux de la gouvernante flottait mystérieusement dans une autre pièce. Elle était inquiète pour son dîner.

Soudain, le maître de maison fit une entrée précipitée dans le salon. Homme poli, étonné de rien, il me baisa la main en croyant que j'étais une invitée de sa femme, une amie qu'il ne connaissait pas encore. Mais quand elle lui eut expliqué mon « cas », il fut tout de suite d'accord :

— Si ça vous aide, vous pouvez avoir la chambre...

Elle n'avait pas ajouté le mot que je craignais le plus ; elle n'avait pas dit : provisoirement.

Ils me promirent la clef pour le lendemain et, en partant, j'eus l'impression que mon pauvre petit manteau d'hiver devenait étroit, que des ailes me poussaient de ce bonheur extraordinaire.

Déjà dans mon lit, quand j'écoutai la chanson

d'adieu des rats qui s'ébattaient joyeusement dans le couloir, un mot me revint que j'avais entendu prononcer par une concierge furieuse : « Ces étudiants, quelle vie de vadrouille ! » Je ne connaissais pas ce mot. Je me levai et, allumant la lumière, je cherchai dans mon dictionnaire. L'explication était la suivante : « Tampon de laine emmanché pour nettoyer les navires. »

Je m'endormis en réfléchissant et en attendant avec impatience le moment où je pourrais raconter à Georges la grande nouvelle de la chambre.

La chambre au huitième étage était ravissante et je l'occupai par une journée ensoleillée de février. Georges n'avait pas été du tout étonné par mon succès, et il me dit :

— Tu réussis toujours quand tu veux quelque chose.

Cette confiance totale dans ma force me remplissait d'incertitude à son égard. J'étais de plus en plus hantée par l'idée que je devais le transformer. J'attendais avec impatience sa maturité. Il avait des opinions fermes et rigides sur la vie. Il parlait avec beaucoup de mépris de la politique qui était le métier de sa famille depuis quelques générations. La littérature l'ennuyait, et, quand j'évoquais Baudelaire, il me parlait moteur, compression et vapeur. J'avais entendu dire vaguement que les natures différentes se comprennent très bien à cause de je ne savais quelle loi d'attraction, et j'avais aussi confiance dans notre jeunesse. J'étais pleine de bonne volonté pour m'intéresser à ses affaires, mais j'avais des envies furieuses de bâiller dès qu'il prétendait m'expliquer le système du roulement à billes ou l'utilité des soupapes. Au cours des longs après-midi du dimanche, quand j'étais allongée sur le divan, il était près de moi avec des feuilles noircies par de minuscules chiffres. Il multipliait et additionnait à une vitesse étourdissante et je devais faire un très grand effort pour ne pas fermer mes paupières fatiguées.

— Est-ce que c'est tout à fait clair pour toi ? questionnait-il, et moi, réprimant un bâillement impertinent, je disais :

— Oui, c'est à peu près clair...

J'avais peur de lui enlever son courage en avouant qu'il m'ennuyait énormément, mais, un jour qu'il m'avait expliqué que notre future vie serait fondée sur le succès d'une de ses inventions, un avion-jouet, je m'inquiétai quand même :

— Il vaudrait mieux t'attacher à obtenir une bourse d'étudiant et t'inscrire à l'Université. Tu seras un excellent ingénieur. Je dois travailler dans tous les cas et, dans quelques années, l'avenir sera ouvert devant toi...

— Tu crois ? m'avait-il dit, rêveur ; tu crois ?

— J'en suis absolument sûre...

Il était si enfantin que, soudain, j'avais eu le sentiment que j'étais Léa : j'avais cinquante ans, et lui, près de moi, c'était Chéri.

— Chérie ?

Je sursautai quand il prononça ce mot.

Il mit sa main sur mon épaule :

— Sois moins nerveuse...

— Qu'est-ce que tu voulais dire ?

Il s'étirait comme quelqu'un qui veut se libérer d'une pensée :

— Je continuerai mes études aux États-Unis... Je serai ingénieur dans un centre atomique.

Son visage fin et racé me parut inquiétant. Je réalisai que j'avais deux enfants : lui, l'adolescent rêveur, et celui que je portais.

Je poussai un soupir.

Il se pencha vers moi :

— À quoi penses-tu ?

Il se préoccupait si peu de mes pensées que c'était une occasion de dire la vérité. Mais, dans ses yeux pleins d'une franche curiosité, je ne voyais même pas l'ombre d'un souci et je ne voulais pas le bouleverser :

— Je ne pense à rien...

Il sourit, joyeux :

— Je peux continuer ?

Je dis oui.

Alors, il recommença à m'expliquer, si son projet marchait, en combien de mois nous deviendrions millionnaires.

Mon roman terminé, je retournai chez l'éditeur et la secrétaire dut faire un effort pour me reconnaître. Elle était désemparée par ce manuscrit que je posai sur sa table et me dit :

— Je vous enverrai dans une autre maison d'édition... Je connais personnellement le lecteur hongrois.

La maison d'édition où elle m'envoya était accueillante et la secrétaire avec qui je parlai m'assura que je recevrais bientôt une lettre d'elle.

Je pris le métro vers six heures du soir ; le compartiment était plein ; je me mis près d'une banquette où il n'y avait que trois femmes. Soudain l'une d'elles se leva :

— Prenez place, madame.

Je n'osai pas protester ; je m'assis, étonnée et gênée ; je tournai ma tête vers la vitre et je vis l'ombre chinoise de mon visage fatigué. Sans que je réfléchisse, je savais pourquoi elle m'avait donné sa place. Instinctivement, je glissai la main droite vers mon ventre et je m'aperçus que mon manteau d'hiver n'était pas boutonné. Avant de partir je l'avais laissé ouvert ; il commençait à me serrer et je ne pouvais plus déplacer les boutons, ils étaient au bord. Ainsi, on voyait que j'attendais un bébé, mon enfant... Il devait avoir quatre mois.

En descendant du métro, j'étais déjà décidée à partir le plus vite possible, à revoir mes parents ; je voulais sentir la chaleur de ma mère... et ils ne savaient encore rien !...

N'ayant pas pu obtenir un visa pour l'Autriche, nous décidâmes de gagner Munich avec l'espoir que, sur place, peut-être, nous obtiendrions une autorisation de vingt-quatre heures afin que je puisse présenter Georges à mes parents. Nous crûmes avec une confiance aveugle qu'après ce voyage Georges trouverait un travail digne de lui qui pourrait assurer notre avenir et celui de l'enfant. Je n'avais pas du tout peur de la fatigue ; je savais que nous devions passer une longue nuit dans le train, assis ; mais j'étais soutenue par le désir de cette rencontre. Depuis que j'attendais mon enfant, j'aimais encore plus mes parents. Je voulais que le temps passe plus rapidement, je comptais les jours et les heures.

Toutefois, il est très difficile de voyager quand on ne possède pas la chose la plus naturelle au monde : une nationalité. Et surtout une future mère qui peut accoucher n'importe où, dans le train, en avion ou dans l'entrée solennelle d'une ambassade et qui, par l'accouchement, peut devenir la mère apatride d'un nouveau-né français, allemand ou américain !

Le douanier regarda notre titre de voyage, longtemps, soigneusement, et tous ceux qui étaient dans le compartiment attendaient le dénouement avec un vif intérêt. J'avais l'impression que dans le pays où j'arrivais, j'allais être la bouche supplémentaire qui déclencherait la famine, le corps inutile qui provoquerait la crise du logement.

Enfin, il nous redonna le petit livre apparemment inoffensif, celui dans lequel, parmi les feuilles minutieusement remplies, se cache l'une des victimes de cette époque, son plus grand malade : l'émigré.

La nuit fut très dure à supporter. Mon corps douloureux, avec le poids encore invisible du miracle qui l'alourdissait, voulait s'étendre, mais les places autour de nous étaient occupées. Dans la lumière bleue du wagon, tourmentée par un malaise tenace, trébuchant contre les jambes raides des dormeurs, je quittai le compartiment plusieurs fois. Je frissonnai et respirai dans le couloir. Près de la porte de la toilette, un jeune soldat dormait profondément, courbé en deux avec son sac à dos sous sa tête. Comme un enfant...

Je sentis soudain une tendresse infinie pour les humains qui m'entouraient. J'avais l'impression que personne ne pouvait plus être méchant et que le monde entier, berceau immense, attendait mon enfant.

J'aurais voulu m'agenouiller près de ce soldat et le réveiller avec la grande nouvelle, avec la merveilleuse nouvelle, que mon enfant allait naître dans le bonheur.

Mon visage brûlant appuyé contre la vitre humide, je revoyais se dérouler les scènes de ma vie antérieure. Mais plus rien n'était dur ou blessant. Et soudain, je compris que mes lèvres prononçaient les mots magiques, les mots doux et savants, surgis des âges :

— Où Dieu donne un enfant, il donne aussi son aide.

Arrivés à Munich, nous sûmes que, si nous voulions voir nos parents, nous devions passer en fraude la frontière autrichienne. L'Autriche était toujours occupée par les quatre grandes puissances, et c'étaient elles qui devaient nous donner nos visas après de longs mois d'attente. Je ne voulais pas attendre.

Nous décidâmes avec Georges que nous nous marierions religieusement et, après, coûte que coûte, nous essaierions de rejoindre mes parents.

J'avais profondément peur du mariage religieux. Mais, élevée dans le rigorisme d'une famille très catholique, je voulais être fidèle à la tradition.

Nous habitions à Munich chez des amis, pauvres comme nous, mais pleins d'un bon sentiment d'hospitalité. Un peu plus tard, je me retrouvai à côté d'un Georges grave et sérieux, dans une petite église de Munich, à huit heures du matin. Debout devant l'autel et pensant aux vieilles femmes édentées qui marmonnaient leurs prières, j'avais l'impression que mon dos était large comme une maison. Est-ce qu'elles allaient découvrir que cette fiancée du petit matin ne pouvait plus boutonner son manteau ? Oh ! si j'avais un manteau bien large, comme je pourrais me cacher avec l'enfant ! Mais, telle que je devais m'habiller, j'étais exposée aux regards de chacun.

Nous écoutâmes la messe à genoux. J'avais froid, mais, sur le prie-Dieu, je n'avais pas pu serrer mon manteau contre mon corps. Je ne voulais pourtant pas que l'enfant attrape froid ; je ne pensais qu'à lui.

Bercée par une sorte de torpeur, tout en retrouvant mes prières, c'est à mon enfant que je jurai fidélité éternelle... Sortant de l'église, prise par une irrésistible envie de dire la vérité, je voulus dire à Georges que, les mots du serment, je ne les avais prononcés qu'en pensant à mon enfant. Mais, quand il se tourna vers moi et que je vis son visage ému et sans défense, je me tus.

Ma main gauche dans la sienne, ma main droite sur mon manteau, nous allâmes prendre le petit déjeuner.

Le vieux prêtre, avec son sourire doux et impersonnel, nous avait indiqué l'adresse d'un de ses amis qui était curé dans un petit bourg près de la frontière autrichienne.

Nous prîmes à l'aube le train d'intérêt local qui nous déposa dans le village inondé de pluie. Nous traversâmes la rue principale et nous nous engageâmes sur un petit chemin de terre battue tracé au flanc de la montagne. Le village était solidement enfermé dans cette minuscule vallée, probablement pauvre de soleil même en juillet. Nous fûmes guidés par le plan que le prêtre nous avait dessiné sur une demi-feuille de papier afin que nous n'ayons pas à interroger les villageois.

Je me tournai vers Georges :

— Est-ce que tu vois dans les montagnes quelque chose qui ressemble à une route ?

Il regarda autour de lui comme le capitaine d'un navire et hocha la tête :

— Je n'ai aucune idée de la façon dont le curé nous fera traverser la frontière.

Nos manteaux devinrent de plus en plus lourds de pluie et nous nous arrêtâmes devant une petite maison bien tenue, collée contre le raidillon. Georges tira sur le cordon de la petite clochette fixée près de la porte. Le son fut vite étouffé par la pluie tombant en trombes. Tournée vers la montagne qui s'élevait juste derrière la maison, je vis un ruisseau écumeux qui, tombant des hauteurs, se précipitait fougueusement vers la vallée.

La porte s'ouvrit avec brusquerie, mais la femme aux cheveux gris qui se tenait sur le seuil n'avait rien d'un ennemi ; elle était plutôt étonnée de notre incursion.

— Pourrions-nous parler à monsieur le curé ? questionna Georges, et son allemand impeccable dissipa l'inquiétude de la gouvernante.

Sans enlever nos manteaux, nous entrâmes dans une salle à manger, où un couvert était préparé pour le petit déjeuner, tandis qu'une cafetière dodue en terre cuite répandait une bonne atmosphère amicale.

— Asseyez-vous, nous dit la gouvernante. Monsieur le curé vient de dire sa messe ; il viendra dans quelques minutes prendre son petit déjeuner.

— J'ai terriblement faim, marmonnai-je à l'oreille de Georges, et le grand pain de campagne avec le beurre frais me parut de plus en plus appétissant.

Monsieur le curé arriva et nous accueillit avec beaucoup de gentillesse, surtout lorsqu'il sut que nous étions envoyés par son meilleur ami. Sans s'informer de la cause de notre visite, il secoua la clochette de bronze qui était près de son assiette, puis il demanda à la gouvernante d'apporter deux autres tasses ; nous prendrions bien un café avec lui.

Depuis très longtemps, je n'avais pas mangé avec autant d'appétit. C'est donc en mangeant que nous exposâmes notre projet.

Le prêtre devint aussitôt très inquiet :

— La frontière est proche, dit-il, mais je n'aime pas du tout me risquer dans une affaire pareille. Retournez à Munich et attendez calmement votre visa.

Je fus prise d'un désespoir immense. Je me tournai vers lui pour saisir son regard bleu déteint :

— Monsieur le curé, j'attends un enfant ; il faut que je voie mes parents avant la naissance.

Il posa ses yeux ahuris sur moi :

— Vous voulez traverser une frontière à pied alors que vous attendez un enfant ?

Il fallait que je le persuade :

— Je vous en supplie, croyez-moi, je marche encore très bien. Monsieur l'abbé nous a dit à Munich qu'il n'y avait que dix kilomètres à faire. Nous marcherons lentement, mais il faut que je revoie mes parents ; je n'aurai pas une seconde de paix, si je ne puis les revoir...

Et j'ajoutai comme référence, comme ultime recommandation :

— J'ai fait trente-cinq kilomètres avec mes parents quand nous avons dû traverser la frontière austro-hongroise. C'est vrai, je n'attendais pas un enfant, mais c'était quand même quelque chose...

Le visage fin du prêtre, émaillé d'une vieillesse noble, se radoucit :

— Quelle misère ! Pauvre génération si éprouvée !

Je fus profondément frappée par ces mots qui revenaient du passé comme un écho précis, un écho lointain mais clair et triste. M. Radnai dans la cave... Pendant ce siège infernal... Quand il me regardait, ses yeux étaient embués d'une étrange douceur ; il était de ces persécutés que la sauvagerie du monde effraie, mais ce n'est plus à eux-mêmes qu'ils pensent, c'est aux jeunes qui auraient voulu vivre... Pauvre génération, disait-il pendant les bombardements... J'avais quinze ans et, à cette époque-là, ces mots m'avaient remplie d'une fierté extraordinaire, d'une fierté sans mesure capable d'anéantir la peur. Ç'avait été comme s'il m'avait sacrée chevalier – chevalier de ce destin capricieux qui faisait pousser l'herbe entre les doigts écartés des cadavres peuplant les rues lunaires de Budapest...

— Christine... Christine...

La voix insistante de Georges me ramena à la réalité.

— Vous vous sentez mal ? s'inquiéta monsieur le curé.

— Oh ! non, merci ; j'ai seulement réfléchi...

Georges me glissa en hongrois la boutade connue des lycéens. Il en avait un répertoire inépuisable :

— Ça se voit toujours quand tu réfléchis, c'est le rare moment d'un grand effort...

Monsieur le curé se leva :

— Mes enfants, l'important est de n'être pas aperçus en escaladant la montagne.

Il jeta sur moi un regard inquiet, s'effraya lui-même en entendant ce mot « montagne » qu'il venait de prononcer. Je cambrai ma taille et, avec un grand soupir, je rentrai mon ventre pour montrer combien j'étais mince et sportive, prête à affronter cette petite promenade insignifiante.

Dans l'entrée, il prit son manteau noir et son parapluie, et cria :

— Madame Hilda ?

Elle apparut.

— Je reviens dans une heure.

En sortant, nous contournâmes la maison puis le jardin. Après quelques minutes de marche sous cette pluie diluvienne, nous franchîmes le grillage qui limitait son domaine et nous nous trouvâmes sur la pente raide, parsemée d'aiguilles de pin et du feuillage pourri de la montagne.

Nous marchions à la queue leu leu. Son parapluie noir se balançait parmi les arbres comme un champignon rendu gigantesque par l'humidité. L'eau clapotait doucement dans mes souliers et je tenais la main de Georges qui était entre moi et le curé.

Brusquement, le rideau de pluie s'éclaircit et il me sembla que les habitants du village, accoudés à leurs fenêtres, nous regardaient avec beaucoup d'attention. Nous étions tellement visibles : de grandes fourmis noires qui grimpent maladroitement, guidées par un parapluie.

Quand nous fûmes sur la crête de la montagne, il cessa de pleuvoir ; au bout de la descente, devant nous, s'étendait une immense prairie ; très loin encore, couverte de brume, on entrevoyait une ferme. On devinait même des vaches, petites comme des gouttes d'eau.

— N'ayez pas peur en arrivant à la ferme, nous dit monsieur le curé. Les gens qui l'habitent ont bon cœur... Près de la maison vous trouverez une route qui vous conduira dans une petite forêt. Vous allez voir aussi une chapelle, où je dis la messe un dimanche sur deux, et, après cette chapelle, vous aurez la route nationale, une route en béton. C'est déjà l'Autriche. En la suivant, vous trouverez un village d'où un train vous emmènera à Kufstein.

Il repartit vite, sans attendre que nous lui disions merci, et il disparut bientôt derrière les arbres.

Ainsi, nous nous trouvions au bord d'un monde inconnu, seuls, livrés à la frontière invisible qui sépare deux pays.

— Viens, me dit Georges, et nous nous élançâmes dans l'herbe haute et trempée qui glaçait mes jambes. Mais pourquoi le froid me ferait-il du mal sur la route qui me menait vers mes parents ?

J'étais transportée par l'idée exaltante d'accomplir un grand exploit. Je regardais devant mes pieds. Je ne voulais pas trébucher inutilement. Je pensais à mon enfant dont c'était le premier voyage.

Exténués, mortellement fatigués, nous arrivâmes près du hameau. Les vaches avaient repris leur taille normale ; elles nous regardaient de leurs yeux béats pendant que nous entrions dans la cuisine de la ferme.

Quand la fermière apprit que nous venions de la part de monsieur le curé, elle mit sur la table deux bols de lait encore chaud et deux grands morceaux de pain. Elle n'accepta pas l'argent que Georges lui offrit, et sa grande fille, les tresses nouées autour de sa tête, nous accompagna jusqu'à la petite chapelle. Quand nous fûmes sur la grand-route, enfin en Autriche, je commençai à trembler.

— Encore un peu de courage et nous arrivons à la gare, me dit Georges.

Mais je ne voyais qu'un village aussi lointain que l'était la ferme quand nous l'avions vue depuis le sommet.

Je marchais comme un automate, et le soleil ne traçait plus qu'un faible sillon jaune sur le champ. Georges regarda sa montre :

— Il est quatre heures et demie, me dit-il.

Nous étions partis du village vers huit heures et demie.

J'aurais voulu parler à Georges, exprimer les pensées qui me hantaient, mais il détestait profondément que je touche à nos sentiments réciproques. Il aurait presque préféré un bombardement à une analyse. J'aurais voulu pourtant lui dire que, malgré son âme fermée, hermétiquement close, nous ne nous étions jamais sentis si unis que durant cette marche insensée.

— Georges ?

J'avais prononcé son nom malgré moi.

— Tu es très fatiguée ? me répondit-il.

— Oui, mais cela n'a aucune importance ; j'aimerais te dire que...

Je le suppliai silencieusement : « Aide-moi ; nous avons une occasion unique et merveilleuse de nous trouver. »

Mais il ne s'aperçut de rien...

Près de la gare, je ne marchais plus, je me traînais.

Le compartiment était vide ; je pus me coucher sur l'une des banquettes.

Je fermai les yeux et je pensai que notre mariage était un vrai mariage, pas comme j'en avais vu faire à la légation française à Budapest en 1945... pour pouvoir sortir du pays avec un passeport !... Mais je ne voulais pas me remémorer toutes ces histoires anciennes. Un jour, peut-être, je les raconterais...

Georges me réveilla à Kufstein.

Je retrouvai la petite gare telle que je l'avais quittée, avec tous mes espoirs, il y avait un an. Il faisait noir quand nous arrivâmes près de la baraque où mes parents habitaient. Leur fenêtre était éclairée. Je fis un signe à Georges et nous regardâmes mes parents assis tranquillement autour d'une table. La chambre avait changé d'aspect. Je voyais partout des livres ; mon père écrivait et ma mère était en train de repriser une chemise. Bien que je fusse épuisée, je m'attardai quand même ; j'avais peur de déranger leur paix apparente, même avec une joie.

Quand nous frappâmes à la porte, ma mère vint ouvrir et resta hébétée pendant quelques minutes en nous voyant.

Que cette soirée fut belle ! Je fus heureuse et je retrouvai une sécurité qui me manquait terriblement. Mes parents furent très gentils avec Georges. Ils le serrèrent sur leur cœur comme on fait avec un fils qui revient d'un voyage lointain. Quand mes parents apprirent que j'attendais un bébé et que nous avions franchi la frontière en fraude, ils ne trouvèrent plus de mots.

Maman me mit au lit, entourée d'oreillers. Je dînai couchée. J'avais envie de rire et de pleurer de bonheur. Que j'aimais mes parents ! Et grâce à eux, j'allais pouvoir redevenir petite fille, ne fût-ce que pour deux jours...

Notre arrivée fit sensation dans le camp et le chef envoya au bout du deuxième jour un homme pour nous avertir qu'il désirait voir nos papiers le lendemain matin. Un sous-marin, enfoncé depuis longtemps dans la profondeur des mers immobiles, n'aime pas les plongeurs qui viennent d'un autre monde. Et nous étions revenus d'un autre monde. Nous fûmes obligés de repartir le lendemain à l'aube par le même chemin. Mon père nous accompagna à travers les champs jusqu'à la frontière. Ce fut un adieu déchirant. Ce jour-là, je me fis la promesse que je ferais tout ce que je pourrais pour les avoir près de moi pendant toute la vie.

Avant de reprendre le train de Munich à Paris, je suis allée voir un médecin, pour suivre les conseils de ma mère. Il m'examina et dit :

— Vous êtes très étroite de hanches, madame... Bien possible que vous ayez des complications... Il faut faire très attention à vous... Il vous faut un bon médecin...

Nous avons repris le train pour Paris le soir même.

À Paris, nous retrouvâmes la petite chambre, notre unique refuge, et Georges fit l'impossible pour découvrir du travail. Il se présenta partout où les annonces demandaient un jeune homme capable. Au cours des premiers jours de notre retour, je l'attendais, couchée sur le divan, avec un livre acheté pour quelques francs chez un bouquiniste. Je lisais du matin au soir, mais il me suffisait de lever la tête pour être prise par une nausée m'obligeant à courir au long du couloir jusqu'à la toilette. J'avais faim ; c'était une faim impérieuse, arrogante, difficile à assouvir. Mais nous avions tellement peu d'argent que je n'osais même pas m'aventurer dans ces magasins élégants qui entouraient la maison. Je descendais avec Georges dans la rue de Passy, si commerçante, et là, nous achetions, pour cinquante francs, de l'huile au détail, une salade, quelques pommes de terre et, rarement, une petite côte de porc. Mais, pendant de longs après-midi, j'imaginais des tables dressées avec art, des fleurs éparpillées sur une nappe brodée, les lueurs des bougies qui baignent dans leurs reflets dorés la lourde argenterie. Et, sur cette table élégante, je variais les menus gastronomiques. Avant notre départ pour l'Allemagne, nous avions encore la possibilité d'acheter un quart d'eau pétillante qui calmait merveilleusement la nausée, mais, depuis le retour, c'était devenu un trop grand luxe.

Quand, par exception, j'étais un peu mieux, pendant les absences de Georges, je me mettais devant la fenêtre, et je regardais les toits parisiens. Le printemps était encore jeune, le crépuscule tombait vite, mais il y avait des moments où les toits étaient inondés de lumière rose, où la tour Eiffel ressemblait à un dessin d'enfant tracé avec un lourd crayon épais. Que de cette fenêtre Paris paraissait loin ! J'étais torturée par l'idée que j'allais mourir à la naissance de mon enfant. Dans les quatre mois de vie qui me restaient, je voulais écrire un autre roman. Mais la force physique me manquait ; mon dos me faisait trop mal, et j'avais tout le temps faim. Georges arrivait vers le soir. J'étais pleine d'angoisses, mais qu'aurais-je pu raconter à ce garçon épuisé qui rentrait, pâle et désemparé ? J'avais la certitude que ma vie ultérieure, si je survivais, ne serait qu'une morne existence végétative, avec des idées qu'on coupe à la racine, avec des rancunes qu'on n'exprime même pas.

Quand l'enfant me donnait des coups de pied pendant la nuit, je croyais sentir son petit orteil impertinent et pointu ; je répétais dans la nuit avec un ardent désir : je veux que tu sois fort, que tu sois très fort...

Je ne pourrais pas définir mon comportement à l'égard de Georges. À partir de quel moment ai-je commencé à me taire ? J'étais probablement l'égoïste qui n'aime pas être malheureuse ou la vaniteuse qui n'avouera jamais sa défaite. Je voulais garder avec une ténacité maladive l'apparence du bonheur et, quand je veillais sur son sommeil – Georges était couché près de mon lit, par terre, sur un matelas –, je me sentais responsable pour lui. J'avais maintenant l'habitude de mettre ses affaires en ordre comme si je remplaçais la gouvernante de son enfance et, pour me consoler, il me fallait redire des phrases usées comme celle-ci : « Les hommes restent toujours des enfants. »

Mais, quand je regardais la tour Eiffel, je ne cessais de penser à notre excursion déjà lointaine, et ce monstre en dentelle de fer me remplissait d'admiration et d'horreur.

Nos espoirs dans un avenir calme étaient attachés à un maigre espoir. Un de nos amis hongrois devait tenter l'impossible pour que nous puissions nous établir en Belgique. J'avais un chagrin sourd en moi quand je pensais que nous devrions quitter la France pour pouvoir vivre, et je savais que la vraie France, la France douce et accueillante, ne nous avait pas encore montré son visage. J'avais quelquefois envie de crier : France, je suis là, je t'aime ; j'ai été élevée en t'admirant, je veux écrire des livres français ; je veux que tu sois mon autre patrie ; grande et merveilleuse France, pourquoi ne veux-tu pas savoir que je suis là ?

Les toits et les fumées grises qui s'élançaient vers un ciel impassible ne me répondaient pas.

Je n'avais jamais pensé, autrefois, qu'on pouvait souffrir de la faim et regarder l'étalage d'une épicerie avec convoitise. Non loin de nous, il y avait une laiterie, et la bonne femme, toujours en blouse blanche, accrocha un jour dans sa vitrine un régime de bananes. Les bananes étaient d'abord presque vertes, intactes, mais quel orgueil dédaigneux, presque injurieux dans leur prix exorbitant ! Chaque jour, elles devenaient de plus en plus jaunes. Parfois, quand je passais bien vite devant sa boutique, je voyais la laitière en couper quatre ou cinq avec un énorme couteau. J'aurais vraiment aimé en manger une.

Georges revint un soir avec une nouvelle excellente. Il avait trouvé du travail. Un menuisier hongrois, établi depuis longtemps en France, voulait que sa femme française apprenne le hongrois. Il avait donc engagé Georges afin qu'il donne à sa femme chaque jour une leçon d'une heure payée deux cents francs. L'unique difficulté était qu'ils habitaient près des Invalides, et nous dans les environs de Passy. Le ticket de métro quotidien aurait cruellement amputé le cachet. Georges décida d'aller à pied. Le lendemain, pour la première leçon, je l'accompagnai. On nous avait beaucoup dit que, si une femme enceinte marche beaucoup, l'enfant vient au monde facilement.

Pendant que Georges donnait sa leçon, j'étais assise sagement dans l'atelier sur un escabeau. Je respirais profondément pour supporter l'odeur de colle refluant sur moi comme les petites vagues qui s'écrasent contre un rocher.

Le menuisier, des copeaux jusqu'aux chevilles, me disait de temps en temps :

— Ça va, madame ? puis il se penchait avec amour sur son rabot. Il me parlait par petits mots brefs, sans attendre ma réponse, et ce dialogue à une voix me reposait profondément. « Parce que c'est la vie, madame, disait-il, l'amour ; après l'amour, c'est l'enfant, les soucis, de petits bonheurs. Vous avez un jeune mari, il réussira, mais ce n'est pas drôle que d'être loin de son pays... Moi, je suis là depuis vingt ans ; j'ai fait la guerre avec eux ; j'ai la nationalité française ; ma femme est Française ; mes enfants sont Français ; ils ne savent pas un mot de hongrois. Qu'est-ce que vous voulez, ils parlent la langue de leur mère, c'est naturel. Vous voyez, je n'ai pas le temps... Je suis de Szeged... Ah ! vous connaissez Szeged ? Belle ville... et Budapest... Ma mère est morte il y a deux ans... Elle n'a jamais compris comment on peut vivre avec quelqu'un qui n'est pas Hongrois... Elle était bien brave, ma mère – huit enfants... et deux fausses couches... Ce n'est pas pour vous effrayer, mais ce n'est pas facile, l'accouchement... »

Ici, j'étais envahie par le sentiment d'une éternité

paisible, une éternité de troisième classe, simple et bienveillante. Il faisait chaud ; il y avait les murmures de la pièce voisine, un rare client qui venait plutôt pour bavarder que pour commander un travail. Mais le menuisier n'interrompait pas sa tâche, et je le regardais avec admiration. C'était un homme qui avait une chambre à coucher, une table, des assiettes et la nourriture voulue. Ici, j'avais un désir insoutenable d'avoir un minuscule logement, une armoire avec au moins deux robes et un grand manteau bien large et chaud. Où allait-il naître, mon enfant ? Dans quel lit serais-je et en quel pays ?

Après la leçon, la femme de l'ébéniste nous donnait un café bien brûlant, et c'était une sensation de bien-être incroyable que cette boisson amicale. Ils croyaient que Georges enseignait toute la journée ; ils n'ont jamais soupçonné que, nous deux et l'enfant, nous vivions de leurs deux cents francs par jour. Mais après, vers sept heures du soir, il fallait sortir et remonter vers la place du Trocadéro. Pendant ces retours, la ville était immense et les rues sans fin. Accrochée au bras de Georges, je marchais consciencieusement par petits pas équilibrés ; je ne voulais pas secouer mon enfant.

— Vous le mettrez au monde comme on jette une lettre à la boîte...

Je n'aimais pas les comparaisons de ce genre qui m'humiliaient un peu, sans que je sache pourquoi, mais, avec une fausse gaieté, je répondis :

— Oh ! oui...

Cependant, au fond de moi-même, je me préparais

pour un drame. Involontairement, je vivais mille agonies imaginaires. Je voyais Georges veuf, avec une nouvelle femme qui aurait une queue-de-cheval et des talons plats. Il me disait souvent qu'il aurait voulu que je porte mes cheveux ainsi, et il regardait mes talons hauts avec une hostilité mal déguisée. Je n'ai jamais pu comprendre son amour insensé pour la jeunesse, il était si jeune lui-même... Pour lui, toute personne dépassant la trentaine était déjà un être mûr, et si c'était une femme, mieux valait n'en pas parler... Une femme de trente ans ! C'était ridicule... Il m'avait dit une fois que j'avais encore sept années devant moi pour porter des robes aux couleurs vives, parce que, après la trentaine, il fallait faire attention. Sans l'exprimer, je sentais bien que je le quitterais avant cet anniversaire fatal. Mais je savais aussi que je ferais un effort surhumain pour ne pas mourir en accouchant. Je voulais élever mon enfant moi-même.

Georges s'endormait vite le soir, et j'imaginais des scènes touchantes et grotesques qui me faisaient sourire ou pleurer dans l'obscurité. Je voyais Georges à mon enterrement avec un haut-de-forme et une jaquette, et je frissonnais quand je pensais qu'il dirait à son enfant : « Oh ! ta maman était très gentille ; elle aimait écrire ; un jour, je ne sais pas pourquoi, elle a fait couper ses longs cheveux blonds. » Et je voyais aussi ma photo couverte de poussière... Après ce genre de visions, je m'asseyais dans le petit lit étroit et je serrais mes mains sur mon ventre afin que l'enfant ne sente pas mon émotion si inutile. J'aimais mon enfant avec une passion farouche et, quand j'avais très faim pendant la nuit, je me consolais avec la sagesse de la nature ; je savais que l'enfant se nourrissait de mon sang et de mon cœur. Je réalisais sa présence avec une joie fébrile, pleine d'émotion et de trac. La misère totale dans laquelle nous vivions me remplissait d'une confiance aveugle en Dieu. J'attendais son miracle avec la fermeté de ceux qui ne sont plus inquiets pour eux-mêmes, mais qui veulent recréer le monde pour leurs enfants.

Une fois que j'allais avec Georges chez le menuisier, je fus prise d'un malaise extrêmement pénible. Le monde tournait ; et, adossée contre le mur d'une maison, le mouchoir serré sur ma bouche, je dis à Georges que je ne pourrais pas rester une heure assise sur une chaise ; je devais absolument me coucher. Il ne pouvait me raccompagner ; la leçon perdue nous aurait contraints au jeûne. Je m'offris le luxe d'un ticket de métro, et je retournai seule vers la maison. Le trajet fut interminable ; j'avais tout le temps le mouchoir devant mon nez. En face de moi, un homme qui lisait son journal me jetait de temps en temps un coup d'œil qui signifiait que les femmes malades devraient rester chez elles.

Je courus, titubante, de la station du métro jusqu'à la maison. Je franchis la porte vitrée en tremblant, et c'est à peine si je dis merci à la concierge souriante, prête à bavarder, pour une lettre qu'elle me tendit et que je mis dans mon petit sac usé. Je traversai la cour pour atteindre l'escalier de service, mais l'ascenseur était bloqué quelque part en haut, et je dus monter les huit étages à pied. Enfin arrivée, je fouillai dans mon sac pour prendre ma clef ; hélas ! Georges l'avait gardée. La petite porte me parut aussi haute et inexorable que le mont Blanc. Je dus aller à la toilette, prise d'un vertige irrésistible. Là, je m'assis sur le carrelage en pleurant. Je n'en pouvais plus. Plus tard, je retournai vers ma porte ; la voisine, invisible jusqu'à ce jour, se tenait sur son seuil.

— Vous êtes malade, madame ?

— Oui, je suis malade... et je ne peux pas rentrer ; j'ai oublié la clef.

— Entrez chez moi, dit-elle.

Elle me conduisit vers sa fenêtre qu'elle ouvrit.

— Vous voyez, m'expliqua-t-elle, il y a ici un rebord en béton et, en dessous, une petite plate-forme en zinc. Vous pourriez grimper jusqu'à la fenêtre de votre chambre, si elle était ouverte...

En tremblant, je répondis que, peut-être, elle était ouverte.

Avec l'aide de la voisine, je grimpai sur une chaise et je me trouvai sur le bord. Elle tenait ma main.

— N'ayez pas peur et, surtout, ne regardez pas en bas !

Je serrai sa main, mais, après, je dus la lâcher et je fis seule les quatre pas qui me séparaient de notre fenêtre, par chance entrouverte.

— Oui, je peux entrer, criai-je, et, deux instants plus tard, j'étais dans notre chambre.

Alors, en ouvrant la porte de l'intérieur, je dis merci

à ma voisine dans le couloir, mais, ensuite, je tombai sur le divan, sans force. Les huit étages, l'escalade, la fatigue immense me berçaient déjà, et le vertige arrogant me jetait des mots cruels. J'entendais murmurer de loin, mais c'était moi : « Il n'est pas si facile de vivre... »

La lettre reçue ce jour-là venait du lecteur hongrois. Il avait lu le manuscrit de *Wanda* et désirait m'en parler. J'appelai son numéro de téléphone et une voix d'homme agréable, amicale, me répondit. J'étais invitée à venir le voir. Plus tard, dans l'après-midi, je réalisai qu'il avait été à Budapest un auteur à succès et qu'une de ses pièces avait, pendant des années, fait le tour du monde. Je me souvins que souvent mes parents avaient parlé de lui ; une fois, maman me l'avait décrit comme un jeune homme aux cheveux noirs qui avait eu pour épouses successivement les trois plus grandes actrices hongroises.

Nous avions pris rendez-vous pour le lendemain matin et je n'avais aucune possibilité de me faire un tout petit peu jolie. Ma silhouette forte, alourdie, était encore plus évidente dans mon manteau ridicule ; je n'avais pas de rouge à lèvres et j'avais dû faire un petit chignon, que je détestais, pour cacher mes longs cheveux.

La maison où il habitait était cossue : tapis rouge dans l'escalier, ascenseur, grande porte d'appartement avec une sonnette bien astiquée. Je sonnai ; une femme de chambre ouvrit la porte :

— Madame ?

— Je voudrais parler à M. Gindy.

— Vous avez rendez-vous ?

— Oui.

— Attendez un instant, s'il vous plaît.

Elle disparut et j'étais très impressionnée. On pouvait donc vivre en exil et n'être pas pauvre !

La femme de chambre revint avec un visage plus rassurant et m'introduisit dans une grande pièce luxueusement meublée où un monsieur aux cheveux blancs et au visage sillonné de rides se leva de son fauteuil.

— Mademoiselle, me dit-il en hongrois ; et il ajouta, presque effrayé : Mais vous êtes épouvantablement jeune !... Asseyez-vous.

Je pris place et je le regardai sans déguiser ma curiosité.

Il était grand, élégant, vêtu d'une robe de chambre en soie ; et les restes d'un petit déjeuner, sur un plateau d'argent, formaient comme le riche décor d'une nature morte. Maladroitement, je voulus lui dire que j'imaginais qu'il était plus jeune, quand son visage fut éclairé par un sourire, et ce sourire gai, gamin, sans prétention, lui rendit effectivement sa jeunesse.

Il prit une cigarette et, machinalement, je cherchai déjà mon mouchoir ; je ne supportais pas l'odeur du tabac.

— Et moi, dit-il, qui m'attendais à voir ce matin une femme fatale, l'auteur de *Wanda* avec ses nombreux amants ! Je vois une petite fille maigre, impudiquement jeune.

Il ne s'était pas aperçu que j'étais enceinte. Cet homme brillant, habitué aux femmes extraordinaires qui évoluent sur les scènes, n'avait jamais eu d'enfant.

— Quel âge avez-vous ?

— Vingt-deux ans... Vous avez lu mon roman ?

— Mais naturellement que je l'ai lu, et je le trouve très bon.

La pièce sembla tourner autour de moi et j'entendis sa voix.

— Vous êtes malade ?

— Non, je suis heureuse ; vous savez, j'attendais tellement la réponse.

— J'ai dit à l'éditeur qu'il devait faire traduire, continua M. Gindy.

Je l'interrompis, enthousiaste :

— Je vais bientôt en écrire un autre.

Il fit un geste de sa grande main blanche, veuve de bague, pour me calmer.

— Pas si vite ; le problème de l'édition est très difficile... N'oubliez pas qu'il y a toujours une crise de l'édition quand un jeune auteur se présente ! Mais j'ai confiance en vous, ajouta-t-il avec un gentil sourire.

Et soudain, pris par une curiosité d'homme, il se pencha vers moi et me demanda d'une voix intime qui exigeait une réponse sincère :

— Comment avez-vous eu l'idée d'écrire cette histoire ?

J'expliquai avec volubilité en oubliant totalement la fumée de sa cigarette :

— Monsieur Gindy, j'ai vu une fois une femme qui ressemblait à mon héroïne ; mais j'ai inventé d'innombrables choses...

Nous parlâmes pendant une demi-heure qui fut, pour moi, comme le début d'une nouvelle vie. Un homme connu, un écrivain arrivé croyait en moi ! Avant mon départ, il me donna un de ses livres paru en français et il le dédicaça : « À une jeune collègue, avec toute l'amitié de Gindy. »

Par le mot collègue, il m'avait sacrée écrivain.

Dans les semaines qui suivirent, je le vis plusieurs fois, et l'amitié naquit avec douceur. Je lui dis toute mon admiration parce qu'il n'était pas pauvre comme tous les Hongrois que je connaissais. Il fut soudain désemparé.

— Mais ne croyez pas que je sois chez moi, ici ; je loue une des chambres ; on me porte le petit déjeuner ; ils savent que je ne me lève jamais avant dix heures ; ce sont des gens charmants, mais ne croyez pas que la vie soit facile pour moi.

Son regard inquiet s'arrêta sur un tableau extraordinaire.

— L'unique objet que j'aie de Budapest, me dit-il, et sa voix se fit étrangement tendue, comme celle de quelqu'un qui est au bord des larmes.

Le tableau représentait, de dos, une jeune femme frêle, à la nudité transparente, le profil tourné vers un paysage inconnu. Sur son épaule gauche, près de la courbe douce d'un sein caché, une voilette de mousseline flottait. Ce tableau était une évocation délicieuse ; c'était la présence d'une femme, la présence de l'éternelle femme...

— Même si je devais mourir de faim, je ne le vendrais pas, disait souvent M. Gindy, et les épaules enfantines de cette beauté fragile devenaient alors le symbole même de l'amour.

Il ne parlait pas souvent de ses célèbres épouses. Il avait vécu si près d'elles, pendant de longues années, qu'il ne les avait pas trouvées si extraordinaires que cela.

Je lui racontai que j'étais mariée et j'amenai Georges une fois chez lui. J'attendais la réponse définitive de l'éditeur.

— Je vais écrire mes prochains livres en français, avais-je dit à M. Gindy, qui répondit :

— Vous êtes encore très jeune ; sans doute y parviendrez-vous vraiment...

Il ne sut jamais que nous luttions contre les plus graves soucis.

Un jour, je vis que son tableau avait disparu. Ce

jour-là, il était mortellement pâle, je n'osais pas poser une question inutile. Quand je partis, il me dit :

— Pauvre petit futur écrivain français... Et vous attendez un enfant...

Nous nous serrâmes plus longuement la main. Lui, il regardait la place vide de son tableau sur le mur.

La chance arriva sous la forme d'une petite lettre postée en Belgique. Notre ami fidèle ne nous avait pas oubliés. Il écrivait, en nous faisant parvenir l'argent du voyage, que ses amis belges avaient été émus par notre destin et que nous étions invités dans un château. Déjà, un travail était en vue pour Georges, et un trousseau avait été préparé pour l'enfant.

Il était bien facile de remplir la valise en carton-pâte ! Je rendis la clef de notre chambre ; je remerciai chaleureusement ceux qui avaient eu la bonté de nous la donner. Le jour de notre départ, j'appris qu'une ambulance venait d'emmener la concierge dans une maison de santé.

— Il paraît qu'elle est folle, disaient les gens, à notre étage.

J'avais le cœur serré. Je ne savais pas si la bonne concierge avait eu la folie d'aimer une humanité que heurte tout sentiment amical, ou bien si elle était devenue folle à cause de cette humanité même qui l'entourait. Mais je garderai toujours le souvenir de son visage et des mots qu'elle avait prononcés : « Il y a une chambre très jolie, mademoiselle... Elle est vide... »

Dans le train, je dis à Georges :

— Mon enfant naîtra en sécurité.

Il s'étouffa dans un petit rire, comme s'il s'agissait d'une plaisanterie de collégien :

— Tu dis toujours : « mon enfant »...

Je devins rouge, et la première frontière que j'abordai légalement, je la franchis les dents serrées.

Depuis ce matin, je suis sur ce lit, immobile. Les murs sont bleu clair et, dans le coin à droite, il y a une Vierge en faïence. Sur la table de chevet, j'ai posé le livre que j'étais en train de lire hier soir ; c'est le dernier volume des *Thibault* que je voulais relire en français. Ce matin, j'ai été prise par une douleur neuve, profonde, jamais connue. Georges était déjà dans son bureau ; c'est le deuxième jour qu'il travaille. On m'a dit qu'il viendrait me voir entre une heure et deux heures. À côté de moi, à gauche, il y a un petit lit blanc vide. C'est le lit de mon enfant qui va naître. Quand une vague de douleur me secoue, je me cramponne aux barres de fer, peintes en blanc ; ce petit lit vide m'aide énormément. De temps en temps, une religieuse silencieuse entre, vient près de moi ; j'essaie de ne pas voir son visage ; je regarde le plafond blanc ; je ne veux pas qu'on me dérange dans ma souffrance.

J'ai soif et, dans les rares moments de repos, j'humecte mes lèvres avec de l'eau glacée. Le visage pâle de Georges apparaît ; il veut me parler ; je tourne la tête vers le petit lit, et je ne réponds pas. Je veux être seule avec mon enfant. Cette naissance est notre affaire personnelle à tous deux. Nous sommes complices dans la création. Personne et rien ne doit s'approcher de son petit lit.

Le crépuscule tombe. Le va-et-vient des médecins me gêne. Ils sont tout le temps là, me posent des questions inutiles et s'étonnent que je ne crie pas. La douleur extravagante m'attaque, me coupe en deux ; je perds souvent haleine, mais, par cette souffrance insensée, l'enfant n'appartiendra qu'à moi. Une religieuse me dit que Georges est dans le couloir. Le nombre des médecins augmente ; à certains moments, il y en a cinq autour de mon lit. Quand on essuie la sueur de mon visage, je m'informe, j'aimerais savoir l'heure exacte. Onze heures du soir.

Soudain, ma chambre s'anime encore davantage. Deux infirmières poussent un chariot et elles m'y allongent comme sur un brancard. Nous filons très vite au long d'un couloir. Partout devant les portes, je vois des pots de fleurs. Il fait chaud, et des mains agiles me poussent vers un destin inconnu. La salle d'opération est d'une clarté aveuglante, et je me vois couchée, dans les miroirs multiples qui entourent les projecteurs. Un médecin jeune se penche vers moi et, au moment même où je sens l'aiguille sur mon bras, je tombe dans l'inconscience.

Soudain, j'entends une voix qui répète sans cesse : « Où est mon enfant ?... Où est mon enfant ?... »

Le visage démesurément agrandi d'une infirmière est tout près de mes yeux. Elle ne dit rien. Qui donc demande : « Où est mon enfant ?... »

— Vous allez la voir bientôt, me répond-elle enfin.

C'était bien moi qui parlais.

Cette lumière grise, je crois que c'est le matin.

Avec un très grand effort, je tourne la tête, et j'aperçois Georges qui dort paisiblement dans un fauteuil. Je l'appelle. Il n'entend pas.

Une infirmière entre avec un paquet emmailloté dans les bras. Elle tend vers moi ce maillot. Mon enfant dort. Sa peau est rose, transparente.

— C'est une ravissante petite fille, madame, me dit l'infirmière.

Je n'entends plus rien.

Je suis obligée de me réveiller de ce sommeil léthargique parce que le médecin me gifle. Tout le monde veut que je me réveille, mais j'ai une envie irrésistible de m'abandonner encore au sommeil.

Mon corps n'est que douleur. Et je songe à toutes les douleurs qui m'attendent.

Je dis d'une voix rauque à l'infirmière que j'aimerais nourrir mon enfant.

— On n'a jamais de lait, madame, après une césarienne, surtout quand elle a été si grave.

Elle ne connaît rien de la vie, cette infirmière. Elle croit que je vais me contenter d'une règle, d'un principe. Moi, je veux nourrir mon enfant, je dois avoir du lait.

Ma fille est près de moi dans son petit lit, elle dort, et je n'ai pas la force de tendre ma main vers elle. Mais je la regarde, ma vie est attachée à son visage calme et rose.

Plus tard, je pense aux fleurs. Il faut aussi que j'aie des fleurs dans ma chambre, comme les autres ; je ne voudrais pas que les infirmières disent que...

— Georges ?

— Oui ?

Il vient près de moi.

— Veux-tu m'apporter des fleurs ?

— Oui, je t'apporterai des fleurs...

Par la porte entrebâillée, il me dit :

— Qu'est-ce que tu veux comme fleurs ?

Je suis trop faible pour savoir dans quel mois nous sommes ; j'essaie de réfléchir, mais je ne peux pas.

Je répète, obstinée :

— Apporte-moi des fleurs...

Je voulais être seule avec mon enfant. Dans la petite chambre, nous ne sommes que deux maintenant, elle et moi. Soudain, elle commence à pleurer. C'est la première fois. Et c'est à moi qu'elle s'adresse. Ma fille aimée...

Georges revient avec des fleurs. Je le regarde comme s'il était un étranger. Je ne comprends pas ce qu'il veut dans cette chambre. Cette nuit m'a séparée de lui.

Pendant les journées suivantes, je souffre. Je fais le métier de souffrir. Je ne peux ni boire ni manger, et une infirmière distraite, novice dans la discrétion, me dit que j'ai failli mourir.

Mais le cinquième jour, j'ai du lait, et la tête ronde de mon enfant, près de mon sein, me remplit d'un sentiment de quiétude. Je regarde gravement ses petites lèvres avides. Les infirmières disent que c'est incroyable. Moi, je trouve que c'est naturel. Je voulais nourrir mon enfant, je voulais lui faire boire ma vie...

C'est l'accomplissement miraculeux.

C'est le bonheur.

Tout le bonheur ?...

Note biographique

En 1944-45, les Russes assiègent Budapest, qu'occupe l'armée allemande. Christine Arnothy habite avec ses parents dans un immeuble au bord du Danube. À cause des bombardements, la famille se réfugie dans la cave. Plus de deux mois en enfer, sans eau, sans électricité. À la lumière des bougies, Christine écrit son journal sans son cahier d'école. Pendant que la ville meurt, un écrivain naît.

Quelques années plus tard, Christine et ses parents traversent à pied la frontière autrichienne, son journal est cousu dans la doublure de son manteau. Vienne ? Enfin la liberté ! Christine veut devenir écrivain, connaître le monde et aussi le grand amour.

Arrivé en France, elle travaille, elle garde des enfants et suit des cours. Elle étudie et apprend la vie. Elle écrit à la lumière des bougies, même à Paris, quand on lui coupe l'électricité dans sa chambre de bonne. En 1954, lorsqu'elle gagne le Grand Prix Vérité décerné par le journal Le Parisien libéré, elle a le coup de foudre pour le fondateur de cette publication, Claude Bellanger, qui tombe amoureux d'elle. Ils luttent pendant dix ans pour se marier. *J'ai quinze ans et je ne veux pas mourir*, succès mondial, est un livre-culte, publié en vingt-sept langues. Le texte est considéré par les professeurs de français comme la preuve d'une vocation d'écrivain aussi forte que l'amour de la vie. Les romans de Christine Arnothy sont traduits dans le monde entier.

J'ai quinze ans et je ne veux pas mourir a une suite, *Embrasser la vie*, parue dans la collection du Livre de Poche (n° 15224).

Pour en savoir plus sur Christine Arnothy, consulter son site : www.arnothy.ch

Note bibliographique

AUTOBIOGRAPHIES

J'ai quinze ans et je ne veux pas mourir (Grand Prix Vérité 1954), Fayard.
Il n'est pas si facile de vivre, Fayard.
Jeux de mémoire, Fayard.
Embrasser la vie, Fayard.

ROMANS

Dieu est en retard, Gallimard.
Le Cardinal prisonnier, Julliard.
La Saison des Américains, Julliard.
Le Jardin noir (Prix des Quatre-Jurys), Julliard.
Jouer à l'été, Julliard.
Aviva, Flammarion.
Chiche !, Flammarion.
Un type merveilleux, Flammarion.
J'aime la vie, Grasset.
Le Bonheur d'une manière ou d'une autre, Grasset.
Toutes les chances plus une (Prix Interallié), Grasset.
Un paradis sur mesure, Grasset.
L'Ami de la famille, Grasset.
Les Trouble-fête, Grasset.
Vent africain (Prix des Maisons de la Presse), Grasset.

Une affaire d'héritage, Grasset.
Désert brûlant, Grasset.
Voyage de noces, Plon.
Une question de chance, Plon.
La Piste africaine, Plon.
La Dernière Nuit avant l'an 2000, Plon.
Malins plaisirs, Plon.
Complot de femmes, Fayard.
On ne fait jamais vraiment ce que l'on veut, Fayard.
Aller-retour, tous frais payés, Fayard.
Une rentrée littéraire, Fayard.
Relations inquiétantes, Fayard.

RECUEIL DE NOUVELLES

Le Cavalier mongol (Grand Prix de la nouvelle de l'Académie française), Flammarion.

LETTRE OUVERTE

Lettre ouverte aux rois nus, Albin Michel.

TABLE

« Pour l'éditeur, le principe est d'utiliser des papiers composés de fibres naturelles, renouvelables, recyclables et fabriquées à partir de bois issus de forêts qui adoptent un système d'aménagement durable. En outre, l'éditeur attend de ses fournisseurs de papier qu'ils s'inscrivent dans une démarche de certification environnementale reconnue. »

Composition JOUVE – 62300 LENS
N° 1060818b
Imprimé en Espagne par BLACK PRINT CPI IBERICA
32.10.2698.2./03- ISBN : 978-2-01-322698-1
Loi n° 49-956 du 16 juillet 1949 sur les publications destinées à la jeunesse
Dépôt légal : janvier 2012